W9-CNJ-970

赴宴者

THE BANQUET BUG

严歌苓 著

郭强生 · 译

陕西师范大学出版社

01

　　董丹是不信兆头的人，否则见了长脚红蜘蛛、双黄蛋，这些老家长辈们眼中的不祥之物，他就会打消吃宴会的念头，跟他老婆小梅一块去领厂里发的过期罐头。他却抡起塑料拖鞋，把爬过床头柜（以搓衣板、砖头拼搭，上面覆盖钩花桌巾）的红色蜘蛛打得稀烂，对早餐桌上的双黄蛋也视而不见。

　　现在你知道我们在哪儿了：在董丹的宿舍。这间大屋原来是个办公室，坐落在北京近郊一家罐头厂的厂房顶上。这时是早上十点，董丹正在小梅给他握着的橡皮管子下面淋浴。小梅站在椅子上，使劲想把管子抓得稳些。因为从那根爬在天花板下面的生锈水管里出来的热水喷一口、吐一口，很难稳定。这楼上的人就这么洗澡：从车间的水管上截流，窃引车间排出的、仅仅是看着干净的热水。三年前工厂关了大半，百分之六十的职工都"下了岗"，只拿百分之二十的工资。一天，董丹带着他的肥皂盒、稀牙豁齿的梳子、塑料拖鞋回到家，告诉小梅，他把自己在车间的储物柜全拿回来了，这辈子也不用再上夜班了。开始他还不急着找工作，两个月后他发现银行里就剩了五十五元，还不够两人吃顿麦当劳的巨无霸。

过了两天，董丹在报上看到一则招工广告。一家五星级酒店征聘警卫，要求应聘者身高一米八以上，身强体健，五官端正。董丹穿上了他最体面的行头：一件化纤合成料的西装外套，一条卡其裤，脚上的黑皮鞋，配上跟一个邻居借的"Playboy"手提包。他刚晃进大厅，就迎上来个女人，问他是不是应邀而来。他点点头。她说他来晚了，会谈早就开始了，说着就把他推上了电梯。下了电梯穿过中庭长廊，来到一间大宴厅，里面的宴会正要开始。前方麦克风上方挂着条红布幔，上头写着："植树造林，向沙漠索回绿地！"那女人让他自己找位子坐下，一面就消失了。

他在靠门边的一张桌子旁坐下。宴会已经开始，他正好饿急了，就把面前盘子里的东西全扫进肚里，也不知道都吃了些什么。他邻座的一个男人向他自我介绍，他是《北京晚报》记者，又问董丹是哪个单位的。董丹只希望谁也别理他，让他好好地白吃一顿，随口回答他是《北京早报》的。那人说他没听过，董丹说是家新媒体。网络媒体吗？没错，是网络媒体。董丹吃饱喝足了，正打算找机会开溜，那记者问他要不要一块儿去领钱。什么钱？就那两百块车马费呀，他们的"意思意思"，劳驾大伙儿跑一趟，给这个会议宣传宣传，造造声势什么的。把你的名片交给他们，他们就给两百块，指望你回去写篇报导呗。董丹干咽了几下口水：两百块！等于他们下岗工人半个月的月薪，还吃得跟皇上似的——不过就是一张名片的事！

一出门董丹就直奔一个印刷铺子。他挑了最华贵的式样，印了一大沓上头有某网络传媒字样的名片。在酒席上他早打听清楚了，网络传媒这东西，反正每天有无数家开张、又有无数家倒闭。

直到二〇〇〇年五月的这个将要在他生命中出现转折的早晨，吃宴会成了他的正经营生，日子过得挺滋润。他站在淋浴的水流里，还在回味昨天的午宴。

他一面用块粗糙的毛巾搓背，一面问小梅，信不信他已经把全中国的美食都尝过了。她说她信。这回答让他不太满足。每次他想要在她面前拽一拽，她都是这么容易就被唬住了。如果问她，他是否够格做个首席美食专家，她一定说：当然，你不够格谁够格？她那睁着大眼睛的崇拜样固然是讨董丹欢心的，而正是缺乏挑战性让他觉得没劲。他抬起头，看见小梅双手高高举着水管，脸都累红了。她今年二十四，又小又饱满的身段，自来卷的头发往脑后一系，露出一张小姑娘似的圆润脸蛋。

"错了。"他说，"有个菜我就从来没吃过。"

"什么菜？"小梅问。

"一口咬下去，吃不出来。把菜单拿来一看，可吓着我了。"他隔着水汽朝她看一眼，"你猜那菜是什么做的？"

她马上摇头，笑眯眯地："猜不着。"每次跟她玩猜字或谜语，她总是这样立刻投降：她的小脑袋才不去费那事。

"那道菜是用一千个螃蟹爪尖的肉做的。"董丹一个字一个字地说，"一千个！想想看，光是敲碎每个爪子，把里面的肉抠出来得费多大工夫！就是那些螃蟹的手指头尖儿啊！"

他等着她继续追问：那得宰多少只螃蟹才凑齐这么多蟹爪！可她没做声，默默地消化这条惊人的信息。

"那蟹爪肉又嫩又滑，筷子一挑，还没搁嘴里，就滑下去了。"他让水朝他头上淋，好把洗发精泡沫冲干净："每回他们要是在邀请函上印菜单就好了。再有'千蟹指'这道菜，我就带你混进去尝尝。为它你冒一回险，值了！"

排水管开始发出打嗝似的怪响，咕噜咕噜的声音来自管线深处，就像是从巨大而无形的器官里发出的，橡皮水管也跟着发颤。小梅连忙伸长胳臂把水龙头关上，以免蒸汽冒出把董丹给烫熟了。她站在椅子上就是这个原因，这样才能随时控制出水。

"那肉搁到嘴里，真他妈绝了。就像把一千条'迷你'型鸡腿的味道全熬在那一口里，简直美得让人受不了，鲜得都有点恶心了。什么东西也赶不上蟹爪嫩，在嘴里就像……就像……"他极力想要描述那口感，那种吃在嘴里与舌头、口腔接触的细致，咽下去在食道间经过时那种滑滋滋的感觉，五脏六腑都为之称奇。但他没有那么多词汇。把他两口子受的教育加一块儿，连给父母写封像样的信都不够，得要请教字典才行。

突然楼下厂房的机器开动了。灯泡上结满尘垢的蜘蛛网被噪音震得抖颤不已。厂房楼上原本被隔成二十间办公室，中间一条走廊，现在这里住了二十户人家，都是下岗职工。厂里不定期接到客户订单，机器也就不定时开动。楼顶的住户们如果抱怨噪音太大，厂里便说，他们该感谢噪音，不然房租会这么便宜？还暗示住户们，住在车间楼固然不理想，但几乎是白住：房租低不算，还可以偷电烧饭、偷水洗澡，厂里检验不合格的肉质品也低价卖给他们。公共厕所的距离需要远足，但偷来的水能让他们解决紧急跑厕所的麻烦：打开下水道一蹲，事后再一冲就完事。水真是好东西，几秒钟内就把污秽和洁净分隔开来。

　　一位女邻居隔着塑料帘子大声叫着：怎么洗个没完了？一根一根地在洗头发？董丹笑着大声回答：长了十二根脚指头，得一根一根搓！

　　小梅赶紧用干毛巾给他擦身子，一双手利落又不失温柔。她做事总是这么简洁有效，劲都使在要点上。她还是小姑娘的时候，在老家村子里的农地干活，挣的工资是按一个大男人的份儿计算。董丹朝邻居赔不是，解释他实在是因为中午有个重要会议，他得赶时间。那女人便说等他和小梅忙完了，她再回来洗青菜。邻居们大致知道董丹混上了工作，但没人搞得清他在哪儿上班，都挺羡慕他那"班"得打领带、穿皮鞋去上。

　　赴宴前董丹总要好好地来一番梳洗。他一共有两件正式衬衫，一件白一件蓝，所以就替换着穿。一年多前，他拿到印好的记者名片当天，便向邻居们借了一百块，跑到一家旧货店，花了五块钱买了副宽边平光眼镜，又花了二十块买了个麦克风，接在一台基本报废的录音机上。剩下的七十五块，他用来买了一个照相机遗体，反正用不着往里头填装胶卷。就那样，他改头换面，成了个专业赴宴者。他学会了事先研究报纸上的新闻，发现哪里在举行会议。第一次是一个新研发的科技产品拍卖会。拍卖公司发出了一百多张帖子给媒体，会后备有十六道菜的大酒席。和董丹同桌的是一群"特邀嘉宾"。等到大伙喝得酒酣耳热，话匣子一开，他才发现这一群所谓的"特邀嘉宾"都是被雇来假装竞拍的。他们坐在场子里，举牌子自相残杀地喊价，就是要炒热气氛，哄抬价格。

酒宴尾声时，一个大水晶盘端上来。董丹搞清楚了，盘子里带粗壳的玩意儿叫做生蚝。服务员告诉大家，生蚝们一小时前还是一架飞机上的"乘客"，从一个海港飞过来。那群"特邀嘉宾"正闹着不可开交，谈论着他们今天的表演。拍卖的是一种新式减肥器械，一开始的底价是从五万块起拍，接着他们像疯了似的喊价，终于把价格抬上了一百万。最后的买家其实就是卖方自己，他导演了这整场闹剧就是想要为这个产品炒点新闻。现在所有的媒体都会宣扬这个产品有多么热门，所以最后以超过底价二十倍的价钱卖出。董丹一边听戏似的听他们的故事，一边和生蚝较劲，却怎么也没法把那灰扑扑、滑溜溜、带着可疑汁液的蚝肉给挖出来。好不容易成功了，他深吸一口气才把那玩意儿送进嘴里。这东西看着跟吐出来的秽物似的，味道倒不错。

第二天，董丹在电视台的晚间新闻上，看到这则产品拍卖成功的报导。消息在各家报纸也是重大新闻。而对董丹来说，唯有生蚝值得记忆：它填补了他饮食史的一项空白。

此刻，董丹腰间围了条浴巾，冲过走廊，回到屋里，留下小梅一个人拖地。等到她进屋，他穿戴得差不多了，正对着窗台上的一面小圆镜子一会儿弯腰一会儿半蹲，想把他整张脸挤进镜面。他皱皱眉，对自己的头发不甚满意，努力让其中一部分站立起来。

"行吗？"他问，摆了个侧脸。

小梅说很好。她拿起半篮绿豆，开始挑拣里头的泥沙，还有已经被虫给蛀空的豆壳。她靠着一张书桌，桌腿上有着潦草的红漆数字，表明是公家财产。他们刚结婚的时候，工厂正换新家具，把这些破烂以低价处理给了职工们。小梅挑了两张书桌，一张缺腿，一张裂了桌面，她把它们全给拆了，把好的腿和好的桌面拼接到一块。另外捡回的两张破烂办公椅，她用花布做了椅罩，把椅子上丑陋的编号给盖起来。屋里到处可见白色钩花桌布，这是小梅想出来的法子，让家里完全不成套的家具看起来有统一性和协调感。两个缺了玻璃门的小矮柜靠着墙放着，里头装了些茶杯、桌历、笔记本、旅行闹钟一类杂七杂八的东西，全是从酒席中拿回来的纪念品。矮柜上方的墙上挂了一块黑色的大理石饰物，雕成了一本书的形状，金色商标下面，还打了一个有名的金饰老号的标记。也就是说，商标是不折不扣24K真金。这是他们最宝贝的一样纪念品。据说送这纪念品的出版家把他大部分的财富都捐了出去，为了抢救中国历史上遭禁的古典文学真迹。董丹开玩笑说，哪天他们穷得要饭了，那上面的金子还够他俩吃一阵子。矮柜对面是一张大床，人造皮革床头，也罩着同样的白色钩花床罩。

董丹还在对着镜子瞪眼，就像他正打算和镜子里的自己摔跤。

"你也觉得昨儿没跟我一块去吃'千蟹爪'挺亏的吧？"董丹问道。

"嗯。"她漫不经心地回答。

"那盘菜根本没吃完，恨不得能代你吃！"

"那就代我吃吧。"她笑起来，把一颗豆子朝他的肩膀弹去。他从水泥地上把豆子捡起，又弹回去。她弓起背作势要朝向他冲去。他立刻举起双手求饶，并且用下巴指了指时钟，该上班了。吃酒宴可不是一件简单的工作，一点都马虎不得，除了敬业之外，还要有纪律、勤奋、勇气等素质。

董丹走到屋子另一头，从晒衣绳上取下了他那条领带。小梅看着老公打上了这条格子领带，心想她这辈子没见过比他更帅的男人，包括电视剧里的男明星。

董丹又窜过房间，一屁股在沙发上坐下，那张臃肿的沙发立刻陷了下去，哼唧一声。系鞋带得抬高脚，他的膝盖都快撞上了下巴。跟床一样，两张沙发用的是同样的人造革自制的。它们挨着门边蹲着，白头偕老似的，像一对不知所措的乡下老夫妇。他跟小梅以及自己许了愿，一旦他从吃宴会里赚够了钱，马上换掉他们的新婚家具，包括那张床和这两张沙发。

02

　　这场酒席的东道主是个非盈利组织，培养少年鸟类观察家。饭店的大厅挂满了知名画家的作品，都是捐出来赞助少年观鸟活动的。董丹随着人群走进宴会厅，看到接待人员在检查每个人的证件。女接待员的眼睛忙着对照身份证上的照片和眼前的人，一边跟大家解释一项新规：两天前有人拿了假记者证混进了人民大会堂。当时人代会正在举行，那人就闹起示威来，控诉地方党领导的腐败。从那之后，记者们在参加记者会和宴会时都得同时出示身份证和名片。

　　董丹反身离开了入口处。他身份证上的名字与他的名片并不相符。当然，他可以谎称他把身份证留在家里了，说不定女接待员还是会放他进去。但是万一她不放他进呢？万一她检查记者证的真正目的就是要抓出像他混吃混喝的人呢？是不是有些人早已注意到某些来路不明的"记者"，总是在记者会和酒席上出没，却从来没见他们刊登任何文章？

　　董丹瞪着面前的一幅画，因此避开了与任何人照面。他留神到大厅里就剩下他和另外两三个人了。几乎所有的受邀者都已经进了宴会厅。他必须马上作决断。

"你喜欢这幅？"

一个带了浓重口音的声音说道。董丹转过头，看见一个虽胖但比例得当的男子站在他侧后方。董丹立刻注意到他一身的黑衬衫、黑长裤，一头黑亮的头发，还有"无眼皮"下带血丝的一双眼睛。那一头黑发黑得可疑。他看上去有六十岁了，或者更老。董丹意识到他指的是面前这幅画，便笑了笑。它不过就是一大堆颜色，怎么解释它都成，可以说它是一幅风雨中的山水，也可以说是一群马在混乱中狂奔……

"挺喜欢的……"董丹对着画缓缓点着头。

"那我问你，喜欢它什么？"那男人和董丹一同注视着那幅画。

董丹眯起眼睛、抿紧嘴唇，朝前跨了几步，又往后退了几步。欣赏画是不是都得装成这样？

"你看出什么了？"男人要他回答。

一堆颜色烩什锦。一锅煮烂的线条与形状。或者就是一个像他一样饿昏的人看到的世界。董丹从一大早吃了双黄蛋后就再也没有进过食了。

"我喜欢你这样的人。"男人说，"至少不乱评点你看出的那点名堂。要不就是，你看不出名堂的东西什么也不说。你是哪家媒体？"

董丹拿出名片，双手奉上，这是他从他的"同行"那儿学来的谦卑姿势。

"从来没听过。我以为所有的媒体都已经来骚扰过我了。"

"这是一个新的网络媒体。"

"你们还真的到处都是！哪儿搞得清楚这家那家。熟悉我的作品吗？"

他回答："当然，谁会不熟悉呢。"可是他心里盘算着原来这人就是这幅画的作者。正是他那双胖而比例得当的手炒出这一盘流汁流汤的巨幅色彩大杂烩。董丹还来不及应答，一群人蜂拥而上，朝那老头喊"陈大师"或是"陈洋先生"，频频道歉没立刻认出他来，害他久等了。叫陈洋的人扭过头，隔着人群问道："如果我没猜错，你是西北人。"

董丹回答："一点不错。"

"嗯，长城之外的不毛之地，沿着丝路全是被烤焦了的商队驿站。让我再猜，甘肃省？"

董丹点点头。

大师立刻在董丹的肩膀上用力一拍，说只有他家乡来的小伙子，才有他这样高壮的体格和直率的性情。

原来他们是老乡，董丹并不激动地意识到。

他俩一同从接待人员面前走过时，董丹假装专心听陈大师讲话，没空注意她伸着手跟他要什么。

陈洋穿过一个朝他微笑的人群，穿过笔挺白衣的服务员和长发黑衣的艺术家，最后来到讲台麦克风正前方的一张桌子前坐下。他指指身旁的椅子，要董丹坐在他身边。陈洋上下搜着口袋，找不着刚刚董丹给他的那张名片，于是问他叫什么名字。董丹不假思索便报出了他的本名。陈洋问他，他名字里的那个"丹"字，可是中国字里"丹红"的"丹"。是呀，没错。也就是公元六百年前战国时代燕国太子丹的"丹"啦？没错。好名字。谢谢。

董丹心里想着，待会儿他该做的第一件事就是去书店，找一本历史百科全书查查这个燕太子丹是何人。下回他也可以像这老家伙一样，在别人面前炫耀一下他的历史知识。

开胃菜上来了，董丹觉得眼生。他正要拿起筷子，却见老画家对这菜漠不关心，好像有比吃更重要的事让他心不在焉。董丹只好悄悄放下筷子。他有预感，面对一大桌好菜，要像往常一样一心一意地暴吃一顿，恐怕成问题了。女东道主凑近陈洋身边咕哝了一番，朝大转盘中央巨型水晶碟里的食物，玉指又是一阵乱点。接着她把说话内容向全桌重复一遍：这些开胃菜所用的菇类都是非常稀有的，全是赏鸟探险时采集回来的。董丹纳闷了：它们吃起来像肉一样，而且挺油腻。

一个十六七岁的年轻女画家走向了讲台麦克风。来宾们的听觉穿过几百双象牙筷子敲打细瓷、几百副嘴唇牙齿大咀小嚼的声音，听着她说话。在年轻女画家用投影展示她的作品时，董丹的饥饿感已经被平息了。他放松下来，开始认出许多张熟识的脸——同样经常出席餐会、领取车马费、面对丰盛佳肴挂着脑满肠肥的笑容的脸。年轻女画家身上遮体的是一件红色小肚兜和她一头浓黑的长发。当她说她还不会说话的时候就已经开始画画了，台下一阵哄然。可是她马上补充，她到五岁才会说话。这是她抖的一个包袱，听众们也都哈哈响应。

今天第一道热菜，是用乳鸽的鸽胸肉末混合豆腐泥做成的小丸子，上头还撒了新鲜的绿青葱末。董丹吃得很过瘾。当他放下筷子喘口气时，发现那个年轻的女画家已经是今晚众人追捧的对象。许多客人要她的签名，许多人要跟她合影。董丹心想他是不是也该加入记者们的行列，用他没有底片的相机对那女孩按几下快门时，陈洋开口了，他说他越来越喜欢董丹这人了。

"你眼光不错啊。"他边说边朝董丹靠过去，"对这种玩意儿，你的趣味没法容忍。"他扬起下巴指指那女孩。

董丹的嘴里还满是美味，他心里想的是这肉丸子的滋味太好了，要想完全品尝出精髓，等下肚后还得慢慢回味。

"你看那群色迷迷的男人，轻易的就被这样的女孩给迷倒了……这就是为什么冒出这么多少女作家啦、少女画家啦……这个社会变态了，色欲横流，恨不得把她们生吞活剥……"

太吵闹了，陈洋说的话董丹只听到一半。即便他专心聆听，他还是搞不懂他在说什么。不过他频频点头，把耳朵凑向老艺术家。这当中他不时地张开鼻孔，好让饱嗝有地方打出去。

看见那个女接待员拿着信封口袋正朝他们走来，董丹急忙掏出了又聋又哑的麦克风和录音机，把它们放在艺术家的面前，希望她经过桌子旁边时，自动把钱留下，别打扰他们的"采访"。可她就等在那儿，讨好地微笑着，看着艺术家说得慷慨激昂，嘴角堆满了口水泡沫。

"干嘛？"陈洋不耐烦地停下来。

她忙跟他说对不起，并把信封交给董丹，轻声细语地说道："这一点儿小意思，感谢你跑这一趟。"

董丹不作声，点点头表示谢意。

"对不起，打扰到你们了。"但她还是不走。

"没关系。"董丹说道。

"我们这儿正访谈呢……"陈洋挥挥手，表示要她离开。

"陈大师，对不起，就打扰一小会儿。"她把她的手放在艺术家宽厚的肩膀上，同时转向董丹，"能不能看看你的身份证？要怪只能怪这项新政策，害我们多出了许多事来。"

董丹说他忘带身份证了。接待人员朝着陈洋不好意思地笑笑，转身临走前，她的长发扫过董丹，同时告诉他，待会儿会给他电话索取他的身份证号码。

那她可就要有重大发现了！不仅会揭穿他名片上的那个网站根本不存在，他们也许还会捉拿他。可是以什么罪名起诉他呢？吃白食吗？所有这些餐宴上的食物简直丰盛到邪恶的地步，而且大多数都吃不完，最后还不是都得倒掉，多他一个人吃，少他一个人吃，有差别吗？没有。

仿佛是在给自己辩护，董丹感觉他身体里充满一股道德的力量，不自觉把脊梁一挺。他环视全场，一张张嘴都在忙着吃、喝、嬉笑……你们知道我小时候每一餐饭吃的是什么吗？用树皮和高粱熬成的稀粥。秋天收割之后，我们这些孩子在已经收过红薯的田里挖，挖上几天，就为了挖出还带一口淀粉的红薯根。我们不敢用铲子挖，生怕把根挖断了，糟踏了那一口红薯。我们用自己的手指头铲，为了抠进冻僵的泥土，指甲都挖碎了。董丹望着女东道主，希望能跟他用目光交锋。女东道主这时正用筷子轻盈地夹起一颗小鸽肉丸子，像鸟啄一样小小地咬了一口。你知道我们这些孩子，在初夏大麦成熟前拿什么解馋吗？蚱蜢。妈妈告诉我，如果半夜肚子饿醒就去喝口水。董丹看见他对面的男人这时从讲台麦克风收回目光，转过身来饮了一口啤酒。董丹瞪着他，希望他会觉得愧疚。你相信吗？我志愿当兵三年，就因为听说当兵能吃上肉包子，结果我们吃到的包子都是白菜馅的，顶多尝到一点猪油。对面的男人看也不看董丹，而是在看那个年轻女艺术家满场飞，随着观众们一同拍手，笑得前仰后合。这更让董丹感到一种庄严和轻蔑。你知道我的楼顶上的那群邻居吃的是什么吗？他们吃的是过期很久的罐头。你知道他们每个月月薪多少吗？比你日薪还少。只赚那一点的钱，他们连买一棵青葱都得在臭气冲天的农场市集上和人讨价还价半天。他们过那种日子，恐怕一辈子都没听过什么鸽胸肉做成的小丸子。你们这群家伙认为这样公平吗？董丹用他这一番旁人听不到的雄辩，挑战在场的所有人。年轻女画家正端着一杯果汁从这一桌到下一桌，跟所有色迷迷的人们敬酒。董丹企图跟他们较量眼神，可谁也不看他。

陈洋这时的表情更加严肃。他以为董丹脸上恼怒的表情是表示他也看不惯，是跟他站在同一条战线上。艺术家告诉董丹，他对于绘画界的堕落非常的痛心。艺术家们把自己当作妓女，粗俗的暴发户们都乐于掏钱来嫖，媒体成了皮条客，专为像眼前这样的女混混接生意；反过来，他们也被女混混给剥削。艺术大师对着董丹手里的废物麦克风不时发出一阵一阵的冷笑。

总共已经上了七道菜，每一道的食材几乎都是难得的山林野味。根据董丹的经验，最后应该有一道出人意外的大菜作为今晚的高潮。

一队侍者端着椭圆形巨大的盘子出场了。

那位男主人站起来向大家宣布："先生女士们，最珍贵的肉来自最美丽的鸟。"

全场响起了一阵欢呼。

光溜溜的鸟昂着头卧在盘上，鸟嘴里含着用胡萝卜雕成的一束花，白萝卜则被雕塑染色，做成羽毛，而在它的屁股尾端则有三枝真的羽毛，带着蓝绿色泽闪闪发光，颤动摇曳仿佛未死的神经。

"真的是孔雀吗？"席间一位客人轻声地问。

"敢不是真的！哪怕今天只有一只真孔雀，他们也会放在咱们陈大师的桌上。"另外一位说道，并朝着面无表情的艺术家诌媚地笑着。

"其它桌上，恐怕会用鸡来冒名顶替。"一位年长的客人补充道，"咱们桌上肯定是货真价实的'孔雀公主'。"

董丹果然闻到一股有别于鸡类的特别香气。一名侍者举起一盅肉汁，戏剧化地高举在那只鸟的头上。环顾四周，确定他抓住了所有人的注意力，这才将热腾腾的汤汁慢慢地淋上去。渐渐地，鸟嘴浸在汤汁里了，接着是它的脸，然后是它一双紧闭的眼睛。不一会儿，鸟儿的不可一世与优雅全泡汤了，"孔雀公主"的美丽传说也淹没了。侍者的刀落向那只鸟时，每个人的筷子都跃跃欲试。但就在这个时候，桌子翻了。那只鸟滑过桌面落在了女主人的膝头。那女人高声尖叫着跳了起来，她的脸上沾满了肉汤的斑点，一大片褐色肉汁在她白色裙装的前襟呈星形绽开。

"岂有此理！"陈洋说道。他站得笔直，一只手抓着桌子的边缘，脸因为愤怒以及用力过猛而扭曲。

董丹这才知道刚才的"地震"是陈洋导致的。

"你们吃得下去？吃这么美丽的鸟？"艺术家指着那只跌得稀烂的鸟，"你们不觉得羞愧吗？"

大理石装潢的宴客厅里，只剩下一阵不知所措造成的静默。大师愤怒的眼神扫过男女东道主，扫过所有画家艺术家们，扫过在场所有的记者。他夺门而出时眼里泛着泪光。

女东道主浑身带着炸弹开花般的肉汁跑到陈洋面前，试图挡住他。

"对不起，陈大师，请留步……"

陈洋转过身面对在场的其他人："吃啊，接着吃啊。用你们的嘴、你们的胃继续发扬中华文化。还真得谢谢你们这帮人，我们灿烂悠久的中华文化毕竟有一样没被毁掉——吃。"

"我们真的非常抱歉……"男东道主也赶紧追上去，想拦住老艺术家的路。

"该抱歉的是我。"艺术家说。

"陈大师，这是误会。"

"我误会什么了？它们是孔雀还不是孔雀？"

"是……"

男主人与女主人面面相觑，极度的窘迫让他们变得很丑。

某人站起来，拿起相机对准了艺术家，一百多个记者们纷纷加入，对准陈洋扣扳机似的按下快门。整座宴会厅寂静无声，除了噼噼叭叭的闪光灯。在一片白热的光里，愤怒的艺术家如苍白的殉道者般独立，向所有人训诫。野生孔雀因为遭猎捕，已经逐年稀少了。"只懂得口腹之欲的人是最低等的动物。"艺术家下了结论。

董丹这才体会出来，在陈洋的画作里看到的那一股能量是来自愤怒。老画家的每一笔都充满愤怒的力量。但是，到底什么让他有这么多愤怒？

一连几个小时，董丹都在想那个古怪的老艺术家和被他破坏的孔雀宴。第二天大早，他跑到报摊上，找遍了所有大报的艺术版。没有任何关于这个事件的报道。他终于在一份小报上看到了有关为观鸟活动募款的一则新闻。他买了回家，读完了文章，其中只有一句话提到了陈洋的出席。

他把这份报读了又读，有种被瞒哄的感觉。报纸上所说的并非谎言，然而它也没有说出实情。董丹情不自禁地拿起笔就在报纸空白的边边上，匆忙记下了他很多的意见和想法。

从前在董丹老家的村上，漫漫冬季，村民唯一的娱乐就是听说书。村里的老百姓凑个十来块钱，就去邀说书的来，通常是两三个人组成的那种流浪班子。这些说书人当中，董丹最喜欢的是其中的一个老瞎子，他永远面无表情，却有着一副粗哑的大嗓门，每每对于村民们听他说书时爆出的笑声感觉到不可思议。董丹记得那年他十岁，跟着老先生一个一个村子走，帮老先生背铺盖卷和干粮袋，有时还要帮他赶村子里的狗。当董丹怯怯地问这老说书人，是否可以收他这个十岁的孩子做学徒，老先生眨了眨那双看不见的眼睛，叹了一口气说，只有瞎子才能成为一位好说书人。什么原因呢？因为只有当你肉眼看不见了，你心里的眼睛才会打开，让你看见事物变换，都是活生生的，有形有色的。看见了？看见了就把他们记下来。记下来之后呢？之后……之后就会成为一个好说书人，不会跟那些喜欢加油添醋、哗众取宠的人为伍。

二十四年后董丹坐在这里，闭着眼，想象一盘从乳白、粉黄、淡橘、浅褐、深褐，一直到丝绒般的漆黑的蘑菇……文章能不能就从头一道蘑菇拼盘开始呢？

"帮我拉一下。"小梅满脸通红，怎么也够不到连衣裙后面的拉链。

董丹帮她拉上拉链，马上又回到空白的稿纸前。她好奇地瞥他一眼，见他坐在桌前，眉头深锁，长腿折起，脚搭在椅子边上，就像村里的乡亲们坐在那里抽烟。他握铅笔握得太紧了，一笔一划都像用刀往木头上刻，小梅觉得笔芯随时会让他摁折。

"这羽毛的'羽'字怎么写？"他咬着铅笔头，想了几秒钟后望向小梅。

"什么的羽毛？"她说。

"孔雀的长尾巴羽毛有个专门叫法吧？"他自言自语。小梅早已等不及，出门就往邻居家跑，一条水泥的长走廊都是她塑料拖鞋踢踢踏踏的声响。不久她回来了，胸前抱着一本老大的字典。

董丹没有跟他老婆提起关于孔雀宴的事，更别说宴会上那场事变了。他自己还没搞清楚的事，也没法告诉她。他只知道陈洋是个与众不同的人，会说出像"我们灿烂的中华文化……就剩了吃"或是"只懂口腹之欲的人是最低等的动物"这样的话来。他得把这些词儿换成他自己的话，才能琢磨出意思来。总算停笔告一段落，他回去数有多少个字不会写被他空在那里，一算竟然有两百个。他把借来的字典打开，开始一个字一个字的填空，边写边笑，心想，要不填上这些空，不是让读他文章的人玩字谜游戏吗？他自己并不清楚写这篇东西要干嘛，他只是觉得，他写是因为正儿八经的记者们都不写。

董丹不吃宴会的时候，总会带小梅出去玩。她的"玩"无非是去汽车大卖场看排得整整齐齐的新车、旧车；或是去一望无际的大超级市场，在一排一排的购物道中走来走去；她喜欢高楼层叠、马路错综的街道。推土机进进退退，推倒一座座垃坂山，对她来说也有看头。她也会逛在超市购物架之间，各色洗洁精、餐巾纸、浴巾都被她当作公园的花坛、亭台观赏了。让她看个没够的东西都是巨大、超现代化、带有工业化的秩序，没什么人性。

董丹和小梅来到了一个专卖旧车的停车场，隔着铁丝网栏杆看车，享受着灰尘蒙蒙的寂静。稍远处晚风鼓荡着鲜艳的大甩卖横幅。董丹不时就发表意见，哪台车他喜欢，哪台车最适合小梅开。他对车的造型功能都发表看法，看到车的价钱还自言自语杀价。小梅只是不作声地看着，一如往常地做个自得其乐的局外人。

"等我有钱了，我就买那辆黄色小轿车给你。"

"好。"

"喜欢吗？"

"喜欢。"

她事不关己地笑了笑。每次她这种未置可否的笑法都让董丹觉得，他们俩在谈的事犹如投胎转世般遥不可及。他望着那些车，暗地里跟他妻子许诺他一定要工作得再勤奋些，争取吃更多的宴会，赚更多的车马费。他不能再忍受她的一生就像他的邻居们一样，留着大片大片的空白。这样空白的人生跟没活过有什么区别？

两个保安朝他们走来。

"你们俩在这儿干吗？"其中一个问道。

"这儿凉快。"董丹回答。

两个保安眼神不善地对董丹小梅打量了一阵。

"上别处凉快去。"

"为什么?"

"快走。"

董丹原本趴着铁栏杆，这时转过身面对那两个人。他可不希望小梅这么点简单的乐子都给剥夺了。

"为什么? 这儿老有偷车贼惦记，明白了吧?"一个保安说。

"这也叫车? 都是小毛贼惦记它们。要是我，有辆奔驰让我偷偷还凑合。这些破烂也值当我下手?"董丹说。

两个保安相互看一眼，从腰间抽出警棍。

"跟我们走。"

"去哪儿?"

两人懒得跟他废话，扬扬手中的警棍，意思是警棍可以回答董丹所有提问。他们看上去很年轻，不过十八九岁，刚从玉米地、高粱地钻出来没多久。

他们朝前逼近，董丹跟着往旁边挪了一步，一边对小梅扮鬼脸，希望她别担心，他在跟他们逗着玩。警棍朝他扬起来了，董丹只好耸耸肩投降。他叫小梅自个儿走，可是她摇摇头，硬要跟着他们去。在走过停车场的时候，他用力挥手叫她走，他看着她停下步子，等他再转身，又看见她跟上来。

他们穿过一排排像战车一样整齐的轿车，来到了销售部办公室后面的一排小房子。两个保安把董丹推进了最靠边的一间，屋里有两张上下铺的床、一台小电视、一屋子脚气臭味。模糊不清的电视画面上是两个相互拳打脚踢的人影。看来这就是这两个保安受训的教材了。

"两样由你挑：要不你就待在这儿等我们把你调查清楚，

要不你就去把所有的车窗擦干净。"其中一个人说道。

董丹把手伸进了裤袋，盘算着要不要掏出他的名片。假如他们知道他是一个"记者"，肯定会放他走。想到他们说的搜身，就让他的手开始冒汗。万一真的被他们搜出他的证件和名片，两个名字的不符就会被发现了。要不是为了写那篇陈洋大闹孔雀宴的故事，他早就把新名片印出来了。

车子的防盗系统突然作响，其中一名保安冲出小房间大喝一声："谁在那儿？！"

另外一个保安跟着出去关上门，把门从外面上了闩。董丹听见了小梅的声音，贴紧了窗户向外看。惨白的路灯下，她抱着一只脏兮兮的猫站在一辆车旁。让警铃大作的原来是这只猫。

"你怎么还不走？"保安之一质问她。

"怎么了？地是国家的。"她的语气听起来带刺，挑衅意味浓厚。

"你是不是也想进那屋去？"

"你请我进，我就进。"

"好，那就请你！"他们走到她跟前，一左一右把她夹在中间。

她紧紧地抱着那只猫不动，朝背后的那辆车靠了一步。一个保安推了她一把，她立刻把对方的手甩开。"你动手动脚啊？"她拔高了嗓门，那只猫也跟着尖声怪叫，一溜烟就跑不见了。

"也不看看人就耍流氓！"她说。

他们推得更用力了。

"知道本姑娘是谁吗？"她大喊一声，一边朝自己挺起的胸部一拍。

那两人互看了一眼，又看看她。

"是谁?"其中一个问道。

"我是董丹的媳妇儿。"

"谁是董丹?"

"董丹是我爷们儿! 弱智啊?"

两个保安向前抓了她膀子就要拖她走。她发了疯似的乱舞她的手臂，企图把他们甩开，缩弓起身，用尽吃奶的力气硬往后拖。她连衣裙背后的拉链又给撑开了。

"耍流氓!"她尖叫，"救命呀! 来人呀!"

"闭嘴!"他们边说边四下张望，庆幸四周没有人听到她在喊什么。

"耍流氓了! 臭流氓!"她越叫越大声。"这两个小子把我丈夫关起来，想跟我耍流氓!"

这时街上有人朝他们这个方向看过来。两个保安心虚了，怕她裙子背后豁开的拉链让他俩有口难辩。两人赶紧收手，回到小屋把董丹给放了。董丹走出去的时候，那两人站在门口盯着他。

"你是什么干部?"其中一个问道。

"不是干部，就是个记者。"他掏出一张名片交给了其中一人。

他一路向小梅走去都没再听见那两人开口，他用一只手遮住小梅衣服背后被扯开的地方。这时他听见两名保安的对话。

"糟践了——记者怎么娶了这么个女人!"

"她咬着你没有?"

"倒没咬。不过看她把我给挠的!"

03

　　进入会场前先得到登记处报到。登记处的长桌两端各放了一盆豪华的插花盆景。就在他熟练地签下自己的名字时，赫然看见在他之前的一个人搁下的名片，格式竟和他以前的名片一模一样，甚至名片上的公司就是他董丹一手编造、如今已经关门大吉的那家网络媒体。他立刻从入口处撤退，他得先弄明白自己现在的处境。显然有另外一个宴会虫如法炮制他董丹混吃混喝的方法，吃到他董丹的地盘上来了。可这家伙太没种，想来白吃，又不敢自创名号，等于盗用了董丹的知识产权。董丹看着自己气得发抖的手指间还夹着香烟。大概是刚刚有人散烟，他也顺手拿了一根。

　　有位女士挥手向他招呼，他假装没看见。身边正潜伏着另一只宴会虫，他得好好观察局势，步步为营。他给自己创造出来的这份工作原本是无懈可击的，是经过他反复修改、精心计划、不断地观察、努力地学习，才有今天的成绩的。能混到他今天这一步，靠的不光是勇气，还要有情报人员般出生入死的精神。

　　董丹走过去，问登记处一位染了黄色头发的女孩，是不是可以请她指出来刚刚是哪位留下的那张名片。这个嘛，如果见到他她大概认得出来。那她是不是可以帮忙广播一下，说有人找他呢？对不起，她忙得分不开身。她伸出手跟他要身份证。董丹从裤子口袋里掏出他的证件，同时口袋里的钢蹦儿也一并掉了出来，落在晶亮雪白的花岗岩地板上，顿时满地叮当乱滚。董丹现在没心思去管这些。黄发女孩迅速扫视身份证上的名字，核对是否和名片上相符。他早已经把名片重新印过，所以现在名片上的名字和他的身份证是一致的。董丹不懂其中的危险性，任何人若对他的身份有怀疑，不消几分钟就会根据他的身份证在电脑上搞清楚他是谁。黄发女孩记下了董丹的身份证号码，董丹站在一旁也不自主地跟着默念他那个十八个号码组成的身份。

董丹走进了午宴大厅。这儿的舞台大得可以容纳一个中型管弦乐队。原木地板搭的舞池塞上几百个舞客不成问题。大厅里四处飘着气球，气球下垂着巨大的彩带条幅，上面写着今天的赞助厂商。横跨舞台上方的布幔则写着："扫除文盲，救助贫困学童就学！"这类名目的募款餐会，董丹早就参加过很多次了。主人多半都是那些中国经济改革开放后一夜致富的有钱人。一个身穿剪裁合体的西装的男人从董丹身边走过，身后跟着秘书、保镖、崇拜者，以及那一股昂贵香水气味。董丹赶紧让出路来。在这些大人物面前，他觉得自己十分藐小。随着每一次的餐会，这些人好像一次比一次有钱，名气一次比一次更响。

正在找位置坐下的时候，突然有人在董丹的肩膀上拍了一下。他转过身来，看见一顶大棒球帽，帽子底下露出一张小脸蛋，被左右两只巨大的银色耳环夹在中间。

"我从接待柜台那边儿就一直叫你！"她打开手掌，里面有六个钢蹦儿。

董丹望着她，心想她八成认错人了。

"你这么有钱呀？"她说，"六块钱掉到地上都懒得捡？"

董丹除了"谢谢"，不知道还能说什么。

把钢蹦儿交回到董丹手上后，那女孩突然像要捉弄董丹似的对他说："坐一块儿吧？"边说边把一个大帆布包甩到肩后，扬扬下巴指着她前方的座位。

董丹还来不及回答，那女孩已经拉住他那只装了假麦克风跟破照相机的挎包，领着他穿过了人群和桌椅。她喊他"董鹏"，那是他几个月以前就停用的一个假名。台上的主人宣布记者会开始，董丹却只想找机会摆脱她。

这些记者会的主人早有经验，已经把大厅的门给关上了，以防一些记者老油条在报到处签完名领了钱就溜掉，晚一点再溜回来吃饭。现在他们派了人在大门把关，这种没有职业道德的人一个都无法开溜。董丹找寻所有的出口，很不幸地连男厕都是设在宴会厅里。唯一没人看守的只剩在舞台旁的那个出口。

他站起来，一双长腿蹭着椅腿和人腿走出去。他知道有几个接待人员正在注意他。这辈子从来没有像现在，他高大身材成了麻烦。出了宴会厅，一个男人正在那儿抽烟。

"怎么走了？"

不用回头，董丹就知道那女孩又追出来了。

"我得抽根烟。"董丹说，感激那人给了他撒谎的灵感。

"董鹏，你知道今天这场记者会最让我不满的是什么吗？"她竖起拇指朝宴会厅方向指了指，大摇大摆地朝他走来。她看上去大概二十八岁，或者更大一些，人很瘦，胸脯平坦，一双大眼睛勾着黑色的眼线，看上去她从生下来就失眠到现在。

"不知道。"董丹笑了笑，"你怎么老叫我董鹏？"

她的手势比了一半，这下停住了。脸上的表情像是她不知道该疑惑自己的记忆力，还是该疑惑有人在跟她的记忆力捣蛋。

"我叫董丹。"他回答，一本正经地。

她笑着说，反正"董鹏"这个名字肯定不是她胡编的。她姓高，单名一个"兴"字，这名字是她父母给她取的。她那对不苟言笑、食古不化、莫测高深、四眼田鸡的教授父母对他们这个女儿没有别的期望，就希望她能高高兴兴。董丹点点头，笑了。她继续说，她并不奇怪他除了"董鹏"以外还有别的名字，因为每个人都有笔名，否则谁敢在报上写那些具有争议性、挑衅又挖苦的文章呢？她给自己取了一个笔名叫"高深"，专门用来写一些批评时下请媒体吃宴会与送礼的文章。她担心如果这些文章用真名发表的话，她就收不到这些宴会的邀请了。董丹更加会意地点头，笑得也自在了，搞不好就是她冒用了他的假公司名片？她说给自己取"高深"这个名字是想要开她父母的玩笑。高深、高深、莫测高深，他们就喜欢摆出这种样子。

她话中的很多词儿，董丹都没听过，至少有三个地方他没听懂。

"我能证明你和董鹏是同一个人。"

高兴说着打开名片夹，掏出了其中一张。那正是几个月以前，他用的那种名片。上面有着他已经报废的假名"董鹏"。

"怎么样？是你亲自给我的。"

这张卡片的设计刚才也在登记处出现，不知被哪个神秘的宴会虫同行给盗用了。难不成这么多人都在伏击他，他唯一的小小野心就是来吃一顿好饭呀！

"肯定不是我给你的这张名片。"他说。

"少蒙我！"

高兴（或高深）的嗓门使旁边抽烟的家伙差点给烟呛着。

"别以为我记性不好！我欣赏的人一般我都不会搞错。"她说。

董丹望着她，不确定她用"欣赏"两个字跟字典上所说的标准用法是不是相同。她有些男孩子气，擦了深红色口红的嘴跟她那张苍白的小脸实在不是一回事。

"我欣赏你是因为你不像其他人那样假模假式。"她向他伸出手，看他猛眨眼睛，这才勾勾手指头说："给根烟吧？"他掏出他的香烟，她看了看烟盒包装，抽出一根点上。刚抽一口，她立刻把它熄了。董丹看着她把烟蒂丢进了垃圾桶。

"你抽的这个叫蚊香。"她指指垃圾桶，"拿它来做熏腊肉也行。高中生抽的最便宜的烟也没这么次。"

"你在哪个媒体工作？"他问，打算跟她交换名片。

"我是自由撰稿人。"她说，递给他一张名片。

他点点头。"自由撰稿人"是什么？接着她又跟他提起很多她写过的文章，希望他会对这些文章有一点印象。他点头点得更用力了，好像他真记得似的。接着她又说，那天看见他和陈洋在一起，她本想过来跟他聊聊。你俩一定是老乡吧？她问董丹能不能介绍陈洋给她认识认识，董丹还来不及拒绝，她已经让他不必装蒜，因为从他俩相近的西北口音，她早就猜出来他们是老乡。别担心，她得到了大师的地址电话，一定不会泄露出去。

"对不起，我得走了。"董丹瞄了一下他的手表。

"想不想赶在别人之前发这篇稿子？"高兴不知从哪里就抽出了一张纸。"我早就帮你写好了。这些记者会都千篇一律，写过一篇以后，只要把上面的名字改一改，其他什么时候都可以照用。"她那张看起来似笑非笑的脸上，只有那双眼睛看起来比较无邪。"你可以拿这篇去放在你的网络媒体上，我不会指控你剽窃。你呢，把陈洋的电话告诉我。这个交换你觉得怎么样？"

"我真的跟他不熟。"

"得了吧，一看你们就很熟。"

"他的画我都看不懂……"

"谁看得懂？"

"我的意思是……"

"我知道保护他的隐私是你的责任，所以我就说嘛，你这个人看起来很正直。"她那涂了深色唇膏的嘴角扯了一下，那笑容看起来有点不太友善。

董丹犹豫了。他想立刻走人，找个借口把她甩掉，然后迅速离开此地。可是，他必须找出另外那个虫子，把他置于自己的监视之下，在他毁了自己之前先毁了他。

　　"成交不成交，董鹏？"高兴进一步逼问。

　　一直让她喊你那个已经停用的假名，实在是一件不安全的事。更别提你那家根本不存在的公司，现在又多出一个职员。看来他陷入了重重险境。

　　"陈大师他最近不舒服，不想被人打扰。"董丹希望他扯的这个谎能够让他暂时渡过难关。

　　"我知道，报上有消息，说他两天前住进医院了。我就是想知道他住的是哪家医院。"高兴说。

　　原来那老家伙是真病了！大概除了他董丹，所有人都听说了。

　　"你把他医院的电话给我，这篇新闻稿就是你的啦。"
　　他摇摇头。

　　"要不，再附带赠送脚底按摩？"她两只手交叉在胸前，向董丹又靠近了一步。"你想找什么样的妞儿？我帮你挑北京最好的。她一定会好好地服侍你那双脚，要服侍身上其他地方也成。任何地方，只要你一声吩咐。"她的提议开门见山，毫不遮掩。"你再加点钱的话，还可以带出场。大概两百到三百块。我保证她没病，而且还会自备避孕套。"

　　董丹现在已无异于一只被捕的野兽，只要能脱逃，什么都干得出。他在高兴给他的纸上写了个电话号码，当然又是他随手捏造的。至于这么做的后果，眼下他顾不上了。

　　宴席间，董丹发现高兴已经不见了，这才踏实下来吃饭。他胃口不佳，这时总算有一道菜引起了他的兴趣。一个胖子服务员端上来一个长方形的盘子，上面放了二十个巨大的海螺。服务员告诉大家这道菜的名字叫做"山海会"，发明这道菜的是一个女厨师，在全国烹饪比赛中拿过冠军的。首先得把海螺肉从壳里头挑出来，剁碎了，混进细嫩的小牛肉以及新鲜的野菇，再加上佐料、秘密配方，最后把搅拌成泥的海螺肉和小牛肉一并塞回螺壳里。服务员发给每人一个玩具似的小榔头，还有一块金属的板子。他向大家讲解，这些都是吃这道菜的工具。服务员示范着用小榔头把螺壳敲开。桌上的每一个客人都全神贯注地学着他的步骤。从敲开了口的壳里，挑出一条弯曲鲜美的螺肉，形状还真像蜗牛。

董丹看见签名登记处那个黄头发女孩朝他走了过来。她问董丹：你刚才要找的那个人见着了没？没有，没找到。怎么可能呢？她跟那个人说了董丹在找他，她还把董丹的名片给了那人，跟他形容了董丹长什么样子。董丹问：对方是个中年男人吗？看不出年纪。女孩打量了每一个桌上的脸孔，对不起，她现在也找不着他了，八成已经走了。有些记者是不留下来吃酒席的，他们还有下一场要赶，可以多赚一份车马费，她说。

混账、寄生虫、小偷。董丹的创业心血和知识财产都让这人给偷了。他知道董丹要找他算账，所以溜了。他惧怕董丹的程度远远大于董丹怕他。这样一分析，董丹感觉放心了些。桌上那道海螺肉令他的眼光一直不舍得移开，想到如此的美味没有小梅的份儿，他于心不忍。

等到桌上其他客人都走了，他抓起了一块餐巾，把剩在盘子里的最后一颗海螺给包了起来。

04

　　董丹刚要上楼，就听见小梅在叫他。一抬眼，看见楼上的楼梯扶手上冒出小梅的脸。她说有人打电话来找他。谁？不知道什么人老拨咱们二楼的公用电话，说是要找董丹。董丹明白了，那个号码曾经印在他的旧名片上。小梅说电话铃一直响一直响，几乎把他们整栋楼里正在睡午觉的人全吵醒了，所以她只好下楼来接电话。对方是个女的。

　　"她跟你说什么了？"

　　"她问我是谁。"

　　"你怎么说的？"

　　"我说你是谁？！"

　　"然后呢？"

　　然后两个人都摔了对方的电话。

　　高兴。一定是那个烦人的女人。肯定她按照董丹胡写的号码给陈洋一再拨号，发现受了董丹的捉弄。他三步并两步赶忙就下楼去。在二楼和三楼之间，一个灰头土脸的电话机搁在水泥地上。他抓起话筒，按高兴名片上的号码拨号。听着电话铃在那一端响了一声、两声、三声，他深吸一口气。

"哈喽!"

"对不起,高小姐……"

"等五分钟再打给我。"她说完就把电话给挂了。

他等了她十分钟,再次拿起电话。

"再等五分钟,OK?"她说。然后,他听见的就是电话录音机里头的留言:"我现在正在工作,不能说话。"

他只好站在原地,抱着话筒继续等,决定过十五分钟之后再拨一次。他抬头看见小梅还在楼上望着他。他打了个手势,小梅立刻一步两阶地奔下楼来。她在嫉妒高兴那女人?没准真是在妒嫉她。她大可不必妒嫉高兴。董丹不会当小梅的面承认他离不了她,但事实上没了她他连觉都不会睡。夜里他常常翻来覆去睡不着,急得就像是等公共汽车等不来,而他要去的一个重要酒会就要开场,晚了就进不去了。这时他只要听见小梅均匀、深深的呼吸,带着轻柔的鼻鼾,就会渐渐平静下来。他相信这世界上找不到第二个人像小梅呼吸得那么松弛、平静,只有活得与世无争、心安理得、不亏欠别人、也不觉得别人亏欠自己的人才会有这样的呼吸。他只要随着她呼吸的节奏,慢慢调整他的吐气吸气,直到跟她的节奏一致,他心中的焦虑也就慢慢地抹平了。最终小梅的呼吸声总会摇晃着他入睡。

他把和高兴的相识过程告诉了小梅之后,她在他肩上掐了一把。这是她消除疑虑的表示。

又过了五分钟,董丹拿出高兴的名片,指着上面的电话号码叫小梅拨号。他叫她开口先说:"你好,这里是某某网络媒体公司,我是董丹的秘书,请问高小姐在吗?"在董丹的指正与调教下,小梅一次一次地练习,董丹站在她身边看着她的侧影,听她像孩子般认真地练习着每一个字。他要求她说"高小姐，请稍等，让我把电话转给董先生"的时候，下巴要缩进去，尽量把嘴型压扁。他对于她的进步点头表示满意，并解释说，这样她的声音听起来才会比较低沉成熟，比较"酷"，对方就会听不出来，刚才跟她撒泼叫板问"你是谁？！"的是同一个人。

电话这时突然响起，把他们俩都吓了一跳，不约而同倒退一步，瞪着铃铃作响的电话谁都不伸手。在这座一向死沉、灰噗噗的楼里，那铃声听来格外刺耳。他朝小梅使个眼色，要她去拿起听筒。她却只顾着笑，害臊了起来，真成了在大老板的手下刚开始工作的新手，接着整个人就僵在那儿了。董丹只好一把抓起话筒，手心紧张得直冒汗。

"喂……"

"别跟我说对不起。"高兴说，"你给我的那个电话，我拨了上万遍。刚开始我以为是其中号码顺序写错了，所以我重新组合接着播。能试的顺序我都拨过了，我真想骂你王八蛋。不过你这个王八蛋这么做是为了保护陈洋，所以我能理解。"

就在这时候楼下厂房的机器又动工了。这是好长一段日子以来，工厂第一次来订单。住在他们厂房里的这些居民眼下对这噪音倒是挺欢迎的，因为噪音意味着厂里会有钱把正式职工和下岗职工的工资偿付一部分。因为这噪音，他们会睡得安稳些，胃口也会更好。

"怎么这么吵闹？"高兴问。

他用手捂住嘴巴以及话筒，跟她解释因为他刚把窗子打开，窗子外面就是大街，车水马龙。现在好些没有？他的手把话筒挡得更严实。好多了，她说，她没想到他能写出那样一篇文章。什么文章？就是关于陈洋大闹孔雀宴的那篇文章啊！她在哪里读到它的？这篇东西还没有被发表出来呀！别打听了，她有很多秘密途径让她读到尚未发表和不得发表的文章。好东西通常都是不发表的。说完，她哈哈大笑。她从涂了深红色口红的嘴里发出的笑声震得董丹的耳朵发麻。他皱皱眉，把听筒拿远了一点。工厂机器的隆隆声暂时把他与她隔开了。

小梅在一旁瞪着眼睛。

高兴继续说，能读到他这样的文章颇让人振奋，一点也不造作，跟所有千篇一律的报道完全不同。而且它有种诚恳的客观性，当然有些地方还可以再修一修，有些错字需要改正，可是这些都无关紧要。重要的是，观察角度的新颖，只出于孩子不带成见的眼睛。还有那种只属于孩子的非评判性的描绘。

阳光从破了的玻璃窗里射进来，照着董丹额头上一颗颗的汗珠。小梅看到了，伸手来过去帮他擦汗。董丹回报一个微笑。这座水泥造的建筑物，每到下午就热得不透气。现在加上楼下开动的机器助阵，更是热死人。

"你到底是从哪儿看到我的文章的？"董丹问。几天前他把文章投给某杂志，只是因为比投进垃圾箱好些。

对于他的问题，她避而不答，转而继续称赞他文章里头的许多描写，关于在场的来宾，关于服务生们的制服、他们上菜的方式，以及餐桌的摆设、宴会厅里的装潢，甚至他还注意到像桌上盆景里的花都是假花这种细节。当然还有对菜肴的描写，尤其用香菇排成孔雀开屏的那道开胃菜，真是栩栩如生、活色生香。每一道菜在他的笔下都成了一件艺术品。她尤其赞赏他如何将整篇文章推到了它的高潮。事前完全不留伏笔，却也一点不像是刻意的设计，那种直率天真反而让人觉得境界更高。

董丹很惊讶，他都不知道自己在写什么，她却能够读出这么多东西。经她这么一说，董丹都被自己的文章给启发了。

"所以陈洋把那盘孔雀肉给砸了，真让人觉得震撼……"

"他没砸那盘菜，他是掀了桌子。"

"行，没砸。他把那道菜扔向装模作样的女主人身上……"

"没有，他没把那盘菜扔到她身上；也不知怎么着盘子就落在那女的膝盖上了。陈大师他——"

"你让我说完。"她说。

她对他文章的称赞并没有到此打住。董丹看看小梅，她目不转睛地看着他，和他分享她根本听不见的信息。

"这样好不好，明天我有空，我到你公司来，咱们讨论讨论，看怎样把这篇文章发展成一篇陈洋的人物特写。这样他对于自然生态保护的发言可以被更广泛地传开。我听说他最恨大吃大喝，吃得特简单，最瞧不起那些爱吃的人。"

董丹心想，那是因为恨得起大吃大喝。他吃得起，他才不爱吃。

"你那篇东西如果加以好好润色，会成为一篇非常精彩的文章。我们可以让它变得更强有力。平心而论，现在读起来还是挺糙的。"她说道，"明天上午十点，我过来。你们那附近好停车吗？"

这下他慌了。

"明天上午，我得在外面跑。"

"那就等你从外面回来以后，我再到你的办公室跟你碰头。我的时间比较弹性。"

他没有退路了。他求救似地望望小梅。小梅只是好奇地瞪着眼睛。看见那表情，董丹的紧张情绪稍稍缓和了些。

"那我在大厅里等你。"他说。

"行。"

找个咖啡馆，把她带去，借故说他们办公室里太吵太乱，正在修水管，或者说要搬家什么的。一杯咖啡得多少钱？万一那附近没有咖啡店呢？万一她早早就到了，发现那座办公楼里根本没有他名片上的那个网络媒体公司呢？

这晚上他睡得很不安稳。一大早爬起来准备赴约时，发现他的裤子口袋上出现了一个丑陋的破洞。昨天夜里裤子被耗子咬了。那耗子咬破了口袋，咬破了口袋里的餐巾，直奔那个被遗忘的海螺。好一只大耗子，如此好的一副牙口，甚至连海螺的硬壳都差点给它咬穿。他们这座楼里的老鼠平日只闻过面条、馒头的味道，哪里闻过这样的鲜味！可惜现在小梅也没得尝了。小梅正光着腿、虚着两只微肿的眼睛，想替董丹另外找条裤子。可他除了这条之外，就没别的裤子上得台面了。她只好从裤兜里面剪下一块相同的布料，然后补到破洞上。他又把衬衫从皮带里拉出来，放在裤腰外面，遮住了补丁。

05

　　谢天谢地，从他宣称的办公室走出一个街口，就有一家咖啡厅。董丹打听了价钱。一杯最普通的咖啡就要二十块，两个人就要花上四十块。他开始为自己不喝咖啡找借口：他对那玩意儿过敏，或者，咖啡跟他的胃往往闹不和，这样他就只需要付高兴一杯咖啡的钱。

　　十二点整，高兴准时在大厅出现了。

　　"我从来不喝咖啡。"这是她对他去咖啡店的反应。"我有不少恶习，不包括喝咖啡。"董丹心想，事先的侦察和内心的排练这下全白费了。他提议请她下馆子。干嘛？饿急了？她可不饿，吃惯了山珍海味，随便找个馆子，粗茶淡饭怎么吃得下去？且不说它不卫生。再说，她下午有一场招待会要赶，那儿可有人喂她好东西。自从她做了自由撰稿的记者后，她从不下馆子，也不进超市买菜。

　　她边说边领着他过马路，又走过几个街口，然后推开了一扇玻璃门，走进一家招牌上写着"绿杨村"三个字的地方。高兴告诉他，在这儿他们可以免费喝茶，而且没人打扰。原来她对他"办公室"周围的环境了如指掌。进了房间，那里头灯光昏暗，见不到一个人影。董丹纳闷，这地方已经倒闭了不成？两个人的脚步声回响在一条空空的长廊上，长廊的两边各是一排房间，门对门，每扇门上还挂着一个小牌子，上面写着"按摩室"。甬道越走越昏暗，空气也越来越混浊，酒和夜餐的气味混杂着人体在睡觉时发出的特有气息——是淤积住的夜晚气味。

高兴告诉董丹，这些按摩室也作按摩小姐的宿舍用。说着便听见有人在身后喊他们。

"高小姐吧？"走廊入口处的一间按摩室里探出了一个睡眼惺忪的男人。

"晚上好啊朱经理。"高兴转过身来对他笑了起来。

"现在几点了？"朱经理问。

"下午十二点四十五分，北京时间。不过您这儿是按哪里的时间过日子？"高兴道。

"按巴黎时间。"那位经理呵呵笑了起来。他还穿着一身睡衣。

"昨晚生意挺火的吧？把小姐们累成这样，到现在都在死睡。"高兴说。

"昨晚来了个台湾旅游团。"

朱老板敲了敲旁边的某个房门，朝里面喊了一个女孩的名字。

"又一帮台湾色鬼，以玩大陆妹光复大陆。"高兴的嘴跟刀似的。

朱老板笑着要她闭嘴，说："你不会往文章里写这种词儿吧？"

"我得先抓住证据再写。"

"这位是……？"经理看着董丹，等着高兴为他们介绍。

"他比我更不留情面。"高兴道，"随便写一篇，就叫你一夜间名声扫地。"

朱经理把董丹又重新打量了一番。"要我尽力的地方，您尽管说。"他边说边从睡衣口袋里掏出了他的名片。

这个人连睡觉都打算散发名片，这让董丹开了眼界。

朱经理把走廊上每个房间的门都敲了一遍，喊大家起床，但是没一个房间有动静。朱经理转向高兴说："那你自个儿挑个房间，我马上把茶送过来。"

董丹让高兴领着来到了楼梯口，两人又往下走了一层，气味就更复杂了，还多了一股草药精油的气味。

"你受得了这味儿吗？"董丹问道。

"什么味儿？"

董丹不说话了，努力地屏住气息，改用嘴巴呼吸。他以前不知道，对于气味他比别人敏感得多。高兴推开一个房间的门，发现里头的躺椅上睡满了男人。董丹看得出来，这楼下的房间想必就是男服务生的宿舍了。高兴告诉他，这些男服务生专为女客做脚底按摩，为的是采阴补阳。

他们终于找到一间有两张空躺椅的房间。

"你这人够贼的。"高兴说。

"我？"她在说什么？

"你用农村小伙子似的语气，特别诚恳，丝毫不动声色，在文章里批评了陈洋的自大狂。读者们当然读得出来，老头那天的Ego受了伤害。可见他的'力比窦'还挺旺盛。"

　　什么叫做"Ego"？"力比窦"？董丹又想问，又怕这样一来泄露了他不过只是个中学辍学生的水平。茶点送到了。高兴继续讨论他的那篇文章，说她和董丹有同感，老头那天因为年轻女画家受到更多关注，心里作酸，让他发火的其实不光是一盘孔雀肉；那年轻女画家，以及为她捧场的所有吃客和宴会主人都惹了他。

　　"就算他吃那女孩的醋，我们照样可以用他作为一个话题，借此来讨论一下环保的议题，看一看我们中国人多么野蛮。"高兴掏出一根香烟来点了火，之后就把点燃的香烟交给董丹。香烟的滤嘴上沾了淡淡一轮深红色的唇印，董丹把烟放进自己嘴里时，不自主地感觉到小腹下方一阵神秘的骚动。

　　"你一定得带我去见见陈洋。"

　　吐着烟，董丹心不在焉地望着前方。他渐渐有点懂得了自大狂指的是什么，但是这句话用在老艺术家身上，让他感到有些不悦，可他也说不上来什么原因。

　　"讨论这些话题得小心，弄不好得罪官方又得罪大众。可是如果我们单从陈洋拒吃孔雀肉这件事情做文章，我们其实要表达的观点就够清楚了。介绍我给他认识，我相信他一定还有更多的话要说，我打赌他会跟我们配合。因为他想激起大众对他的关注。然后我找一家重要的报纸，把文章登在重要版面上，这可是一个会让国际媒体都注意的话题。"

　　她不也想引起关注吗？董丹想，一面抓了抓他一个礼拜没刮胡子的下巴，胡茬摩挲的声音像是风扫野草。为了写那篇文章，他什么也顾不上。她在等他的反应，她沉默的催迫比这屋里的气味压迫力更高。

　　他说老画家要他承诺过，绝对不把他的电话号码给任何人。那就把她领到他那儿去，好不好？不行。不行？那可就太可惜了，不然这篇文章能让他成为知名自由撰稿人。

　　原来"自由撰稿人"是这个意思！董丹大悟：自由撰稿人不需要有一个公司，也不需要有老板，甚至不需要办公室。这样他连捏造都不必要。现在董丹的脑筋跟着"自由撰稿"这四个字开了小差。高兴在他面前继续地比手划脚说她的，可他连一个字也没听进去。

　　"你只要把我带到陈洋的门口，你就可以离开，我自己想办法进去自我介绍。这个主意还行吧？"高兴还在纠缠，完全没注意到董丹并没有在听。

　　自由撰稿人。妙招！一切都解决了！这样一来，那个躲在暗处的神秘模仿者就可以被他摆脱了。他再也不必担心害怕了。在下一次赴宴前，他得去印一沓上面印有"自由撰稿人"的新名片。从此他可以安安心心地吃。其实他想要的也只不过是吃点好的，赚点小钱，把它们存起来，等钱存够了，买一小套带真正浴室、马桶的房子，然后换一套不虐待屁股的像样沙发，如此而已。

　　"你的那篇文章，我会好好帮你修改，就当作是答谢。等你那篇文章登出来，你在新闻界可就大出风头了……"

　　不知什么时候进来一个女孩子，高兴正同她说话。那女孩穿着一件白色睡袍，中间系了条腰带，想必是他刚才胡思乱想的时候进来的。那女孩一手拎着一桶热水，另一手端着一个脸盆，微笑着向他走过来。董丹闻得见那女孩身上有一种裹了睡衣、棉被睡了一夜之后的气味。那气味闻起来像是温甜的牛奶，突然令他的思绪一阵空白。

"第一次来吧先生？"那女孩说话带了很重的南方口音，看起来顶多十九或二十。

"啊。"他说。

董丹看看她，又转向高兴。

"先生想做哪几项？"

"害什么羞啊？"高兴说，涂了黑黑眼线的眼里泛起了一种皮条客似的狎笑。

董丹一时还弄不清楚到底在发生什么，那女孩已经一屁股在他面前的一个小矮凳上坐下，把几根散落在面前的头发往耳后一撩。

"你要干什么？"他问。

"给您做脚底按摩啊。"女孩回答，一边好奇地打量他，那意思是她从来没碰到过像他这么没见过世面的记者。

董丹又把脚放回了矮凳上，同时看了高兴一眼。高兴朝他挤了挤眼。

"您想要怎么做？先生。"女孩问道，"用草药，还是西藏水晶泥？"

"给这位记者先生用水晶泥。"高兴说完就对董丹解释，"这玩意儿是从西藏来的，西藏人总有一堆神秘配方让你瞬间阳气大增。"

高兴顺手把剩下的烟拈熄在烟灰缸里，起身离去前又朝着董丹意味深长地笑了笑。这可不是单纯的"按摩"，董丹渐渐有点明白了，按摩之后还会有别的。他听过其他的记者们聊起过这个服务行业，总是先从单纯无辜的脚底按摩开始，接下来就让人情不自禁了。

"水晶泥挺好的，现在好流行哦。"女孩向董丹解释着，一边在塑料盆内套了个透明的塑料袋。女孩说用来预防脚的疾病。董丹心想，等于安全套。她在套了安全套的盆子里倒进热浆，一边加一边用手在里头慢慢地搅动。董丹从她Ｖ字型的领口看见里头那一对青春饱满的乳房。她坐在小凳上开始帮他解开鞋带，脱去袜子。赤裸裸的一双脚没处藏，他不懂怎么觉得像是私密部位泄了光？董丹突然一个哆嗦把脚从女孩的手中抽回，力量太猛，他一下子失去了平衡，整个人往后栽，椅子应声也放平了。这种椅子想必是为"全套服务"特别设计的。到了最后，看见账单才会发现所费不赀，这种事情，董丹早就从别的记者那儿听到过。

"你知道我为什么喜欢你这个人吗？"高兴已经走到了门边，"因为这年头上这儿来还会害羞的男人，真是少见。"

"你要去哪儿？"董丹问道。

"忘带录音机了。去跟朋友借一个，他的办公室就在附近。一会儿我们去采访陈洋，他说的每个字都不能漏掉。"

就在董丹忙着构想他自由撰稿人的新身份时，高兴想必觉得他的沉默就代表已经接受了她提出的交换条件。

"我没时间。"董丹扬扬手腕上的表。

"两个小时够不够？"高兴问那女孩。

女孩点点头。

"唉，高兴，我……"

"我回来的时候，你肯定感觉焕然一新、精力充沛，就像年轻小伙子一样。"她最后用她涂了深红色口红的双唇送出了一个标准的西式飞吻。"账单你就别操心了，老板请客。"

高兴的脚步声刚消失，董丹就想怎样从这里逃走，从女孩那双海草般轻柔的手指里拔脚逃走。女孩的食指软绵绵的，更像是八脚章鱼的吸盘，把你绕在那致命的纠缠里。他感觉那缠绕的力道越来越强，他的一双脚已经被完全俘虏。趁他整个身体没被缠绕进去之前，他得迅速离开，可是他却无法动弹。他的脚已经在她的手里融化了。没了脚，连他的整个身体也都像是消失了。他不能等到高兴回来逼他兑现他们的交换条件。

但是他却已经被一种他从未经历过的慵懒与放纵所控制。全是由于他那双脚与女孩那双手之间的亲密接触。

想必是女孩先起的话题，董丹跟着应答，却完全记不得他们之间对话的内容。他一定随口问了她一些"老家在哪、什么时候离开"之类的话，因为女孩已经向他叙述起自己的身世来。她是从四川乡下来的，来的时候十六岁，是来北京投奔姐姐的，到现在已经三年了。想念父母吗？嗯，反正每两个月都会寄钱给他们。

她又在盆里加了些热的药汤。

你每天晚上都几点睡觉？不定时，通常是六点。傍晚六点？不，清晨六点。她呵呵笑了，露出一嘴小而不太整齐的牙齿。那她每天只能睡五个小时？有时候才四个小时，不过她已经习惯了。不睡觉的时候她都做些什么呢？工作。二十四小时不停地工作？到底工作几小时，谁会去数呀？

她温柔地搓捏着他的脚，那股体己劲儿让董丹都快招架不住了，暗暗吸一口气。

喜欢这份工作吗？她虽不回答，可是他明白她并不喜欢。

会不会换一份工作？不一定，她没有受过其它训练。干这行也要受训练？那当然啦，还得上课呢。正式上过学吗？上过职业学校，旅游专业。挺不错的专业，是不是？

董丹刻意做出不经心的样子继续谈话。事实上，他感觉渐渐舒畅，两个鼻孔都放松了，缓缓喷气。

记者都有大学的硕士学位吧？

董丹笑了笑。她还真把他当成了知识分子。她的一双手移到了他的脚掌中心，拇指用力轻压，压到了一个他以前从来不知道的敏感地带。他发出呻吟。

痛的话得跟她说。他会的。现在感觉怎样？还好。再使点劲儿？可以。会不会太重了？不会。……噢，不，会……

他感觉四肢沉重，意识飘飘然。她的声音像是从远方飘来，他听见她叫他抬脚，她得去多加一点热水。这一切都像是在梦里，虽然他费劲儿想回答，却发不出声。她的那一双手又上来了，举起他的脚，将它们放在她的膝头，她好在盆里添热水。他的脚现在碰触着她那酥软的一对乳房。

从门外走廊那一头传来微弱的水流声，是有人在小便，接着冲水。水管咕咕发出流泄之声。

他把脚放回了热浆里，禁不住就发出一声低号。水的温热钻进了他的皮肤，流进了他的血液。她一双手的爱抚让他全身升温。有那么一刻间，董丹几乎忘了这是一双男人的脚和一双女人的手，仿佛都是独立的生命个体，有自己的血肉和灵魂，交缠厮磨，两小无猜。随着她的手更进一步的寻到了他敏感深处，他呻吟得也越来越大声，感觉她的手指在他的脚掌心深处做眉批一般的移动，一行行、一段段，仿佛将他的痒、他的痛、他的苦、他的累都一行行圈点了出来。他这双脚这辈子可没享过这样的福。他跟小梅之间都不曾有过这样奇异不可言的亲密感。他的欲望已经被撩拨上来了。

他也知道女孩察觉了。她红了脸；垂下头。他真得逃了。

"糟糕，我得赶去参加一个会议。"董丹说。两个肘关节企图使力撑起身子，但是他的内里有一个更强大的力量把他拽了回去。"我差点都忘了。"

"那我动作快一点。"女孩说道。

"可是我已经晚了。"他说。可他怎么就起不了身。

"再有五分钟就好了……"她说，在他的膝头轻压了一下。

他立刻反弹，从水里抽回了脚，用力之猛差点让女孩从小凳子上跌下来。

他知道他太没礼貌了，可怎么办呢？他管不了这么多了。他找到了自己的鞋袜，转头发现女孩在那儿抹泪。

"对不起。"他说。他说的是真的。

女孩只是把脸转开。

女孩无声地啜泣着。他一切都看在眼里。

"你让我舒服得忘了时间，我把会议的事全忘了。"

他也知道他挤出的笑脸不怎么好看。女孩哭得鼻涕塞在鼻腔里，用力地吸气。他从裤子口袋掏出手帕来想给她擦擦。

她忽然破涕为笑，原来他掏出的是一张油腻腻的餐巾，中间还破了一个大洞。

她还是个孩子呢。

"下回见，啊。"他说，慢吞吞地走向门口。

"还下回呢！"她朝他的后背回了一句。

他转过身，女孩的美丽让他一震。

她嘟起嘴。"换了我，我也不会再来了。我让你觉得那么没意思，跟你讲那么没意思的话，服务又差。"她说。

"你服务得很好啊。"

"怎么可能？"她望着他。她湿濡的睫毛上挂着泪珠。"我连开始都还没开始呢！"

还没开始？他望着女孩，对她那双酥胸的印象又浮现上来。女孩离家三千公里，来到这里向躺在椅子上的任何人展示她的酥胸，再把"展示"赚来的钱寄给父母，就像他寄回家的钱也是靠他冒着危险，像只虫子一样钻进宴会吃来的。虫子指不定什么时候就给人捏死了。眼看着某个不知名的混蛋正在冒用他的伎俩，还加上那个涂深红色口红的高兴，成天跟他套近乎，想套走他那些根本没有的"关系"，可怜他就是想清清静静地吃点儿白食啊。

"你叫什么名字？"董丹问道。

"在这儿我排第十位。都叫我老十。"她回答道。

他点了点头，感觉自己的眼睛朝她哀伤地笑了笑——她当然不会对一个"记者"说出她的真名。

"能不能帮我个忙？"她问道。

他注视着她。他对她的任何要求他都会做到。

"能不能麻烦你跟我的老板说一声，你很满意我的服务。"她说。

又是眼泪又是甜笑，都不是冲他的，是冲着一份贵宾的表扬。

06

　　他出去做"采访"的时候，有人打电话找他。小梅等在工厂外边，一见到董丹就这样告诉他。这一回是个男的。她一边跟他说话，一边握着一把扁细的小刀干活，修橡皮鞋底的边缘，修一双五分钱。就是把机器压出来鞋底四周不整齐的地方修齐。那男人嗓门好大，她跟董丹说，听起来像是中学的体育老师。他说了些什么？噢，他问了好多问题。问些什么？问董丹的公司和他的工作；问她是不是董丹的秘书；董丹是不是老板。

　　董丹停下步子。

　　"那你怎么跟他说的？"

　　"我说，你是警察呀？"

　　"他怎么说？"

　　"他说，我是警察他爸。我说，你是警察他爸，我就是警察他奶奶。"

　　"你跟我逗乐子吧？"

　　"我就那么说的。"

　　他继续往前走。完了。已经有人开始在调查他了。

"你记下他的电话号码了吗？"

"没有。"

他进了屋，看见房间墙角堆了一箱一箱的矿泉水。小梅有时会跟邻居们到交通繁忙的地段卖矿泉水给那些司机们。他们兜售的东西还有地图、廉价太阳镜、挡风玻璃用的遮阳板，还有车座椅上的草席垫。夏天生意好的时候，他们一天赚个几十块钱没问题。可到了冬天，他们常常背了一大箱的货品对着紧闭的车窗玻璃，冷风里叫卖几个小时也做不成一桩生意。为了生活，她什么钱都赚。

"他说他还会再来电话。"小梅道，"他还问咱们家的地址和门牌号码……"

"你跟他说了吗？"

"从咱这儿修了高速公路，哪儿还有什么街名和门牌号码呀？"

"那就是你没跟他说？"

"没说。"

董丹立刻赶到附近的印刷店，印了他的新名片。不到一个钟头就印好了。从今以后，他就是自由撰稿记者了，没人能否认这点。问他文章登在哪儿，噢，登在许多不同的报纸杂志上。是用笔名发表的？那当然，敏感文章谁会用真名？给自己惹麻烦，挑起舆论围攻？

第二天中午，他将新名片交给签到处柜台的一个中年妇女时，觉得自己从没这么爽过。他甚至在签到处多逗留了会儿，跟周围的一些女人聊起天来。他和她们谈论最近的连续剧。他对连续剧的知识全来自小梅。他在外吃宴席的时候，她就在家准时收看电视剧，一集也不漏。当一出她忠实收看的连续剧被停播后，她还大发雷霆。据说这出剧被停播的理由是因为剧中出现了过分的婚外恋，怕这样的故事会引起离婚与社会不安定。董丹和那群女人们也还真有得聊，聊完了连续剧聊房地产，聊完房地产聊如何送红包取得养狗执照，接着又聊女大学生下海卖身，最后他们谈起了今天这场记者会主题：如何督促基层领导对农民减低摊派费用。

"早就该这样了。"董丹说道，"一个农民要缴的这费那税，有时候是他收入的百分之十五，可他一年才赚多少呢？运气好赚它个五六百，千把块，可能还顶不上我们宴会上哪一道菜贵。"董丹点起一根香烟。"村里领导就想讨好上级。你看大路边盖的新农舍，其实就是剧台子的布景，朝外的一面墙盖得排场，油得鲜亮，可你绕到房子后面一看，就穿帮了：后面还是几十年前的破房子。他们哪儿来的钱搭这些戏台布景？还不是农民缴的费和税。"

"不是说有不少工作组，下到地方检查基层干部落实农民减费减税政策吗？"一名年轻的记者插话进来。

"工作组每到一个村上，"董丹说道，"村里头头就会跟农民说，喂喂，你们每家得缴些钱来好好招待上级同志们吃住，啊。上级同志容易吗？他们可是为了帮你们少缴点税才下来的。"董丹头一扬，两只手交叉在背后，模仿起他老家村干部的模样。"这些工作组有多少人？从省到区，再到县，到乡。村里头头还会说：咱不能招待上级同志吃粗茶淡饭，总得给他们来四个菜、一个汤吧？所以他们住一个礼拜，你家就等于一个歉年；住一个月呢，非把你家吃破产不可。"

登记处的一群记者全围了上来，观赏董丹的表演。

"看来你是经常下乡作调查。"一个年轻的女记者说道。

董丹笑了笑，心想，他哪里需要去任何地方专门调查，这些都是他父母的亲身遭遇。

虽然被一群年轻的记者团团围住，董丹还是看见了有人朝报到处的盘子里丢了一张名片。那张名片长得就跟董丹两个月前用的那张一模一样，印着一个压根不存在的网络媒体公司。他抬起眼，只见一个穿卡其裤和休闲西装的矮个儿。这家伙不仅剽窃了他的经营模式，还盗用了他的服饰造型。察觉到董丹的眼光，那人抬起头朝董丹微微一笑。似乎这矬子对自己剽窃了何人的知识产权完全无知，也完全无辜。或许他只不过偶然看见董丹曾经的名片，纯属个人偏爱而模仿了起来？柜台人员要求小个儿签名领取车马费。只见他掏出了一枝老式钢笔签下了自己的名字。等他往会议厅走去之后，董丹上来看到了那个签名，大吃一惊。那不是普通的签名，简直是书法艺术。

记者会结束后，董丹从会议室到宴会厅一路跟踪矬子。他看见他挑了靠边门的那张餐桌坐下。董丹穿过人群，马上要走近他了，矬子又起身走了出去，并没有留下来吃宴会。他拿了钱就走人，八成他还要赶场去另一个会场再领另外一份车马费。小个子对各种记者会的信息资源，显然比董丹来得丰富。

到了大厅，一队人高马大的外国旅客正好进大门，挡住了路，董丹只好停下来等他们通过。从人影的缝隙中，董丹看见小个子站在旋转的玻璃门口打的。一辆车在他面前停下，他看到了车窗玻璃上写的计费表后，又挥手让车子开走，大概是嫌贵。看来也是个穷哥们儿，没准他也是一个下岗工人，远在穷乡僻壤的父母正等着他寄钱回家。冒险吃来的钱，他可不想浪费在出租车上。董丹倒是颇能认同他的精打细算。

午后一点，空调充足的酒店大门外，暑热仿佛是固体的、可视的。阳光太烈，似乎使得对面的办公大楼、饭店大楼、住家大楼的轮廓都虚化了。每回董丹进城来都会发现不知什么时候又一栋新的高楼拔地而起。小梅喜欢看摩天大楼，一看可以看上几个小时。但这样的水泥丛林让董丹望而生畏；它的崭新和锋利给人难以亲近的感觉。

矬子又招下了另一辆出租车，还是太贵。两个年轻的门房站得笔直，好像气温把他们凝住了。这么热的天，小个子不想走到大街上打的，只好继续等待载客的车过来。可来这样豪昂贵大酒店的客人，多半不会乘廉价出租车。

董丹现在离那矬子只有几步的距离。他很想对对方说，喂，你还有一场应酬要赶去？董丹现在学会用"应酬"这个词代替吃宴会或其他的活动。然后就是掏出他新的名片，自动朝对方亮一亮他的新发明，以宣示版权。他确定矬子立刻就会明白了。虽然他又矮又丑，但看起来并不笨。或许董丹可以放下他的戒心，公开交换心得，交流各自在各大宴会上闷头暴吃的经验，这样倒可以互补不足。为什么不呢？说不定他们还能就此交上朋友，成为同行。董丹在心里盘算着要如何开场，从此建立他们不寻常的同志关系。

这时一个背着各式摄影设备的人推门走出来，拍了拍小个子男人的肩膀。

"我满世界找你。"摄影师嗓门挺大地说，"我想问你，我拍得那张相片你满意不满意？"

"北京周刊上用的那张？"

"啊。"

"我觉着……"

"他们打电话来跟我要照片，说马上要上你那篇稿子。那时候已经都晚上九点多了。"

"我知道。"

"就跟他们脑筋一热，才他妈想起要用照片！……"

"有什么办法？这些编辑们都这样，永远弄不清他们的取舍标准。"

"我给了他们十张照片，最后他们挑了最不说明问题的。"

"他们也无奈，其他的九张，肯定上头不让用。对于领导们，只要没有好事的记者去挖新闻，AIDS乞丐这档事就根本不存在。"

董丹在一旁听着，不自觉一张嘴傻张着老大——这矬子原来不是冒牌记者。

那摄影师有车，要送矬子一程。他把车子开来的时候，矬子看见了董丹，招呼着邀他一起上车。他肯定早就察觉到董丹在他身边。他说他们可以载董丹回他住的地方。多谢，但是不麻烦了，只要载他到下一个地铁站就可以了，董丹说。他脑中一片空白，跟着钻进了车子的后座。

车子在蒸腾的热气中上了路。摄影师抱歉地说，空调坏了。车窗被摇了下来，热风顿时轰然而入。天气真是热呀，小个子男人说道。没错，真热，董丹附和着，说这天气热得就像是炎炎夏日化了一根滚烫的舌头在舔他的脸。这个形容好，楔子夸奖他。看着楔子自信的手势，听着他中气十足的嗓门，董丹试图猜测在他矮小丑陋的外表下，究竟藏了个什么人物。车在红灯前停下，这时小个子男人手里捏着张名片转向董丹。名片是米黄色的，上头配有褐色以及金色的图饰，与董丹两个月前用的完全相同，那家假冒网络媒体公司是他一手炮制。现在看起来，董丹不仅伪造了那个公司，还造出了这个楔子，可是他眼前的这件"作品"现在已经产生了独立的人格、身份——真正的记者身份。董丹几乎想大叫："等等，那家公司不是假的吗？"话到了舌尖，董丹又吞了回去。

楔子问了董丹一些关于今天记者会的问题，董丹回答的时候虽然感觉是在对话，但是说了什么根本没往心里去。他一直试图为这个奇怪局势找出一个合理的解释。难道是他董丹在不知情的情况下，冒用了这个楔子的身份，而非楔子仿冒了他？会不会是楔子以一种神秘的感应方式把想法灌输到董丹脑子里，一直在操纵董丹？

"你呢？你是哪家媒体的？"

董丹递出了自己的新名片。

"自由撰稿记者。我就一直想做自由撰稿人。"小个子男人应道，脸上的笑容不像是作假。

董丹接着就担心对方开始问他曾经发表过些什么，于是急着打起腹稿：我是用笔名发表过一些东西……

"你的名字，我好像看过。"小个子男人道。

"是吗？"哼，可能吗？

"我肯定在哪儿见过几次。"

你这撒谎精。"您记性挺好的。"

"干这行就凭记性好。"

到了一个交叉路口，董丹要那摄影师停下来让他下车。董丹走向高楼的阴影里，一面回头去看那一辆破旧的桑塔纳。该是他见好就收的时候了，他脱了身上的外衣，低着头走了一条街。到了地铁的入口处，一阵冷气向他扑来，他停下了步子，深吸了一口气，做出了决定：等他带小梅混进一个宴会大吃一顿之后，他就立刻打住。他得让小梅至少尝尝鱼翅、海参、蟹爪再洗手不干。

07

工厂的会计室挤得水泄不通，所有下岗职工大排长龙，从四楼一直排到了楼下的院子里，等着兑现他们手中的"白条"。工厂发不出现金，只好打白条，等到厂里有资金进来才能兑换成真正的钞票。董丹好不容易才从谈笑的队伍中杀出一条路，爬上了楼。这是几个月来人们最快乐的一天。空气里尽是他们的汗酸味。他终于穿过了狭窄的走廊来到了会计室的门口，四下寻找小梅。她中午就来帮董丹排队占了位置。

董丹找到小梅的时候，只见她坐在阶梯上，背靠着身后的水泥栏杆，手里头正忙着编一顶假发，在肉色的、人类头皮般的半圆材料上，把头发一根根钩织上去。她从一间专为电影或连续剧制作道具的公司包来这个工作，收入不错。假发已经接近完成，乍看就像她手里捧了一颗砍下来的人头。她看到了董丹，告诉他等会计室主任从银行回来之后，办公室就会开门了。

四周的人在董丹走过身旁的时候不是拍他的肩膀手臂，就是打他的背和屁股，七嘴八舌道：他们很久没见着他。或者挖苦他说：现在可发了，不理人了，还戴着一副眼镜装知识分子。他们塞给他瓜子和香烟，都是比董丹平常抽的更便宜的牌子。

董丹看看表，已经差一刻五点了，大多数人这时都已经席地而坐。有些人干脆脱了鞋，拿来当作椅垫，原来的汗酸味现在加入了一股咸鱼的臭味。

会计室主任没有出现，而是通过全工厂的大喇叭向大家宣布他跟银行的谈判破裂。所以，今儿个他没钱兑换他们手中的白条。他希望厂里在这礼拜能够把欠银行的利息还完，到了周末，银行就可以放贷款给厂里，那时就能兑现白条。他抱歉让大家失望了。他明白几个月来大伙儿没收到钱，只收到白条，的确造成了大伙儿的生活困难，所以保证厂里一收到客户的付款，立刻就拿这笔钱去付清向银行贷款所欠的利息。众人纷纷拍拍屁股站起身，把满是瓜子壳、烟头的地面留在身后。会计主任继续宣布，厂里将发给每一个人半打鱼罐头，作为厂领导对大家伙儿的一点关爱和慰问。在下楼的时候，有人就谈起又看见工厂经理换了一部新的凌志，这已经是他两年之内第三次换车了。是吗，我看是第四次了吧。谁他妈的去给他们数？众人都笑了。

在楼的出口处，一男一女两个厨子正在分发赤身裸体、没贴标签的鱼罐头。那男厨子问董丹，胡小枫的那一份他是不是可以帮忙带过去。因为董丹曾经是她死去的丈夫的徒弟。董丹说没问题。那女厨子便说，你得小心，胡小枫新雇了一个小姐，骚得要死，大美人一个。可是挺有气质的啊，男厨子立刻接口，看起来不像是个婊子。旁边的人便问他，你怎么知道得这么清楚。因为胡小枫有一回带了她和另外一个小姐到食堂来吃饭，那小骚货静静地坐在那儿，胡小枫跟另外那个小姐拿起筷子，她才跟着动作，吃得细嚼慢咽的。男厨子说。

小梅带着他们那六个罐头先回家了。董丹抱着六个罐头，绕过工厂那两根大烟囱，朝工厂的员工宿舍区走去。在傍晚蒸腾的热气中，那排红砖楼房打老远就看得见。总共有十栋，一模一样地被煤烟熏黑，让家家的阳台上挂满了褪色的衣衫、床单、尿布，弄得一模一样的褴褛不堪。

胡小枫住在二楼的一间两居室里，是她过世的丈夫留给她的。楼梯间里一路可见停放的自行车、做腌菜的瓶罐，以及孩子随手的涂鸦。两个男人一边抽烟，一边等在胡小枫门口。胡小枫大部分的客人都是附近几里外修公路的民工。那两人蹲在那儿，眼睛研究着面前水泥地面上的某一个点，企图把自己的存在尽可能地缩小。想来他们也是来"按摩"的。董丹将装着六个罐头的小木箱放在地上，心想那两人一定以为他来此也是为了同样的目的。董丹敲了敲门，那门最近才油漆过，上头只挂了一个简单的小牌子，写着"枫之屋"。

"排队啊。"其中一人咕囔道。

"什么？"董丹问。

"这儿在排队。"咕囔的声音变得更含糊了。

"兄弟，听不明白你在说什么。"董丹道，脸上露出微笑。看到他们害羞，决定要逗逗他们。"排什么队？"

对门一个老太太抱着孩子走出来。"呦，窑子今天没开张？"她问。

董丹朝她望去，只见她那张平板的脸上露出一丝谑意。两个工人又低头去看地上，当作没听见。

"枫丫头，"那女人扬声道，"你那儿有没有感冒药？"

没有回应。

"我孙女儿在发烧！"她继续扯着嗓门，"看来，今儿个老板娘还挺忙。"

那两个男人彼此对望了一眼，又看看那个老太太。

老太太进屋去，拿出一把塑料儿童椅，往地上用力一放，要给排队的人坐。两个大男人推着要对方先坐。老妇人于是又进屋去拿了一张，一路上仍嚷嚷："阿司匹林就行。枫丫头，你那儿有没有啊？"

门开了，露出穿着黑底洒满玫瑰蓓蕾的连衣裙的胡小枫。对不起呀各位，她说。她手下的一个姑娘赶回家去照顾她动手术的父亲了。今天她们忙不过来。她约莫四十出头，动过一次不怎么成功的隆鼻手术，一双眉毛也是纹出来的。倒是那双眼睛里有一种非常温暖的神情。

她问那两个男人怎么不敲门，可以先进来喝点饮料嘛。然后转身又问董丹他母亲的气喘病可好些了。董丹母亲的毛病是胃溃疡，可她眼里亲切的神情让他不忍去更正她。当她看着你的时候，你会觉得自己是她唯一可以交心信任的人。这楼里的住户哪个过去不总是臭她，当面啐她，到了扫黄运动，竟没有人去揭发她"按摩"幌子下的勾当。

从屋里走出来两个男人和胡小枫道别。坐在小塑料椅上的男人赶紧站起来钻进了门里。胡小枫则继续和董丹聊着，告诉他她为他母亲的气喘专门去打听来了一些偏方。

董丹注意到她比手划脚时，膀子上松弛的皮肉。

接下来他说了句一秒钟之后就会后悔的话。他说她年纪大了，不适合再干这一行了。她愿意的话，他可以替她在有钱人家找一份帮佣的工作，赚的薪水足够她和她儿子过活。

她看着他的目光像是需要帮助的人是董丹。

08

　　高兴说她费了好一番功夫，修改了董丹那篇关于孔雀宴的文章，现在上海有一家非常有影响力的报纸决定刊登了。高兴在电话里说，董丹现在唯一需要做的事情，就是把这篇文章的校样拿去给陈洋过目，得到他的认可。董丹在"绿杨村俱乐部"的不告而别让他被高兴骂得狗血淋头，说他是个不讲信用、忘恩负义的混蛋。但是她还是决定原谅他，因为毕竟是出自他对陈洋的一番耿耿忠心。

　　"众所皆知陈洋是个老色鬼，跟他在一起的年轻女人，很快就会变成他第四任夫人了。这事众所周知，有什么好替他瞒的？"高兴说道。

　　"你怎么知道他是老色鬼？"董丹不悦地反问。

　　"那你有证据证明他不是老色鬼吗？"

　　董丹并不真的介意老画家被称为老色鬼，只是他不喜欢听到这话从她口里说出来。他说不上来为什么。

　　雨从傍晚就开始下，下得工厂都停电了。可想而知，顶楼的那些邻居们这时都没有连续剧可看，都在竖直耳朵偷听他和高兴通电话，说什么老色鬼不老色鬼的。董丹当下决定花五千块买个手机。虽然手机对大部分记者来说都还是奢侈品，可是没办法。辛辛苦苦存下来买房子和沙发的那笔积蓄，看来得动用了。

"这些日子都没有在记者会上看到你。我知道你做贼心虚，不敢见我。"高兴说。

"我胃疼。"近来他撒谎变得毫无困难。

"山珍海味吃多了，也会生病的。"她说，"有时候，我冷不防就想起陈洋在离开孔雀宴时候讲的话。"接着她就操起西北口音："我们古老辉煌的文明，现在就只剩下吃。"

"灿烂悠久的文化。"

"什么？"

"他不是说辉煌的文明，他说灿烂悠久的文化。"

"你不必像背毛主席语录一样，一字不差引用陈洋的话。"

"是你先引用的。"

"好好。一个优秀的记者就该有像你这样精确的记忆，以及专业负责的态度……"

"我跟你说，"董丹打断她的话，"我在赶时间。今晚我有应酬。"才十分钟的时间，他撒了多少个谎已经没数儿了。

"是去吃'人体宴'？"

"什么？！"

"听说他们只给二十多家媒体发了邀请，而且只请男的。脱光了的美女不好意思出现在其他女人面前。算是一种行动艺术吧？把光溜溜的美女身体拿来放海鲜大餐。"她的语气很兴奋。

"真的是裸体美女？"董丹问道，同时意识到这消息给他的邻居们偷听了去。

"她都跟你说了吧？"

"谁？"

"那个女老板啊。她不是今天下午跟一些记者开了发布会，一个人说个没完，从希腊雕像扯到了非洲的雕塑，从米开朗琪罗扯到罗丹，为她这个色情宴席编了一大套哲学。"

董丹问高兴她这情报是从哪来的。

"根据她的说法，裸体是这场神秘晚宴的一个部分。"她继续说，却没回答董丹的问题。她从来不回答任何问题。"今天晚上只是预演，如果那些裸女把男记者们给腐蚀了，也就是说，如果那些家伙吃了人体宴不写什么负面报导，那这场宴席才会正式开放给所有媒体，把她这套情色餐饮哲学推行出去。"

一群光溜溜的美女躺在那儿当宴会台子？停电的漆黑中，董丹不禁微喘。从活生生的肉体上夹起没有生命的肉？他讨厌自己在这方面的想象力过于这么生动，可他也没办法。

"你什么时候可以把文章送到医院去？"高兴问道。

董丹的脑袋全是"人体宴"。他反问："什么医院？"

"装蒜吧？"高兴在电话的那一头啐他，"谁不知道陈洋住的是豪华级的高干病房？"

董丹于是和高兴约定第二天上午两人在"绿杨村俱乐部"见面。在等高兴的时候，他逛进了二楼的诊疗部。一间宽敞明亮的大房间里，摆了六张干净的床，看起来毫无暧昧，任何人都会相信来这里就为治病。房间两端的两张床上，躺着两位上了年纪的妇人，穿着半透明的纸袍子，由两个戴墨镜、穿蓝色制服、看起来很专业的盲人按摩师为她们按摩。其中一位问董丹需要什么服务时，微微仰起脸。这是所有盲人的习惯性动作。董丹笑着回答说，等过个二三十年再说吧。

他回到了楼下，坐在大厅里等待。突然他感觉到自己的不平静，他简直不敢相信，自己居然在想着那个叫老十的姑娘。她是不是忙了一夜，现在正在睡觉呢？昨儿晚上，她又给客人做了什么样的服务？

他起身开始在楼下乱转，希望能够撞见她。已经快中午了，可这地方感觉就像半夜。高兴照样迟到，她这人也许连自己的婚礼都会迟到，但愿她这辈子会有婚礼。等待的滋味很折磨人，因为心里抱着老十随时会出现的希望。此生此世如果有什么事令他憎恨，那就是这种叫他心惊肉跳的期待。

不知道从哪儿传来电视机的声音。他循着声音找到了出处，一扇门半掩，他看见刚刚那两个盲人按摩师，这会儿正坐在十三寸的电视机前面，墨镜架在额头上，看着屏幕上一个叫布什的家伙正在竞选美国总统。董丹心想刚刚他看见的那两位女病人，最好没有在这两个按摩师面前宽衣解带，即使是隔了一层墨镜镜片，她们臃肿走型的身体仍会被尽收眼底，哪怕是毫无兴致的眼底。

高兴到的时候已经十二点一刻了。她对于自己的迟到连个借口都懒得编，只说她在赶一篇文章，没有写完就停手不是她的习惯。她在写东西的时候，从来不注意时间。

泡茶的时候，高兴抽出了一张印刷品，告诉董丹这就是他那篇有关孔雀宴文章的校样。

"校样"是什么东西？虽然他心里很想问，可是董丹却故意装作无所谓的把那张纸折起来，塞起了衬衫口袋。

"如果里头有些我帮你改过的字，意思不对，你得告诉我。你有些地方的用字，主编不太清楚你到底什么意思，所以把它改了。有几处我帮你重新写过，这样你的文章读起来才比较连贯。"

原来这就是校样：你对别人篡改你文章的许可。

"文章挂的是咱俩的名字，你不介意吧？我大段大段地帮你重写的！"高兴朝董丹促狭一笑。

董丹说他当然不介意。

接下来他就只好去首都医院看陈洋。他烦死了老是操控他的女人，始终想利用他这个毫无利用价值的人达到自己的目的。坐在车上，高兴说起她昨天整个晚上都在网络上搜寻陈洋的信息，所以一夜都没合眼。有关陈洋戏剧化的生平，足足有两千多页，比最长的长篇小说还厚，文革期间他坐过牢……对呀，这谁都知道。说这话的时候，董丹装得十分知情。高兴继续说，他的罪行是反革命言论。可不是吗，那时候以这罪名坐牢的，太多了！不过这老家伙还是不长进，到现在还没学会控制他那张嘴，高兴说。语气颇带怜悯意味，可脸上却是另一回事，充满崇拜。董丹说：唉，他是改不了啦！代价不小。高兴感叹：坐了七年多的牢！董丹在心里暗暗叫了一声，我的妈呀，七年！他坐牢的时候，画的那些壁画，但愿都被保存下来了，高兴说。壁画？你不知道啊？就是他在监狱墙上画的窗外四季呀！真是性情中人，在他没有窗子的牢房里，他画了一扇扇窗子，所以他每天可以欣赏到异国风景，还有四季变化，真够绝的。就是挺绝的。他的绘画风格一直在变，从风景到现在的抽象画，变了个人似的。那当然啰，奔驰车还是奔驰车，年年不都得变变模样？高兴说：你这是什么比喻？不伦不类。他说，他的意思是，一个伟大的艺术家是一个魔术师，就像《西游记》里的孙悟空，能够随心所欲做出七十二变。高兴想了想，笑了。陈洋的老婆在他坐牢的时候跟他离婚的，对吧？没错，董丹回答，满脑子忙着把有关陈洋的信息分门别类地储存。他的第二任老婆也是他的崇拜者吧？高兴问他，想从他这儿得到确认。为什么结婚才两年，又离开他了呢？她又问。大概要崇拜一个人，非得离他远点儿。他说。

"别逗了！"

"谁知道？一个人喜欢你的时候，跟你没商量，她要是想踹了你，就有一万条理由。"

高兴说，要换了她，离开哪个男人，一个理由都不需要，不过董丹的总结有点参考价值。董丹心想，我行啊，现在跟人胡扯也是一把好手了。

当他们的车子从拥堵的马路开进了旁边的小街，高兴说他们去探望大师应该带点礼物。她犹豫是带补品还是名茶。董丹说，他的帆布背包里有一大串红辣椒。

"一串什么？"

"咱西北的红辣椒。我们有个乡亲是列车员，我父母专门托他带来给我的。今早我才从车站取回来。"

高兴笑得车都开不了了。她把车停在路边，才能好好地笑。妈呦，一串红辣椒！送给全中国最趁钱、最著名的大画家！

董丹等高兴哮喘似的大笑停下来，才告诉她这不是普通的辣椒，这种特别的红辣椒别处找不着。

他们对到底带什么礼物还没吵出个结果，车子已经到了医院门口。大老远的，高兴就瞧见前方草坪上，有个庞大的身影在玫瑰花架的荫凉中踱步。她立刻朝前飞奔而去，丢下一脸困惑的董丹。

直到看见高兴跟陈洋握手，董丹这才搞清楚她飞奔是为了什么。看来，她已经把一切搞定了，跟老艺术家搭上了关系。

她已经把他不存在的利用价值榨取出来，不再需要他了。然而，他们共同挂名的那篇文章，还在董丹的口袋里，她还是得回头张望，寻找董丹。

"董丹，快过来呀！"

他乖乖地过去了。大师在夏日的晨光里，戴了一顶小朋友的白色棒球帽，在长长的帽沿之下，看起来年轻许多。如果是在路上碰见，董丹一定认不出他来。陈洋一脸笑意，张开胳臂就朝董丹走来。他不跟董丹握手，反而是给了他一个热情的拥抱，这让董丹有点儿难为情。

"老乡，怎么样？"大师问道。

不知所措的董丹把背包里的红辣椒取出来，交给了对方。

"我父母托人带来的。"他吞吞吐吐，感觉更不好意思了。

"咱西北的红辣子？"陈洋问。

那串红辣椒看上去已经不怎么新鲜了，蒙着灰垢，有些起了皱折。

"你怎么知道我特馋这玩意儿？病把我的胃口全败了，我求他们去帮我找这种红辣椒，他们不理我，说吃这玩意儿没营养。"他抓起一大串红辣椒，白色的衬衫立刻就被那上面的灰垢给搞脏了。"两礼拜前，我打电话到你办公室去，就是想问你能不能帮我弄到这辣椒。我找你的时候，给的是你告诉我的本名，不是你名片上的那个笔名。对了，你那个小女秘书挺逗的，一直跟我调侃。"

原来打电话找他的人是陈洋，不是什么调查人员。老头儿竟然把小梅的粗鲁当成了调侃。

陈洋邀请他们两人到他楼上的病房。一位穿着白色制服，头上戴着可爱的小帽子的护士朝他们走来。

"大师，您错过发药时间了。"她说，口气就像一个小孩在责备自己的祖父。"您今天看起来又年轻又英俊。"

"我知道。"老艺术家应道。

"您跑哪儿去了？"

"上公共厕所啊。"

高兴大声笑了起来。

"您又跟我逗！"年轻的护士嘟起嘴。

"我是说真的。一个人太寂寞了，在公共厕所里还能一边跟人搭讪一边大便。"

"哟，大师，这词儿您也当众说呀！"护士抗议。

"这词儿医院里不是天天当众说吗？"

说完他又笑了，走过护理站旁的时候，他捡起书报上的杂志匆匆瞄了一眼又丢了回去。暗暗骂道："都是同样的狗屁。"

护士看见了他在夹克底下揣着的红辣椒时，皱起眉头。

"您可不能把这么脏的东西带进来！"

"谁说的？"

"院里规定说的。"

两人气呼呼地瞪起眼睛。看来他们这样吵嘴吵惯了。

"我付这么多钱住在这儿，我想带什么进来就带什么进来，包括女人。"

又听见高兴在旁边大笑。老艺术家摘下了他的太阳眼镜，朝她打量，自己也吃不准对她的笑声是否反感。

陈洋住的病房是间套房，有客厅、餐厅及卧室。客厅已经变成了他的画室，满墙都挂着他尚未完工的新作品。餐桌被移到了客厅，摆在通往阳台的玻璃拉门前，灰扑扑的阳光从外面照射进来。桌面上搁了几卷纸，瓶瓶罐罐的颜料，以及插着大大小小毛笔的笔筒。米黄色的地毯及白色的沙发椅套上溅满了大小的颜色斑点。一个长方型的鱼缸放在玻璃茶几上，水里昏昏欲睡地游着色泽烈艳的热带鱼。

高兴推了推董丹，用眼神示意叫他看电视机上面放着的相片，是个有着一对酒窝的年轻女人——陈洋的新任女友，很甜的一个美人儿。

老艺术家还在忙着跟护士说话，要她去交代医院厨房烙几张饼、准备一些甜面酱，再把红辣椒切碎拌上蒜和醋，就着饼吃。高兴凑向董丹耳语："别跟他打听他的女朋友，他会不高兴的。"

董丹压根儿也没打算跟老艺术家打听任何事情。

陈洋转过身来招呼他们，指着他的新作问他们是否喜欢。高兴忙说：那还用说？都是些伟大的作品。老艺术家又打量了她好一会儿。研究了她之后，他望着他其中一幅画作说，这个公鸡画得还不赖，对吧？这可让董丹暗自吃了一惊，说它像什么都行，就是看不出来像公鸡。高兴倒是对这"公鸡"肃穆地欣赏了很久，然后说她喜欢，非常喜欢，简直可以说是毕加索式的，是想象力的一次飞翔。用中国的笔墨来表现，真是破格，了不得！是对传统国画的一个大颠覆！

老艺术家长吁了一声，跌坐进沙发里。接着自顾地哼起一支小调，仿佛忘了他还有客人在。

感觉到老艺术家心情的突然低落，高兴开始紧张了。她努力地回忆自己说过的话，想知道她到底说错了什么，惹得老头儿不高兴。

"那……这幅骆驼，你看怎么样？"陈洋懒洋洋地用食指点了点墙上另外一幅巨大的作品。"你喜欢吗？"

"嗯，……"高兴斟酌着，用拳头支着她的下巴。

董丹依然保持安静。这情况就像是两个正在接受考试的学生，复习了半天却弄错了科目。

门被推开了，一个三十岁左右的年轻男子走了进来。他身穿白色的Polo衫，Ralph Lauren的商标清楚可见，底下是一条蓝色牛仔裤。从他漂亮的古铜色皮肤看得出，这是一个一辈子都在度假的人。

"哈喽。"他招呼着，笑起来非常迷人，这点他自己也明白。

"今天高尔夫打得怎么样？"老艺术家问道。

"还好。我先过来看看你，待会儿再去爸爸那儿。"

"不敢当。"陈洋笑了笑，"爸爸好吗？"

高兴偷偷地在董丹胳臂上捏了一把，痛得他几乎叫出来。他注意到年轻人和陈洋提到爸爸时，不说"你爸爸"还是"我爸爸"，他们俩都称年轻人的父亲为"爸爸"，好像不需要特别标明是谁的"爸爸"，难道这就是高干子弟们称呼自己父亲的方法？

年轻人在屋里头随意踱了一圈，浏览了一下陈洋的画，不时还给了些评论。

"这些我什么时候能来拿？"他用手指着那幅"骆驼"和"公鸡"。

"到我舍得跟它们永别的时候。"陈洋说。

年轻人似乎到这时才突然发现屋里还有另外两个人，一阵诧异。

"这两位是记者。"陈洋道，当下露出了疲惫的老态。"爸爸说‘骆驼’和‘公鸡’的那两幅画，他们都说是伟大的作品，很‘毕加索’呢！”

年轻人大笑了起来。“爸爸太逗了！居然在这两幅画里看出公鸡、骆驼来了！”

“总比什么也看不出来好。”老艺术家道。

这时年轻人的手机响了，他检查了一下来电显示才接。“不行，下个礼拜不行，我要去澳洲打高尔夫。下下礼拜吧。”他走进卧室里把房门带上，他的声音依然可以听得见。接下去的对话，全成了英文。

坐在客厅里的人面面相觑。

年轻人从卧室走出来的时候，顺手按了紧急呼叫钮。马上就听见急促的脚步声逼近。脚步声快接近门口的时候，年轻人朝外面喊了起来：“不必进来了，这儿没人要死。快送一大瓶橙汁来，要现榨的。”

脚步声突然刹住，接着准备转向。

“还有冰咖啡，越南式的。再来四块黑森林蛋糕。”他回到客厅，说：“我特喜欢他们这儿的黑森林蛋糕。他们什么都做得不地道，这蛋糕还行。”

“您是……？”高兴站起身，伸长胳臂递出了她的名片。

董丹还从没见过高兴这么有女人味的时候。

年轻人接过她的名片，看也不看直接就塞进他的裤子口袋。他正要开口，手机又响了。他匆匆看了一眼来电号码，突然才想起了某件重要的事，立刻弹了起来。他的离去和他的出现一样突然。他点的食物送来了，陈洋替他付了钱。

“你们肯定想知道他是谁。”陈洋隔了半天才打破沉默，

"你花几十万也不见得能让他父亲接见一下。"

高兴和董丹看着他，两人的嘴里塞满了黑森林蛋糕。

"这年头出卖自己的人太多了。"大师说完，仰头往沙发柔软的靠垫里一栽。

董丹和高兴专心凝神地听着，想要搞清楚他怎么会突然冒出这么一句话来。

"我也是其中之一。"

虽然看不见陈洋的脸，但是董丹可以感觉得出，在那一张方正布满皱纹的脸上，浮起了一抹无奈而自嘲的微笑。

"不是只有出卖身体的才叫做婊子。有一种人比那种婊子还要低下；因为他出卖的东西比身体更宝贵，我就在干这事。没错，我也是不得已，不得已是因为我也是个凡人。凡人在权贵面前，总会感到一种莫名其妙的畏惧。就是说我画的是公鸡、骆驼的这些权贵。"

他看看他们两人，眼神却很空洞。他这番滔滔不绝让人有些害怕，董丹觉得他像是神经失常的自言自语者。

高兴又在董丹膀子上捏了一把，董丹皱起了脸，待会儿他的手臂一定要淤青了。

"我让他们嫖，嫖我，嫖我的艺术。我的画都是毫无自卫能力的孩子。能让某某权贵把我的画挂在他们国家级的客厅里，我这点代价是要付的。这对我的作品来说，是最好的宣传。即使我告诉别人，也告诉我自己几百万遍：我才不在乎他们的势力，可是说真话，我是在意的。所以我才会为他们画了一只又一只的公鸡和骆驼。"

"你对自己要求太高了。不管怎么说，你又不是为了他们才创作。"高兴道。

"那我又是为了谁呢？"

"为真正懂得你的人。"

"一件艺术作品真让人完全懂了，就不是艺术了。艺术应该永远在参得透和参不透之间，永远超越人们完全的理解。你觉得你真的懂得我？"

高兴掂量着这个挑战，决定豁出去了。"嗯，我懂。从某种程度来说是懂的。"她应道，"尽管你上来就让我掉进了'公鸡'、'骆驼'的陷阱，我还是懂得的。"

她的指控带了点玩笑性质。陈洋狠狠地盯住她，过了一会儿，也不得不微笑投降了。

"所以说我的艺术不能算是绝品。"

"毕加索也不是完美的。"

老艺术家点点头，将她从头到脚端详了一阵。没法子看得出，究竟是她的放肆还是她的口才，让陈洋感到兴味。

"那你呢，老乡？"老艺术家回头问董丹，"你懂得我的画吗？"

董丹猛摇头，臊红了脸，耳根子着火了似的。

"如果我让你挑一幅作品，你会挑哪一幅？"

董丹盯着一幅幅的画，努力让自己在这些令人晕眩的色彩之前站稳了。他装不出来高兴那种陶醉的样子。他能够做到的就是面对每一幅画要站足够长的时间。他喜欢不喜欢都无所谓，这些画的价值早已被表决过了，他的赞同或反对早就不作数了。这一切跟他的生命经验相隔太远，跟他的小梅也相隔太远，后者可能这辈子都不会知道世界上有黑森林蛋糕这么好吃的东西的存在。他一点都没有察觉他已经在其中一幅画的前面，停留了足足好几分钟。

"你喜欢这张，我看得出来。"老艺术家道，"这张你就拿去吧。"

高兴在一旁紧张地期待着。

"你也可以挑一张。"陈洋对她说，做了一个邀请的手势。

喜出望外的高兴跳起来抱住老艺术家。然后，她咬住自己涂了深红色口红的下唇，眼光迅速地把所有的画扫视一遍，挑中了最大的一幅。

"二位不见怪的话，我现在需要休息了。"陈洋的口气带着几分厌倦，让他们觉得他们已经打扰太久了。

董丹从位子上站起来，慌乱地搜着自己的衬衫口袋。"我……我写了一篇关于您的文章。"

"差不多要完稿了。"高兴打断董丹的话，"我们想等写完的时候，带来给您过过目。"她知道董丹被她弄懵了，她朝他使个眼色，又补充道："文章是关于您在孔雀大宴上发难的事。"

"你们把它写出来了？"老艺术家突然又来了精神，"媒体到现在对这件事都保持沉默，真让我瞧不起他们。你们知道那天募款餐会的赞助人是谁吗？你们刚才看到的那个小伙子就是其中之一。他知道我在宴席上干了什么，假装不知情，还跟我忘年哥们儿似的。要不就是他贿赂了媒体，要不就是媒体联合起来堵我的声音，好保护他的形象。我很高兴媒体不完全是些胆小如鼠的家伙，还有你们这样的例外。"

走出病房，董丹就问高兴为什么撒谎，明明文章已经写好，打算投出去了——为什么要瞒着老家伙呢？高兴说董丹看着还算机灵，实际上缺心眼，难道他看不出来陈洋也有所图吗？他希望他们的文章不光是关于那天的孔雀宴，而是要好好地、大篇幅报导一番他的事业、他的人生、他的艺术家良知，以及他特异独行的个性嘛。再说，他们写的那篇文章暗示了他在孔雀宴上的行为是出于受伤的自尊心，这也不会讨他欢心。

"你怎么知道？"

"我当然知道，"高兴把车钥匙套在食指上绕来绕去，黑色圆墨镜下一抹玩世不恭的笑意。"要不然他不会送咱们画。他送你那一幅市价是多少，你不会不知道。现在他的画是按寸卖的。"

装着画的塑料筒握在董丹手里，整个分量都感觉不同了。它总共有多少平方寸？或者用小梅的计算法，这可以换多少袋面粉？可以买多少面条？如果高兴这时留神董丹愣愣的眼睛，恐怕会在上面看到期货交易屏幕，闪动变化着一连串他脑子里的数字换算。他深吸了一口气，这幅画大概有十五寸乘二十寸，那么就等于十几万块钱。十几万块可以买二十万斤面粉，换成机器压制的新鲜面条，那就有四十万斤，那么多的面条啊！老家伙比印钞机还有钱，难怪高兴要挑那么大一幅。高兴那幅换八十万斤面条没问题。

"他的画是让你白拿的吗？"高兴道。

车子发动后，高兴说：这篇关于陈洋的文章要写得精彩，必须做一系列采访。董丹应该利用艺术家对他的信任，好好套套他们的老乡交情。董丹则说：这样利用别人的信任，手法有点不地道。高兴朝董丹狐媚地一笑，说她也是在利用他对她的信任呢——她不地道吗？她确定陈洋对董丹的信任远远超过她，因为董丹有张金毛犬的厚道面孔。

09

　　小梅站在董丹面前，由他导演向左或向右转身。她身穿一件白色套头针织衫，下着一条刚到膝盖的牛仔布蓝裙。这身打扮既让她曲线毕露，同时又有女学生似的简约和随意，仅仅靠深红色唇膏才让她那么一点成熟。董丹决定带她去吃宴会。这天有一场"扶贫济困"的募捐会，之后有一餐午宴。

　　在往饭店去的路上，董丹叮嘱小梅决不要跟人说话，别人问什么都回答是或者不是，如果他们继续烦她，她就拿起照相机跑开，假装发现了千载难逢的精彩镜头。可千万注意别把照相机拿颠倒了。对准目标时，记住摘下镜头盖。贴着镜头的那只眼睛睁开，另一只闭上，可别闭错了眼睛，那就露马脚了。千万记住，绝对别开口。一开口，别人准能识破她的宴会虫身份。

　　在饭店的阶梯口，小梅突然停下来，说她不想去了。

　　"为什么？"

　　"我不喜欢吃鱼翅。"

　　"你没吃过怎么知道？"董丹尽量不嚷嚷，同时四下观望可有什么人在附近。他不想让别人看到他俩是一伙的。

"我不喜欢鱼翅。"小梅压低了嗓门。

"我保你会喜欢,饭店里一小碗就卖三百块呢。"

"我从来不下馆子。"

"吃了鱼翅你的皮肤就会光滑白嫩,跟豆腐似的。"

"我也不喜欢豆腐。"她的语气像在哀求。

望着她,董丹心里突然升起一股无比的温柔,他忆起了他们初识的情景,也是同样的怜惜令他满心柔情。

"那我回家了?"她问道。

"还花了钱买这身衣服呢。"他开始板脸了。

她不说话了。想到一百多块钱花在这套衣服上,却无用武之地,令她心疼。这笔钱可以买两袋面粉,足够她在乡下的那一大家子人吃两礼拜面条。她叹了一口气,重新壮起胆子,抬头直视前方。

"你舍得把你那份儿三百块钱的鱼翅往泔水桶里倒?"董丹问道。

她长长吁了一口气。

"都是头回难,以后就不怕了。你就跟着我,别靠得太近就行。"他一面登上花岗岩阶梯,一面继续给她指示。上到楼梯顶端他一回头,看见小梅跟他只隔了两步远,他瞪了她一眼,要她保持一点距离。

可她偏不。

他走到报到处的时候,她呼出的热气都触到了他的后脖颈。

签了名,交出名片,董丹用气声跟小梅说,她这样步步紧跟会给他们两人惹麻烦,可她就跟没听见似的。他找个机会就给小梅使眼色、打手势，可是她依然寸步不离。进了会议厅以后，她挑的座位也在他正后方。当董丹听见有人问小梅她旁边的椅子有没有人坐时，他紧张得两手冒汗。是那个矬子的声音。小梅说有人坐，她帮一个朋友占位子。矬子接着问，她朋友去哪儿了？去厕所了。小个子只好侧起身从走道中间杀出一条路，往前排走去。前排没人坐，因为中途想起身溜走太难了，目标太大。

董丹干脆改变战略，坐到小梅的右边。

主持人介绍完今天的赞助人之后，就宣布记者会开始。

"把你的笔记本拿出来。"他低声耳语时，嘴唇几乎毫不挪动。"还有笔。现在，看一眼发言的人，在本子上写几下。"

"写什么？"

"什么都行。"

"到底写什么？"她轻声问时，目光注视着舞台上正神采飞扬致辞的那个募款活动的董事。"向自己的同胞奉献爱心是我们每个中国人的使命，决不能让我们的兄弟姐妹们因为贫困失学……"

"随便写，只要你的笔在动就行。"

"这支笔不好写。"

"没事，只要它动就成。"

那个董事语气转为沉痛："在我们国家里，贫困地区的农民不能享受医疗已经是遗憾，但如果不对自己的同胞伸出援助之手，而让外国人，尤其是美国人插一杠子，那更是耻辱。"

"把他说的记下来。"董丹告诉小梅。

"他的话里头有好多字，我不会写。"

"你就写你自己的名字。"

她果然照做。他偷瞄了她一眼，这才放心了。她十分认真地把自己的名字写了整整两行，认真得嘴唇都合不上。为了不让她左边的人看到她在写什么，她还刻意把笔记本的封皮立了起来。整整一页都写满了她的名字之后，她开始画圈圈。

午宴要开始了。她叫他别担心，她已经能应付了。当她起身去找餐桌的位子时，董丹告诉她，举办单位可能会给一个信封，里头装的钱叫做"车马费"，大概两三百块。可千万别当场就数钱，那样不好看。她只需要按照要求，给他们看她的身份证，然后签名就可以了。

今天的餐宴十分盛大，共有五十桌。一些面色黝黑的农民代表和今天最大的捐款者共桌，坐在靠近主席台的地方。再过一会儿，还将有一个仪式，捐赠的钱、医疗器材、药品及计算机被一一接收。

董丹的眼睛一直紧盯着离他几张桌子远的小梅。这时一个农民模样，三十多岁的男人来到了董丹身边。他自我介绍叫白钢，是一个叫什么莉莉的中年女人介绍他来找董丹的，是某村的会计。那么莉莉又是何许人也？她是"农民减税委员会"的成员。董丹说，他想起来莉莉是谁了。他心里其实在为小梅操心，因为他忘了告诉她，鱼翅特别滑，吃的时候，要用汤勺帮着筷子。

"莉莉告诉我，您常去乡下，对村一级干部的腐败做过一些调查……"

"我对农民是很了解。"董丹道。

"那你一定得跟我来一趟。"

"现在？"

"现在。"

白钢的一双眼睛小而有神，四周布满了鱼尾纹。他说这个募捐会上的人都被蒙蔽了，坐在主宾席位的家伙才不是什么农民代表；他们是农民的叛徒，把捐给农民的钱都自己贪污了下来，等到这笔钱到农民的手里时，恐怕连捐款的百分之十都不到。

"记者同志，这样的事在每个省、每个乡和村连年发生。如果您跟我来，我会给您看证据。"

董丹有些迟疑地站起身。他又看了小梅一眼，她正一个人百无聊赖地坐在那儿，看起来快要睡着了。他跟这位叫白钢的农民说，等他这儿的采访结束再跟他去。

"真实情况在这儿采访不到。"白钢道。他的口齿清晰、反应灵敏，不像一般农民。过一会儿董丹弄明白了，他是个农民知识分子，村里的会计。

第一道菜上来了。用的食材全是来自海里，服务生解释道，连这些精巧的饺子外面所包的皮都是掺了海苔做的。

"你在这儿听不到一句真话。"白钢说。他用下巴点了点那盘菜，说这正好说明了募捐来的钱都花到什么地方去了。这些募捐单位和农民代表勾结在一起，把农民剥削得骨头都不剩。媒体却装着对这种事毫无所知。

董丹眼看自己是给缠上了。他跟着白钢在桌子间穿梭时，又瞄了小梅一眼，她正在吃那些用海苔皮包的饺子。他为她高兴，至少她前半生错过的好东西这会儿在这有了点儿弥补。他不想看着她活一辈子，饮食史上留下太多空白。

走出了饭店，正午的太阳当头，董丹意识到有人跟在他们后面。又是那个矬子。他距离他们十步远。董丹向白钢建议打的，但是白钢说他们要去的地方并不远。董丹发现小个子依然在尾随。董丹拉着白钢走到马路对面，佯装要去为他的录音机买电池，想暗暗观察矬子。这样和他平行，观察他方便多了。小个子似乎在思索，不时停下来做笔记。

当董丹在小杂货摊前停下来时，那小个子也停了下来，并从包里拿出了一罐水。为什么这矬子不放过他？他和董丹之间不存在为了宴会虫的营生竞争的问题，因为他本身是货真价实的记者，还有一位摄影师的搭档。董丹愤怒起来，想象着自己冲过马路、揪住该死的矬子的衬衫，揍他个昏天黑地。不，他不要揍他，他要杀了他，彻底铲除他。只有这样，董丹才能够安心地当他的宴会虫，赚取他微薄的生计。

这时白钢跟董丹讲述起来。他们村的村干部拿到钱之后，夜夜吃喝，不管那些捐款是为了洪灾后道路抢修、还是为了学校和诊所的兴建。白钢说关于这些人贪污的款项，他藏有一本秘密的账簿。

"他们除了吃，还是吃。一旦有上级派人下来检查，他们就请他们大吃特吃，然后检查小组就把这些所谓农民代表们的话汇报上去。"

矬子现在驻足在一个书报摊前。他一边随手翻阅一份报纸，一边跟女店员打听什么，然后继续往前走。董丹怒不可遏，两只拳头直是痉挛；它们也许会失控，像挣脱绳套的西伯利亚狼犬那样冲出去。董丹的拳头曾经常常自作主张地冲出去，在厂里是有名的两只拳头。

"你怎么样？"董丹扬声喊道，客气的语调让自己都吃了一惊。

矬子抬起头四下找寻是谁在喊他，看上去倒真的像是自然反应。发现董丹站在对街，小个子面露喜色，隔着车流试图跟董丹交谈，对他们的不期而遇表现出由衷的开心。要不他就是个天才的演员，要不就是他确实没有跟踪董丹。

"还有一场应酬？"等交通的喧嚣过去，矬子问道。

不等董丹回应，白钢便轻声在一旁说："什么也别跟他说，否则对你待会儿要见的人不利。"

矬子说："要我送你一程吗？我有一台二手车。说不定是三手、四手。"他用手指向一辆停在路边的红色小轿车。"我付不起饭店的停车费，停在这儿。"

董丹喊回去："谢谢，已经快到了。"

矬子坐进车里，朝他们挥挥手便开车离去。这场游戏刚开始的时候，董丹占有暗中观察的优势，到了现在，情形完全逆转。这人为什么要冒用连董丹都已经放弃的假身份？为什么他不能老老实实做一个自由撰稿人？董丹看着那辆红色小轿车开进了车流，消失在公路天桥下。他觉得这一切也许都是这矬子导演的一出黑暗神秘的戏剧，而他是戏中一个莫名其妙的角色。他对自己接下来的台词或动作毫无所知，更别提这个角色未来的命运。

白钢所说的不远其实是一场长征。此刻他们已经来到一个旧街区，走进了一家地下室旅舍。白钢先在一个门上敲了敲，再为董丹开了门。走进房里，头顶上只有一盏灰白的小灯，把空间照得像停尸房。一间屋六张床，只有两张铺有被褥。房间有一股脏衣服和几天不洗澡的人体气味。床上那两个人爬了起来。

"这位是记者。"白钢对他们说。接着为董丹介绍两位老人，分别是白大叔与刘大叔。

董丹趋向前忙说，他只是个自由撰稿的记者。他注意到这两位老人跟他大爷差不多岁数。

"自由撰稿是啥意思呢？"白钢向俩老头儿解释，"就是他写文章不挣单位的钱，也没有个让他写啥他得写啥的领导。"

说得好，一语道破。董丹喜欢白钢给予"自由撰稿人"的定义。

两位老人互望了一眼，上前一步，猛古丁地就在董丹面前跪了下来。

"快别这样！"董丹慌了，手忙脚乱地把他们往起拉。"起来起来，我还不知道能不能帮上你们……"当年他的父母也因为没钱，带着他高烧不退的弟弟，在医院里做过同样的动作。"起来咱慢慢说……"怎么也劝不动，董丹从裤子口袋里掏出一把钱，只要能不让他想起他父母下跪的模样，他宁愿花钱。

可他们不要他的钱。他们打算一直跪在那儿，直到董丹答应为他们写篇文章申冤。他的父母也曾经这样，在到处吐满了痰的地上长跪，直到院方终于让步先抢救垂危的弟弟。

"我答应，我答应！"董丹边说边将其中一位大爷拉扯起来。他恨自己怎么这么心软，随便就让一个叫白钢的陌生人把他拖到这儿来，让他陷入这种困境。他如果再不小心，天天都会被拖进这样的人生惨剧里。不知有多少次，他经过地铁的地下走廊，或者过街天桥，看见缺腿断胳臂的乞丐，他都把自己皮夹里的钱掏出来，就为了让自己心里好受点儿。

"您得答应在大报纸上把它登出来。"白大叔呜呜咽咽地哭了起来，不让董丹扶着他的腋下拉他站起来。他儿子因为给县领导写了封信，告发村里头头儿怎么贪污捐助款项，结果差点儿被那两个头头儿打死。那些全中国人捐来的款项不是被他们拿去吃喝，就是盖了新房，新式茅房能坐着拉屎，新式澡堂能躺着洗澡。

"总共三个人挨了他们的毒打，其中一个在送医途中就咽气了。"白钢解释，"这事就发生在调研组来村子之前，村里头头抓了一些人，用的全是什么逃税、超生之类的假罪名，然后再用酒席和色情按摩贿赂调研组。"

"我儿子……"老人抽搐着，"现在人瘫了，两个孩子年纪都还小……"

"离咱村最近的医院也有一百公里远。要不是他们在路上硬拦了一部军用吉普车，白大伯的儿子命也丢在路上了。"白钢道。

董丹的弟弟也是在从医院回家的路上就咽气了。医生只给了他缓解症状的药，就打发了他们。眼前这位白大叔擤了把鼻涕，往鞋底上一抹。董丹眼里汪起泪水。打他十八岁那年离家当兵之后，他还没这么无望过。正是这种无望让他当年离开了家。他今天早上和小梅一块出门时，本以为这天会过得很开心，可现在他整个心情全毁了。

白大叔与白钢继续跟董丹描述那场噩梦般的事件，刘大叔则在一旁架起桌子——拿了块木板摆在一张空床上，铺上报纸当作桌布，摆出他从隔壁小餐馆买来的几样小菜，从地铁附近的杂货店买的两瓶白干。一道菜是猪脚，其他全都是猪下水，红烧猪脑颤颤悠悠地被端上来，上面浮着一层辣椒红油。董丹数了数，总共八样菜，即使都是廉价粗食，也算得上是一顿宴席了。大家热烈地敬酒，不一会儿，每个人都满头大汗，说话开始大舌头。话题一直围绕着相同的事情打转：村子里有人进城找律师，打算要告这几个村里的头头儿。三个月过去，没一点结果，直到有一天，每家都收到了一份新的摊派费，比平时多了五块。多出来的五块钱是村里头头儿请辩护律师的费用。他们说他们是人民政府选来服务人民的，现在他们成了被告，人民当然得负担他们的法律费用。这像话吗？他们问董丹。嗯，不像话，董丹应道。这已经是他第三遍回答同样的问题了。

白钢举起杯子："为还我公道！"

接着一阵咂嘴声，人人都皱着脸，将那六十五度白干一饮而尽。感觉那酒精像一条嘶嘶燃烧的导火线一路通进身体，那灼辣的感觉还真痛快。

"我儿子跟我说，"白大叔说话已经含糊不清，"一定要还我们个公道！你可别让他失望！"他对董丹说。

董丹点了点头。正当他把手伸进口袋摸香烟时，刘大叔在一旁已经帮他点起了一根。是进口的牌子。看来他们对他的到来，早有准备。

"写篇文章把这些王八蛋全揪出来！为他儿子出一口气！"刘大叔对董丹举起酒杯。

"我一定尽力。"

白大叔说："光尽力不行，你一定得做到！"

董丹生怕老头儿又要下跪，忙举起杯子一仰头把杯里的酒干了。这玩意儿烈得能抹到伤口上去消毒。董丹得眯起眼、咧

起嘴才能让酒下肚。接着他朝白大叔亮了亮见底的杯子，算是
承诺。

屋外突然有人大声敲门，白钢用眼神暗示大家别出声。

"开门！"一个女人粗哑的大嗓门响起。

大伙儿都半途停下了筷子，愣在那儿。

接着他们听见门上的锁孔里有钥匙转动的声音。门被打开
了，赫然出现一个中年女人，手上拎着一个巨大的铁环，上面
少说有一百把钥匙。

"真香啊。"她说，"我从楼上就闻见了。"

"这位是记者董先生，很有名的。"白钢为她作介绍。

她没朝董丹看。她才不管她这间阴森破烂的旅社里住的是
哪些人，逃犯也好，婊子也好，只要付得出钱都可以住进来。董
丹递给她一张名片，她像是给了董丹莫大面子才把名片接过来。

两位老头以咳嗽掩饰他们的窘迫。

"这顿饭够三天的房钱了，这洋烟也要二十块一包吧。"
她拿起烟盒子来回看。

"不，得要三十块。"白大叔纠正她。

"那就又是一天房租。"

刘大叔说他们在等老家亲戚寄钱来，这几天钱随时会到。
他们不是那种不知好歹的人，像她这样有情有义，对他们这
么照顾，如果他们不懂感激，那他们简直就是猪。只要一收到
钱，他们一定连本带利把欠的房租缴清。

"你瞧，我有情有义的结果就是，一个月零三天收不到房
钱。"她对董丹说道。

董丹这才开始注意这房间里的摆设。门后一个钢筋脸盆

架，一条腿已经扭曲；一条生了锈的晾衣绳；一个没灯罩的台灯和一幅挂在墙上的画。画是用贝壳在黑绒布上拼成的工艺品，图案看上去大概是牡丹富贵图之类的。要想看清牡丹的花瓣的形状和颜色，先得把画从尘土里挖掘出来。墙角的床头柜上，放着一个布满灰尘的铁壳暖壶，底边锈烂了，所以站相不好，一肩高一肩低。董丹听那女人说，最好少跟这些农民打交道。这跟咱们是农民有什么相干？白钢提高了嗓门反驳。农民一个个又抠又狡猾，还骗人，她嚷嚷着。她这种女人，农民才不会要，别看她自个儿还觉着挺美的。白钢又顶了回去。那妇人撒泼骂人的时候，一肩高一肩低，和那锈蚀了的暖壶一个样。她骂这帮人不要脸，关着门偷偷大吃大喝，还撒谎说没钱缴房钱。霎时间一次性盘子被她扔了出去，食物飞溅，屋里开始了油水酱汁的暴风雨，劈头盖脸地往人们身上头上砸。接着她把这几个人的家当行李往外扔，反正也没几件。然后，她准备向暖壶动手。正当她要举起它砸个稀烂，忽然想起这个暖壶砸坏了，换一个新的要十块钱，又缩手把它放了回去。放下暖壶，她不敢马上撒手，仿佛刚和一个蹩脚的舞伴跳完一首华尔兹，怕他转晕了，得慢慢把他稳住。

"拿着吧！"董丹拿出几张一百元块钞票，大声说道。一只手抹去额头上溅到的油汁："房钱。"

没人伸手接。

"我会帮你们写那篇文章的，我保证。"

他把钞票丢在狼藉的地上，大步走了出去。等到了走廊上，他立刻拔腿就跑。他害怕见到那几个人皱起一张苦巴巴的脸向他表示感激。那模样叫人更觉得不忍卒睹。

10

董丹一连五天都没出门，努力想把答应俩老头儿的文章写出来。努力了半天，毫无结果。一周过去了，他才想起来问小梅，那天鱼翅宴吃得怎样。她回答说，除了那道鱼眼之外，其他的她都喜欢。还有鱼眼这道菜？董丹问。对呀，一颗颗又大又白、黏黏的，好像老人生了白内障的眼珠子，小梅回答。小梅说她一看那鱼眼就跑到了厕所里，怕自己吐出来。她那时候已经想离开了，但忽然想到一件很重要的事，又折回去，找到报到处柜台的工作人员。那女工作员凶巴巴的，穿着一件紧身的T恤衫，绷着一双奶子，乳头都顶了出来。小梅跟她要她的信封。

"她就那样瞪着我。我就说不是每个人都有个信封嘛？这么大的！"她用手比划。

"一般都这么大。"

于是女工作员从她脚边的一个大包里抽出一个信封。她不是把信封交给小梅，而是摔在桌子上。小梅把信封拿起来，交还给她，要她重来。女工作员说：你要信封我给你信封，你还想要什么？小梅说：我要你重新递给我一次。她跟女工作员说，把东西递给别人，跟摔在桌上是两回事。她要她这次好好做这个动作。女工作员没辙，只好再拿起信封交给她。小梅看都能看出来对方在用眼睛恶骂她。

"你不该跟她……"董丹听了很紧张。

"你跟我说，每个人都有一个信封。"

"拿了信封你就走了？"

没有走。她打开信封之后发现里头装的是一个笔记本和一支笔，她又跟女工作员说，等等，里头少了东西。她把腰一挺，两手一插，说她知道里头还应该有别的，有非常重要的东西。

听到这里董丹都忘了喘气。

小梅说自己当时的态度并不恶劣，也没发脾气。她根本不想闹事，只是想要告诉那个拉着一张长脸、挺着乳头的女人：我知道来这儿的每一个人，都该领一份钱。接着，她就问身边围观记者中的一人，他是否领到了他的那份。那人笑着往后退了一步。女工作员于是反问小梅：是谁叫你来领钱的？

看见董丹这时脸都白了，小梅叫他别担心；她没告诉对方是他董丹叫她去的。女工作员找来主管，两人不怀好意地朝小梅走来，要看她的身份证件。

"你给他们了吗？"

"我干吗给他们？"

董丹往椅子背上一靠。还好，没有身份证，他们就查不出什么来。他心里承认，带小梅去混吃是个馊主意。她条件还不成熟，就让她去应付那些又凶又多疑的人是很危险的。一阵不忍，董丹牵起小梅的手，把她拉过来，坐在他的膝头上，然后把脸贴在她刚洗过的头发上，轻声地问："最后你怎么离开的？"

"他们不让我离开。"

"什么？！"

他们不让她走，除非她把她的身份证件交出来。她则说，除非他们付她钱，否则她不会亮出任何证件。董丹以为自己听错了，他看过妻子耍横的样子。她这种乡下出来的女孩，一旦碰到有人欺负她或者她的家人，那张嘴可不饶人。

小梅接着说，那帮人盘问不出什么来，只好让她走。董丹心事重重地拨着妻子的头发，把整件事在心里又过了一遍。该死，真不该带她去，更不该把她一个人留下，让一大盘凶光毕露的鱼眼珠子瞪了一回，再让那群凶神恶煞、专拣老实人欺负的家伙又瞪了一回。

第二天下午，董丹又去了一个记者会，看不出任何异常，熟人仍然跟他打招呼。高兴过来要他拨电话给陈洋安排访谈时间。她自己拨过好多次，都是他的未婚妻接的，说老头儿现在身体不好，不方便接电话。

"我想给你看样东西。"董丹把她拉到一边，把他这些天爬格子的结果递给她。

她从头读到尾，又回去读开头。

"哪儿来的烂文章？"她怒气冲冲地问道。高兴向来会对拙劣、混乱的文笔发火。

"这是，这……"董丹立刻知道他这篇东西写得有多糟了。"这是一个农民写的。"

"难怪。"

董丹抓抓脸："真那么差？"

她不理会他的问题，把文章塞还给他，继续回头讲陈洋未婚妻的事。这未婚妻一听就知道是那种难缠的恶婆娘，显然她不希望老艺术家接另外一个女人的电话，更别指望去探望了。所以挖出大师更多的细节，现在全靠董丹。只有这样他们才可以写出一篇震惊世界的专访。

"你能不能帮这人把他的文章修改一下？"董丹仍不放弃，"我觉得还行，故事挺让人难受的。"

"写成这样，谁还会相信这个故事？！"

"我就相信，这种事在我们老家的村里也发生过。"

"你看你，你的问题就在这儿。你没法突破你那种农民的狭隘。你只关心跟你老家的田、鸡、牛、猪、庄稼有关的事，你看不到蕴藏在陈洋故事里的材料有多精彩。这是任何一个想要往上爬的记者求之不得的。"

董丹望着她涂了深红色唇膏的嘴开开关关，告诉他国家的腐败就是起因于这些农民。这里头写的那些悲惨遭遇，没有人能救得了他们。因为救也没有用。受迫害的农民一旦自己有了权力，也会做同样的事情。想想看，他们的人口，今天已经超过了十亿。贪污腐化会让他们人数减少吗？不会。贪污腐败不但没能压垮他们，他们反而人口越来越壮大。让他们去自相残杀好了。这是他们自己的自然淘汰，想要生存，他们就只得靠——

"闭嘴。"董丹道。

她真的就闭上了嘴，破天荒的，她笑得很乖。

董丹看着花岗岩的大厅里的一株假棕榈树，胶布的树干，塑料的叶子，绿得跟邮电局似的。董丹盯着那树，脑子里净是白大叔与刘大叔布满风霜的脸。那脸上无色的嘴唇和鲜红眼睑。那样的脸也会有纯真无邪笑开了的时候，那就是当看见出生的小牛，或是麦苗遭遇一场不期的冰雹后仍然完好，或是因为卖红辣椒比预期的多赚了几分钱。他的父母也像那样，挑着两担红辣椒到公路边叫卖，顶着夏日的烈日，满怀希望地望着尘土飞扬的公路尽头，会有卡车出现。卖不掉的红辣椒，他们自己从来都舍不得吃，情愿啃无味的玉米饼、喝高粱稀粥，然后每天依然挑着烂了或干了的辣椒，到路边碰运气。公路边红辣椒堆起的小丘，连绵不绝。每一个摊子后面都是同样抱着希望、苍老的脸孔。董丹忘不掉的是，当他的父母被他们的儿子责骂，说他们"愚蠢"、"落后"、"抠门"时，老两口总是朝董丹惭愧讪笑，答应没卖完的辣椒留给自己吃，可是那时的红辣椒已经开始腐烂，气味熏得人眼睛都睁不开。

"你他妈的了解农民吗？"董丹说道。他的双眼已经微微泛红。

高兴看见董丹眼里的泪水就要夺眶而出，一颗大喉结激动得上上下下，她有点被吓住了。那一张挺精神的脸从不曾有过这样的痛苦表情。

"不是看着你是个女的，我早抽你了。"他说。

董丹走出会议厅时，眼睛都不敢眨，生怕那一触即落的眼泪流出来。他真后悔认识这个女人。

11

　　他再回到那家地下室旅社时，白钢与那两个大爷几天前已经退房了。他们一定觉得董丹辜负了他们。大老远跑这一趟，以为他是他们最后的希望，结果他却辜负了他们。董丹靠在进门处那张柜台前，注视着屋外，房里的阴暗让外头的阳光显得格外刺目。董丹想象着两个希望落空的老人，如何拎着他父母也常用的那种尼龙大包离开了此地。

　　他把那篇文章重新写了一遍。写的时候，他就把文章中的主人翁想象成自己的父母。写完之后，他把文章带到一个宴会上给高兴看。比上次进步了，不过还是太煽情。她问董丹是不是他帮他们修改的。他说是，还多亏了她的批评意见。那她能不能帮他们发表呢？如果他把文章里头那些庸俗煽情的部分都删掉，她可以帮他试试。决不能这么夸张，感情必须节制，读起来越客观越容易通过审查。这个题目很敏感，曾经有一家报纸就是因为登了一篇关于这方面的文章，被上级停刊了一阵。报社还把那个记者给开除了，以表示对上级的一致。

　　这一天中午，宴席邀请的媒体记者超过了一百人。东道主是一家刚刚与二十个国家签订了出口合约的啤酒商。他们找了位书法家为他们重新设计了商标，这一位全国顶尖的书法家动笔写一个字就价值十万块。

冷盘上桌了。每一道菜都摆设成中国字的形状。最令人赞叹的是一道做出篆字的冷盘。材料是小牛肉与海蜇皮，肉的鲜红配上海蜇皮的透明，盛在如纸一般薄的细白瓷盘上，手工之精巧简直可以送进画廊当作艺术品展出。董丹后悔他的照相机不过只是个道具，否则他真想拍下来，带回去给小梅瞧瞧。

"这可是三个师傅在冷冻室里待了十六个小时才完成的。"其中一个客人说道。

董丹发现说话的人竟是矬子，他总爱在人前卖弄他的信息丰富。他的座位在邻桌，与他正好背对背。

"我看真正的帝王也吃不到这样的东西。"董丹这一桌上的一位记者响应矬子的话。

"在馆子里吃这一道菜，大概一个月的薪水就没了。"一个女士说道。才说完，她便举起筷子朝着同桌其他人做出一个夸张的恶狠狠的表情，便将厨师们十六个小时的心血给捣毁了。只听见一声欢呼，众人也立刻举箸进攻。不消几分钟，瓷盘上只剩下几道生肉的血迹。

"有一阵子没看到你了。"小个子把脑袋转了一百八十度对董丹说道。

是呀，董丹说，他最近在忙别的。他问董丹有没有听说，前几天有一个年轻女人被逮到了。什么年轻女人？矬子把椅子朝董丹挪近了一些，继续讲这个故事的来龙去脉。如果她乖乖吃完就走，不去讨要纪念品和车马费，也许根本没有人会发觉。车马费？嗯，她跑到报到处跟人家要钱，这不是胆大包天吗？可不是！董丹一边附和，一边避开小个子的目光。她的名片上写的是"自由撰稿作家"，小个子说。真有这事？董丹笑得很僵。她名片上是这么印的。工作人员发现她的照相机和笔记本全是道具。真的？还有呢：她整个笔记本上记的都是她自己的名字。那他们怎么处理她的？他们最后还是让她走了。可是负责安全的工作人员肯定不会就此罢休，会采取些行动的。什么行动？首先，他们能查出来她的名片是在哪家印刷厂印的。他们说他们甚至能查出她的破相机是从哪个当铺里买来的。全北京的当铺总共五十多家，一家家查他们最近的售货纪录就得了。那天的宴会上，公安局肯定派了不少便衣警察打埋伏，他们说那天的宴会虫绝不只这一个年轻女人。他们怀疑至少有十个以上。十个以上？！

董丹盯着自己手中的筷子，愤不可遏：这十个家伙怎么可以也过着他一手创造出来的生活方式。

"她的模样，我还记得，"小个子继续说道，"娇小玲珑，挺可爱的一个女孩。一张娃娃脸，眼睛圆圆的。你绝对想象不到，她居然是个专门白吃白喝的。我其实在柜台报到的时候，就注意到她了。一路跟着她进了会议厅。我想起来了，她就坐在你正后方。"

董丹觉得自己的胃一阵痉挛。看来他确实一直都在观察他们。那他一定也看见了董丹后来换到小梅旁边的座位上。

"保安为什么又放她走了呢？"董丹问道。

"我也不知道，或许他们有他们的策略吧。"

那会是什么样的策略呢？拿她来做钓饵？把她放掉其实是为了把董丹这条更大的鱼给引出来？

高兴来找董丹的时候，他已经心思纷乱得无法跟她多说什么了。高兴告诉他，她已经为那篇农民的文章找到了地方发表。高兴自顾说她的，仿佛小个子根本不存在。她硬生生地挤进了两个男人中间，胳臂肘子往桌子上一放，跟董丹四目相对。

"对方欠我一个人情。"她说，"所以我要他登什么他都会登。你现在必须做的，就是去告诉那个农民，把那些庸俗的感情部分都删掉，然后给我一个低调的、客观的新版本。"

董丹同意了。他故意提高音调好让已经转过身去的小个子听见他们的谈话。"我这几天就会把文章弄出来，最多三天。"他说。

"动作得快，那家伙欠我的人情指不定哪天他就不认账了。这完全要看政治风向而决定。目前一切还算平静。"

董丹跟她道谢。

"谢谢值几个钱？"她说。

"明天我就会打电话给陈洋。"董丹现在已经学乖了，对这个女人而言，天下没有白吃的午餐，一切都是利益交换。

"你现在就打。"高兴拿出手机拨了号，立刻转给董丹。

电话那一端出现的是一个女人的声音。董丹匆忙从位子上起身，走向最近的一扇窗子，原来铺在他膝头上的餐巾掉到地上，差点儿绊倒他。高兴紧跟在他之后，把餐巾捡起来，正巧有个女服务生端着盘子走过，她就扔给了她。

声音听起来甜中带酸的女人马上把电话给挂了。董丹重新拨号，这一回没人接了。

"臭娘们，"高兴说，"她以为每一个打电话找陈洋的，都是想来白拿大师的画。她把画廊里陈洋作品的价钱提高了。也不想想，本来就已经贵得离谱！"她掏出了香烟盒摇一摇，直接用嘴唇夹出其中的一根。就在禁烟标志正下方，点上了火。"董丹，我看你得亲自跑一趟。"她若有所思地喷了几口烟之后，对他说道。

"你说现在？"

"不行吗？"

"陈洋不会愿意我们突然就去了……"

"未必。"

"他的未婚妻不愿意我们见他的。"

"你的两个借口哪个是真的，你告诉我。"

"如果他的未婚妻不愿意，他也不会愿意。"

"我真搞不懂，陈洋为什么会对那个贱货言听计从。"

"今天不行……"

"我们一定得去。就跟那贱货说，你是画商，想来收藏陈洋的作品。我敢打赌，她马上巴结你都来不及。"

"那不是说谎吗？"

"世上每件东西都包括着谎言。你不觉得陈洋的画是欺世盗名？难道你以为批评家对他的画说的都是真心话？"

他定定地看着她。自从这个女人闯进他的生活，他混点儿好吃的再也不像以前那样，是一种享受。他整天让她搅和得心烦意乱。她说她开车送他去首都医院，他进去采访陈洋，她在外面等。

董丹在楼下的会客室见着了陈洋的未婚妻。她跟董丹问东问西将近二十分钟，倒还算平易近人。她告诉董丹，恐怕大师现在的身体状况不适合见客。

"他正在睡觉呢。"她说。

"是是，他的休息最重要。"董丹道。他的坐姿是屁股在沙发边沿上点到为止，如果这时候有人从他后面拉沙发，他一定跌着个四脚朝天。

"他需要睡眠。"那未婚妻说。

"没错，没错。"

"我的责任就是保证他的睡眠不受打扰。过去两个礼拜，他睡得不好，因为我回上海了。"

董丹注意到从头到尾，她只称老艺术家为"他"。董丹说不上来，可她说到艺术家的时候，那语气非常特别，感觉上既是亲密又带了崇拜，就像他的父母提到老天爷、菩萨，以及毛主席时才会有的语气。

她说他们可以另外再安排时间。什么时候？这个嘛，得看他的身体状况，情绪激动对他不好，只要人一多，他难免兴奋。有时候他真像个孩子。

那女人的美丽像瓷器一般精致，无懈可击的五官配上白皙的皮肤。她叫李红。这个名字说来很普通，要在一所学校里，大概每天可以听见这个名字被喊上百来遍。李红一条腿架在另一条腿上，一只脚荡呀荡的，脚拇趾玩着那只白色珠花拖鞋。拖鞋每坠落一回，董丹闻声就要眨一次眼。那拖鞋掉了二十次不止，他就一遍一遍地看着她伸出长腿，用脚趾勾住地上的拖鞋，再一点点勾回到自己脚上。没多久，这个游戏又得重复上演一回。对老艺术家来说，她太年轻了。她的年纪恐怕比艺术家的大女儿还小。董丹移开眼神，避免自己去想象那个年老的身躯与这个年轻的胴体怎样拥抱、亲吻、纠缠。

董丹起身道别，同时问陈洋是否还需要他们西北的红辣椒，他可以找人再带一些来。

"那些辣椒是你送的？"她问道，原来矜持的、供人拍照的笑容，这时转成了真心的笑意。

"不是啥值钱的东西。"

"他喜欢得不得了。你能再拿些来吗？"

"没问题。"

董丹打算买两条烟，送给在铁路局工作的那个老乡，请他再回去跟他的父母要一些新收成的红辣椒。不消三四天，陈洋又可以享用到新摘的辣椒了。那时他应该可以进行访问，把高兴的人情还了。不对，还人情的不是他，是他父母种的红辣椒。李红把董丹送到门口时，她的手机响了。这样精致如手饰一般的手机，董丹第一次见识，铃声听起来跟鸟叫似的。

"他说他下一次会多带一些辣椒来。真是一个好人。"她侧过脸对董丹羞涩一笑，为他们当他的面谈论他抱歉。

李红白皙的手臂上若隐若现着淡蓝色的血管，令董丹忍不住想要多看几眼。他开始联想，在她白色的T恤衫下会是怎样的肌肤，淡蓝的血管蜿蜒地伸向那里，使她的皮肤看起来泛着淡淡的蓝光。不知道用手去触碰会是什么样子的感觉。陈洋的手：老迈、带老年斑，曾经劳改而长出了茧、常年不断地雕塑与绘画磨砺出来的一双粗糙的手，真能感觉得到如丝缎般的肌肤下，若隐若现的血管游丝吗？还是说，会损坏了它？董丹再次逮住自己想象一老一少两具身体缠绻的景象。他觉得自己真不是个东西，居然如此充满邪念！可他真不是故意的，他对此毫无办法，只要一想到这两人在年纪上、容貌上的悬殊，满脑子都是他们俩亲热时的画面。

"喏，"她把手机交给董丹，"他想跟你说话。"

"老乡，"老艺术家说道，"你不是认识我的门儿了吗？"

董丹胡乱说了几句请安的话。

"认了门儿你怎么不来看看我？"老艺术家扯开了嗓门。

"等您好点儿，我再来看您。"董丹说。

"让我跟李红说话。"陈洋说。

董丹又把手机交还给李红。她跟陈洋抗议，说都是为了他好，才不让他有太多访客嘛。她一边说着话，一边扭动着身体，脖子、下巴、肩膀无一处不在动，却又都往不同的方向，浑身拧着妩媚的麻花。好吧，她说，那她就破一回例，放董丹进去。

董丹和李红一走出电梯，就听到陈洋房间有一大伙人谈笑喧哗。打开门，里面不是一个正在养病的老人，而是一个饮酒作乐的小型聚会。董丹看见那个公子也是客人之一。地板上都是铺展开的画作，只能小心翼翼地踮起脚尖从空隙上通行。陈洋看起来有点人来疯，一会儿叫这人王八蛋，一会儿喊那人狗东西。他朝正不知何处安身的董丹一指，告诉客人们，这个可爱的混账跟他是同乡。接下来，他转而告诉董丹，今天在场的其他这些王八蛋，都是有一个在朝当官的老子。

一个年轻女人认为董丹一看就是跑新闻的人。没错吧？我眼力好得很，她说。别担心，他不会把咱们今天晚上放浪形骸写进他的报导，陈洋跟她保证。然后他跟董丹说，今天晚上是不存在的，明白吗？明白，董丹道，连忙点头微笑。

李红递给董丹一杯酒。

"我一会儿就要走，今晚还有事。"董丹说。看来是没指望采访了。

"唉，你给我办件事吧。"李红说，"你能不能去帮他买一些无糖的蛋糕回来？"她塞给董丹一个字条，上面写了地址。
"离这儿不远。本来可以让司机带你去，我怕万一需要用车，
所以还得把他留下来。你要是能帮我一下，就太谢谢了。我实
在怕他吃太多甜的。"

董丹说他很乐意帮她跑趟腿。她马上把一袋沉甸甸的桃子
塞到他手里。

"你能不能再顺便跑一趟他女儿的寄宿学校？跟她老师说，
别忘了她今天晚上有钢琴课。喔，他女儿的名字叫做陈雪鸽。"

董丹努力把这个名字记住。陈雪鸽，鸽子在雪里不怕冻
死？

"顺便带点水果给她。"

"好嘞。"记住，记住，陈雪鸽。

"太谢谢了。你看我这儿一时走不开，都是一些特别重要
的客人……"

她又在扭动她的身体了。她的下巴、脖子和肩膀动作是一
个乞怜的小女孩和一个独裁者的混合体。

董丹走出病房大楼，就看见高兴在小草坪上来回踱步。天
就要黑下来了，她满怀期待地抬起头看着董丹向她走来。采访
结束了？没有采访上。怎么回事儿？董丹犹豫是该告诉陈洋现
在正跟重要客人们开酒会呢，还是说老头儿身体不舒服。

"你上去快一个半小时了，都在干嘛呢？"高兴问。

董丹看着高兴，在暮色中她深峭的五官线条显得柔和了许
多。"陈洋今天身体不舒服，过两天我再来。"

高兴抬头朝艺术家位于三楼的窗口瞪了一眼。

"你别帮他打掩护了。"她说。

　　董丹觉得有点过意不去。她为了等他，在外面给蚊子叮了一个半小时。他说他保证三天内一定会帮她完成这个采访。她叫他别弄错了，不是帮她，而是帮他自己，是帮他自己从她那儿得到他所需要的帮助。

　　高兴开车把董丹送到那个寄宿学校门口，就走了。老师跟董丹说，要是把这些桃子留下的话，必须附上一张字条，证明这是陈雪鸽同学家里送来的，孩子们如果吃了有什么问题，学校不负任何责任。他只好照办。当他离开学校往那家卖无糖蛋糕的糕饼店去的时候，突然想到什么，又让出租车司机停车，调头开回去。他想到的是那些桃子没有好好洗过。他拿着水果跑到男学生的公用澡堂，里面有一排微型浴缸，他把桃子倒进去洗了又洗。再次把桃子交给老师，走出学校大门，他马上又冲了回去。他找到那个男学生浴室，努力回想他刚才是在哪个浴缸里洗桃子的。他担心桃毛沾在浴缸上，会让跳到里面洗澡的孩子满身桃毛，那还不把孩子痒死？正当他刷浴缸的时候，一个三十岁左右的女老师出现在他身后。他挺起腰板，耷拉着两条袖子高卷的胳膊，朝对方微笑。对方看着他，一点都不掩饰对董丹的怀疑，觉得他不是个神经病，就是个变态的恋童癖。她语气严厉，问他究竟在干什么。他告诉她发生了什么事后，她满脸不可思议地说：那桃子还能吃？董丹吓了一跳，问她怎么就不能吃。还用问？难道他不觉得在浴缸里头清洗食物是一件令人作呕的事吗？可是他洗水果之前把浴缸先刷过了，应该跟烧饭用的锅子一样干净，至少比他母亲烧饭的锅要干净。女老师说可那毕竟是澡盆啊，每天有上百个孩子在里头洗脚和屁股，把那当作洗食物的地方，光想想就够恶心了！

12

等董丹买了无糖蛋糕回到陈洋的病房，已经是晚上十一点了。病房里仍然笑闹喧天。大师显然喝多了，正语无伦次地哀悼他三十年前死掉的一条狗。李红一边帮他搭话，一边跟客人做鬼脸。请各位多包涵，李红抱歉地说，每回他开始说起他的狗，就表示他醉了。等客人都离去后，陈洋进了浴室，站在一面橱柜的镜子前瞪着自己。"你这个婊子。不对，还不如婊子。你是个太监，让他们把你给阉了。你现在完全没有良心和尊严，变成了他们的弄臣。这是一帮无恶不作的家伙，就仗着老子有权有势，吃国家，吃老百姓。你还把他们当上宾……"他撕扯自己的头发，虽然他头顶的头发所剩不多。董丹吓坏了，忙跑去抓住他那粗壮的膀子。李红则是立刻拨电话给夜里值班的大夫，但又马上挂了电话，跟董丹说陈洋的话千万不能让人听去，说不定又得让他坐牢。董丹终于把老头安顿到了床上。陈洋在印着红十字的白色被单下游泳，不停地哭喊："你让那一群什么都不懂的下三烂拿走你的画！他们吃人不吐骨头，他们连孔雀都吃，让他们去吃屎、吃大粪……"

李红把电视的音量调到最大，这样护士就不会听见他对时弊的牢骚。大约过了十分钟，他的手脚停止了乱舞，哭喊声也弱下去，渐渐地睡着了。董丹打算离去时，发现老头儿的一只手仍然紧紧抓住他外套的衣角。他轻轻把衣角抽了出来。在董丹心里，大师其实像个孩子，没有安全感，特依赖人。可是，他能够把这个写进访问里吗？当然不能。

电梯来了，李红却从病房追了出来。

"等等。"她说。

董丹让电梯下去了。

"你别在意啊，他就这样，没事儿就发泄发泄。一喝醉了就骂这个骂那个，包括骂他自己。今天晚上，就算你什么也没听到，啊？"

董丹点点头，李红笑了。

"明天一大早，他要去看个中医师，可我九点得和一些收藏家见面……"

"那行，我陪他去看中医。"董丹说。

"没有你的帮忙，我还真不知怎么办。"她说，并在他肩膀上轻轻拍了拍。

过了一个礼拜之后，甚至连陈洋都习惯叫董丹帮他做事了。小董，帮我把鱼缸的水换一换；小董，去把那一盆枯死的盆景扔出去，再买盆新的来；小董，帮我去跟医院柜台结个账，然后再把我的东西搬到车上，别人搬肯定会砸了；小董，把这窗帘全拆下来，让这屋子跟医院那间病房一样，亮堂点儿；小董，去跟厨子说，让他立刻把他录音机上的无聊小调给我停了。

出院之后，不到一周，陈洋已经非常习惯董丹待在他的画室里。不论是在画画、读书、打电话，甚至和李红拌嘴，他都并不在意董丹在场。董丹是一份不碍事的伴随，快乐而满足，在任何背景里他都协和。反倒是董丹缺席的时候，陈洋才发觉他那无声伴随的重要。有时董丹从外面办了事回来，看见老艺术家焦躁不悦地问他刚刚跑到哪儿去了。另外有些时候，老艺术家画了一半，笔突然停在空中，一动不动好一会儿，仿佛是想抓住遗失了的一个念头。在这种时候，董丹也从不出声，他好像知道，有某种神圣而神秘的东西使陈洋成为了陈洋，使其他艺术家成了其他艺术家。甚至有几次，老艺术家无助地放下画笔，喃喃说着他已经江郎才尽了，现在的他无异于一台造粪机器。这时他突然注意到坐在他画室角落里的董丹，并不带任何批判，只是平和安静地看着他。

"你结婚了吗？"一次老艺术家问道，一边用手扯着毛笔的笔尖。

董丹笑说他结婚了。他心想，他已经告诉过他四次了。

"你们俩怎么认识的？"

董丹又笑了起来，他的恋爱故事他也告诉他不止一次了。

董丹是五年前在他老家遇见小梅的。那时他在厂里刚满师，回家探望父母。到家的第四天，他在自家的前院瞧见一个漂亮的小姑娘在补衣服。那天他起晚了，父母早已下了地。她坐在一堆柴上，坐在白杨悉悉嗦嗦的树影里。他从窗子里喊了一声"喂！"，问她在做什么。她回答她有名有姓，不叫做"喂"。他走到屋外，看见她原来补的是他工厂的制服。

董丹问她："你怎么可以随便帮陌生男人补衣服？"

她指着停在屋檐下的那辆旧自行车："看到没？我把它擦

那么亮。"

董丹在她面前蹲了下来，看她偏过头去咬断线头。她后颈毛茸茸的，好年轻。他说她不可以帮一个男人做这些事，除非是她喜欢他。

她抬起眼笑道："我是喜欢他呀。"

董丹立刻红了脸："这个男人你连认识都不认识，怎么知道喜欢他？"

"我在市场上和他擦身走过，看见他走去小酒馆的时候，我就知道我喜欢他了。他和村里人喝酒的时候，我一直在看他。他帮每个人付了酒钱，他还讲了好多故事，像个说书人似的。"

"一个男人招你喜欢也不难嘛。"董丹哈哈地笑起来，"你知道一个姑娘家这样说话，是很危险的。"

"咋危险了？"

董丹不回答。莫名地紧张让他笑个不停。过了一分钟他才说："反正你不能跟男人说这些。"他呵呵笑着，摸起她的手来。

她盯着他的脸，不觉得什么事情这么好笑。

他知道自己不应该占人家便宜，但是还是忍不住。"你让他摸你吗？要是喜欢他，就该让他摸你，不然他不知道你喜欢他。"

"他不是在摸我吗？"她说，一面看着他的手从手掌移到了手臂，然后到了肩膀。她异样平淡地看着他，任他的手钻进了她的衣衫领口，从肩膀往下移动。

"就摸一下，好不好？"他问。

　　她点点头，让他解开了她的衣领，接下来是胸前的钮扣。

　　他四下张望了一下，确定旁边没人。他把她搂进自己怀里，抚摸起她刚发育的胸部。他发现她的眼睛一直盯着他手的动作。如果董丹着迷她的身体，同样的，她也着迷他的那双手。

　　之后他并没把她放在心上，直到有天晚上他去看露天电影，才又碰到了她。她抱着张小板凳，静静地坐在了董丹身边。趁着看电影，他又偷偷摸了她几把，告诉她第二天带她出去玩。他们去了河边，河滩上尽是白色的卵石。董丹将他从北京带来的橘子和饼干摆出来，她只吃了他从镇上面包店买来的面包。其他的食物，她碰都不碰。

　　"这个你不吃？"董丹拿起一个橘子问道。

　　"不吃。"

　　"为什么？"

　　"没吃过，我不知道怎么吃。"

　　不知为什么，他对这女孩干的事让他突然一阵不忍。她这么年轻，什么都不懂，包括不懂男人。对像她这样善良纯朴的女孩，男人们是不会放过的。这让他觉得没劲，似乎他偷盗了一个连偷盗概念都浑然不知的人。

　　一周过去了，董丹就要回北京了。他到集市上希望再碰见叫小梅的女孩子。除了市场，他不知道还能到哪里才能找到她。一连找了她两天，她都没有出现。直到要动身的前一晚，他又去小酒馆喝酒时，看见她正站在酒馆门口。

　　他说他也喜欢她。实际上，他对她的喜欢已经让他想着将来带她去北京。她像往常一样淡淡地笑了笑，告诉他那得赶紧，因为再过几天，她就要去西伯利亚了。她去西伯利亚做什么？她的家人已经把她许配给一个在西伯利亚有田有地的中国农场主。那人雇了许多俄国籍的农工，现在需要一个老婆为大家做饭。董丹不相信有这种事。女孩说她来董丹的村上，是来跟自己的姑母告别的。

董丹将回北京的日期延后，来到女孩的家里。那是一户一贫如洗的人家。他只待了十分钟，就沮丧地离开了。女孩家里告诉董丹，农场主愿出三万块钱作为聘礼。当天夜里小梅便逃出来，跑到了董丹父母的住处。他带她到了邻县，等待下一班回北京的火车。

董丹以前跟陈洋说这个故事时，都没像这一次说得这样完整。这次他也不敢保证老头听完会记住。

有一天陈洋跟李红大吵了一架之后，突然说，他多么怀念像董丹和小梅这样的爱情故事。

"一个村姑和一个牛郎。"他凄然地笑了笑。"这种爱情故事在大都市里早就没了。"

13

　　董丹晚上回到家，见小梅正在修补他们最心爱的那一件纪念品，就是镶有金边和金色商标的书卷形状的黑色大理石。金色商标脱落了，小梅想把它黏回去。董丹在帮忙的时候，觉得那东西太轻，不会是真金。他拿到灯下细看，发现不过是一块塑料。就是说打在上面的那家有名的金号印章也是假的。看来不能指望落魄时拿它换饭吃了。董丹帮着小梅终于把那块仿冒的金片黏回了黑色大理石上。就算不是真的金子，还是挺好看的。

　　两人重新把它挂回墙上时，小梅告诉董丹，今天有人找她的麻烦。那个人开着车，当时十字路口堵车严重，小梅正在路边卖她的糖炒板栗，对方问鱼翅宴上见的是不是她。

　　"那人长什么样儿？"董丹问道。

　　她只看到那个人的头，反正是个大头。他戴眼镜吗——那种黑色宽边的，二十年前就不流行了的那种眼镜？他问她。可她唯一看清的就是对方的脑袋。那时天色已经暗了，那人又跟她隔了两辆车的距离。车子都在按喇叭，他得大喊大叫地跟小梅说话，他说他敢肯定，在鱼翅宴上见过的女孩就是她。她叫他滚蛋，可他不滚，还问她是不是住在这附近。她叫他回家照照镜子，也配打听她住哪儿，没镜子自己撒泡尿照照也成。车队开始移动了，他还想跟小梅说什么，可是她不给他机会了。她朝对方尖叫：滚！滚！滚！这回他总算滚了。

董丹握起小梅的手，叫她别慌别怕。不过他马上意识到慌的是他自己。他的脑袋现在一片混乱，各种猜测和自问自答同时朝不同的方向拉扯。小梅被监视了，有人在盯她的梢。可是那家伙为什么不一路跟踪她回家呢？想到他没有把小梅训练好就把她带去鱼翅宴，董丹恨不得把自己给杀了。到了上床的时候，他告诉自己，睡一个好觉醒来，不再这么惊慌的时候，他一定会想出一个让他们两人都解套的办法。

夜越来越深，董丹被睡一个好觉的努力弄得筋疲力尽。他一双脚又冰又冷，额头上不停地冒汗。小梅背对着他睡在身边，屈起的一只脚触在他的腿上，那脚掌的温度温暖健康，只有安心入睡的人才会有。董丹把自己的胳臂伸出，钻进她的脖子下，真好，这样他的前胸就抵着她的后背，两个人一前一后紧贴着。董丹的下腹与大腿与对方的臀部及大腿的线条正好合上。或许可以说，他乘着她的睡眠，乘着她均匀规律的呼吸，让她身体的一波波的起伏载起他漂浮，他就任她带着他浮浮沉沉，温柔地摇摇晃晃。终于，他的呼吸与她合二为一。就在他进入梦乡前，董丹最后一个念头就是，宴会虫这勾当不能再干了。

14

星期天下午，董丹带着小梅去附近的一处新楼盘建筑工地，这是小梅最喜欢的游乐场。他们爬上四周无墙的楼梯，上到顶楼。小梅坐下来，环视四周未完工的住宅大楼，董丹则在一旁对着建筑的设计以及施工质量发表意见。他一边指指点点，一边告诉小梅，再有一两年，他们会搬进其中哪一栋，以及他会选择什么样的室内装潢。如果他再坚持做一阵宴会虫，他们存的钱就够买一户了。或许，他应该继续冒险，赌这一把是值得的。他望着坐在初秋凉风中的小梅，让人奇怪的是她永远是那么满足，从来不跟他要任何东西。体会到小梅的快乐可以这么简单，他心头一震。他把小梅拉到身边来，她舒服地偎在他的怀里。

他们就这样坐着，直到肚子开始咕咕叫。

晚餐就吃小梅的拉面。自从董丹到处吃酒宴以来，他一直没机会享用从小最爱的家常菜。上次吃小梅煮的热汤面已经是一年多以前的事了。他感觉肚子里热呼呼、软绵绵的，那感觉渗入了他的血液、肌肤，开始爱抚他的五脏六腑。可突然间，一种恐惧笼罩住他：如果他再不停止混吃酒宴，他可能会失去这一切，这工厂宿舍、自制的沙发、偷来的热水，甚至小梅，还有她的热汤面。

小梅停下筷子，问他怎么了。

"你别再到街上卖东西了。"

"为什么不？"

"因为有人跟踪你。"

"我不怕。"

"他们跟踪你是为了想逮到我。"

"为什么要逮你？"

"我伪造身份混宴会啊。这阵子，他们正在抓我这样的宴会虫。"

小梅看不出混吃有什么不对。食物那么多，反正吃不完，董丹不吃，还不都浪费了。多董丹一个人吃又怎么样，就算多一百个宴会虫来吃，恐怕也吃不完。你看到没有，即使每个人都吃饱了，还有那么多东西剩下来。真浪费。要不是有他们这些宴会虫，恐怕会有更多的好东西给倒进泔水桶。说到犯罪，那才是真正的罪过。

董丹想着几个小时前他们看见的新楼，郊区楼盘的一个小居室，用不了太多的钱。如果他再吃几个月的宴会，首期款就差不多了。然后他可以找一份出劳力的活儿，来付月供。或许，他可以去开出租车，他们厂里很多下岗职工都在干这行。这样他们拥有一户小公寓就有着落了。他不会在乎从此以后天天吃小梅的热汤面，整个下半辈子都吃他也无所谓。

15

　　他们约好了在"绿杨村",可是高兴却失约了。董丹约她,是要跟她谈那篇替两位老农民写的文章。他把采访陈洋的磁带给高兴的时候,她乐得尖叫,可她却没有兑现她的承诺,帮他把这篇文章改出来。他一个人坐在房间里继续苦等。

　　有人敲门,接着听见一个怯怯的声音问道:可以进来吗?董丹起身去开门,看到老十站在那儿。还来不及打招呼,她已经用肩膀推开门走了进来,手上还捧着一桶热水和一只脸盆。

　　可董丹并没有打算按摩啊。看懂了他的纳闷,老十笑着跟他说,别担心,今天的服务算她请客。自从他们上次见面后,她过得还好吗?嗯,还好。那她姐姐也好吗?

　　"水晶泥还是药草?"她一边帮他脱鞋子,一边问道。

　　董丹说由她来决定,她请客嘛。他哈哈大笑。她微笑着开始按摩他的小腿。他说是她让他开始喜欢上这种特殊"酷刑"的。她又笑了笑。人是怎么发现的——想要舒服,先得忍受一点儿疼痛?董丹一个人在那儿自说自笑。两人之间的气氛不太自然,他希望借着说说笑笑淡化它。

　　"水晶泥是骗人的。"老十说,"西藏根本没有什么水晶泥。"她帮他脱掉袜子，把他的脚搁在自己膝头上，一边试了试水温。

等她开始为他按摩之后，董丹这次感觉不太相同。她把他的脚放在离她身体更近的地方，她每次前倾或伸手，他的脚趾头便跟她的胸部碰个正着。她的乳房这时是松弛的，柔软得惊人。

"上次你说想换个工作。"他的脚趾现在正在她的乳沟中间。无端的，一个令他痛苦的念头出现了：任何人的脚丫都可以搁在他现在占据的位置。可能是一双布满老皮，长着脚气的脚丫，它们属于又老又秃，戴着劳力士，专门向老十这样子的女孩炫耀自己的财富的男人。

"我说了吗？"她的手握住他的脚跟，以一种不可言喻的抚慰弄痛着他。

董丹发现自己的嘴唇松开了。

"你……你说过的话都记不得？"

她回答的方式就是在他脚后跟上方的筋腱处用力一捏，他立刻痛得张开口却叫不出声音。

"我没有姐姐。"

"哦，上次你是骗我的？"

"不，那时候我有个姐姐，现在没了。"

董丹坐直了身体，定定地看着她。她只盯着他的脚。

"她死了。"

"出了车祸？"

"她把她存的钱借给了一个男的……"

那是她姐姐全部的储蓄。她把它借给了她的男朋友，之后要不回来。那是她姐姐从广州到上海到北京，一路打工，辛辛苦苦存下来的钱。她工作了十年，可是她的男朋友就这样把她的钱全拿走了。他穿最贵的衣服，戴最贵的翡翠戒指，参加最贵的俱乐部。他还有太太，也上最贵的美容院，每隔两天就做一次脸部保养。他反而欠她的钱不还。

"她是什么时候借他钱的？"董丹问道。原本那股自他的脚向全身抒发，抵达他小腹深部的快感慢慢停止了。

"大概六个月以前。"老十说。

"你姐姐怎么死的？是她男朋友还是男朋友的太太杀的？"

她一直看着他的脚，两只手继续上下移动，快成一台按摩机了。

"不是。"

"那她是自杀的？"

"也不是。"

她木然的手在他也变得木然的脚上机械动作，上下、上下、上下。董丹不知道还该问什么。两人沉默了好几分钟后，老十终于开了口。六个月前，她姐姐企图把她的男朋友给毒死，结果那男人的儿子误吃下有毒的食物，她被判谋杀罪而逮捕。上个礼拜，他们执行了她的死刑。她才二十九岁，高大美丽，有一头长及大腿的秀发，她总是跟她的小妹妹说，按摩女郎的生涯也许会铺一条路，通向一份好运。说不定会很走运，谁知道呢。

"你第一次来这儿的时候，我其实是想告诉你的。"老十说道。

可是她并没有。她本想等他第二次出现的时候再跟他说。她当时认定董丹第二天还会来找她，找她做更贴身的服务。大多数的男人都会的。

"我本来是想要找你求救，你是记者。我听说有很多判决不公平的案子，就是因为你们这些人写了文章之后就翻案了。他们怕你们。"

"他们"是谁？政府吗？立法单位还是执法单位？可是董丹只问："那你干嘛不说呢？"好像他真是个记者，以千钧之力的笔来捍卫真理。他从来没有像现在这样，感觉"记者"是这么神圣却又遥不可及的一个头衔。从来没有像现在这一刻，希望自己是个货真价实的记者。

"你姐姐叫什么名字？"其实已经不重要了。

"小梅。"

"小梅！"

怎么回事？他注定了要跟叫小梅的人纠缠不清吗？怎么这世界上有这么多漂亮、毫无戒心的、对男人不知道防范的女人叫做小梅？他不知道该向哪尊神祷告，别再让那些邪恶的手去采摘世上的小梅了。

"在她被处决前，我去看过她。"老十的手停在他的脚上。

那是初秋的一个美好的午后，是那种让你觉得既满怀希望同时又感觉惆怅的天气。小梅并不知道她第二天就要行刑了。她只被告知将将有一个公审大会，许多犯人都将接受审判。她被带进会客室与她的小妹见面，双方都不知道这就是她们最后一次的相见。小梅话很多，叽咕叽咕笑个不停，脸上还化了淡淡的妆，一定是从牢房外"走私"进去的。姐姐问她妹妹，有没有跟她提到的那位记者碰面。妹妹撒谎说，她见了个可能帮她的人。妹妹并没有告诉姐姐，能求助的人她都求了，所有人都拒绝了她。她用她的身体，用她的服务作交换，那些人尝了她的甜头，就不见了。探监后第二天，老十在为客人做特别服务时，她姐姐被处决的新闻出现在电视屏幕上。那之后发生的事情她都不记得了。她只记得那个瞬间，屏幕上的小梅槁木死灰的一张脸，被两个男人的拳头揪扯住的头发，以及被五花大绑弄得变形的乳房。之后整整两天，老十的记忆完全是一片空白。

董丹没注意自己的手正在抚摸着她的头发，她的一张脸埋在他的膝头上。

"哭，使劲哭，别憋着。"董丹道。

她却没有哭。这反倒可怕。

就在处决后一周，她认识了一个在那个审判她姐姐的法院工作的人。他告诉老十，她姐姐被处决的经过。他们把她和其他犯人一起塞上一辆卡车。这些犯人并没有像以往那样游街示众，他们直接被送进了市里某处位于地下好几米深的神秘场所。那地方的隔音水泥也有一米厚，完全被密封起来。既听不到枪声，也听不到尖叫。

更听不见小梅抽泣的哀求。董丹的手在老十染烫过的头发间摩挲。他现在什么也不能做了。即使是当时，他也做不了什么。

"放开哭，哭了会好受些。"董丹道，轻抚着她的头。

她把他抱得更紧了。

他托起她的脸来端详着。她站起身，将她的嘴唇压到董丹嘴上。还来不及反应，一具年轻的肉体已在他怀里。她叫他别担心，没人会来打扰他们。她早就跟经理说了，这个客人的服务会很久。

她让他在那一张躺椅变成的床上躺下。她的服务可真叫服务，任何可以想得出的身体部位所能使用的招数，统统都派上了用场，那些不可启口的肉体快乐在他体内被调动出来。他从来不知道自己的身体能够承受这样巨大的满足，每一寸肌肤都化成了释放激情的器官。

她骑坐在他身上，柔滑微汗的身躯回应着他对她身体的每一个欲求。她对他欲望的渴求了如指掌，驾驭着他，顺着一条他在此之前还无知的秘径往极乐世界而去。快感成熟了，快感溢了出来。

她瘫软在董丹身上，一阵痉挛，她突然决堤般放声大哭起来。

"哭得好，大声哭，随他们偷听去！哭出来就没事了。想发泄就拿我发泄。"董丹边说边抓起她的手，在自己的脸上、胸膛上捶打。他把自己的手指塞进她的牙齿间，给她去咬。他的手指被咬痛了，那也是刚刚摘了"小梅"的手。

一小时之后，老十翻身躺在一边。她平躺着，眼睛盯着天花板，偶尔仍有间断的啜泣。董丹每听到她抽泣，便摸摸她的肩膀。

"我……"她欲说还休。

"有用得着我的地方，尽管说。"董丹道。

"那你……能不能把我姐姐的故事写出来？就算不能让她

活过来，也算给她讨回点公道。"

董丹对此完全没有心理准备。转而他悲哀起来，因为老十刚才对他的千般好万般爱，不过是另一场利益交换，就像是她跟任何其他男人做的交换一样。她也以为那些男人可以救她姐姐。

"你该多为自己想想。我想你姐姐在世上最后的心愿，恐怕是希望你能好好照顾自己。"董丹边说，边把衣服穿上。

老十告诉他，那个男人的妻子买通了某个有权势的人。他们是在处决名单决定的最后一分钟，才把她姐姐的名字加上去的。她姐姐没运气，赶上了这一波打击犯罪的运动。她语气激烈，句句话都从嘴唇上爆出来，吐出的字把披散在她脸上的头发都掀动了。

"过去的事就让它过去吧。"董丹道，"你得活自己的人，走自己的路。"要不你就是下一个小梅，他在心里结束最后这句话。

"只要你肯帮我，我天天帮你免费服务。我喜欢你，我信任你。如果我想嫁人，就嫁你这样的。"

"你知道……"，

"我知道。"

他看着她。

"你是有老婆的。"

"她的名字也叫小梅。"

她给他一个悲喜交集的微笑。

16

连续五天，董丹每个下午都跟老十在一块儿。他知道了小梅生前更多的事。在上中学的时候，她是班上第一名。可是她父母决定，作为长女，她该放弃自己的学业，好让她的弟弟们继续升学。老十的两个哥哥，一个大她两岁，一个大她四岁，后来都进了大学，但是家里没法负担他们的学费，所以先是小梅，然后是排行老么的老十，陆续都到城里来做按摩的工作，好资助哥哥们念书。

按摩院里的下午安静而漫长。他们总是做爱，说悄悄话。他发现她对他的热情并不只是"服务"，它随着他的每一次来访加温。

每回董丹离去时，都在她制服口袋里偷偷塞上几张钞票。究竟是作为小费，还是一种关心的表示，董丹并不去定义它。到了下回两人再见面时，谁也不提钱的事。她明白那钱并不是她服务的酬劳。她对他的服务如果真要收费，可比这高多了。

有时正在做爱，她会突然问董丹，他是否已经开始写她姐姐了。无意之中，董丹撒了谎。与老十关系越深，他越是无法振作精神提起笔。他甚至看不出两件事有什么关联。正发生的是干柴烈火的情爱，源自于他们彼此相同的欲望。董丹不希望这是另一种利益的交换，他已经看得太多，利益交换把他累坏了。

这天下午，董丹刚走出房间，留下穿着内裤、胸罩的老十坐在那儿补妆，忽然就听见一声："哈，总算找到你了！"

高兴站在董丹面前，双臂抱胸，一脸挖苦。

"我到处找你，各个宴会上都没你人影子。"

董丹支支吾吾地编了一个理由或借口，解释他为什么在这里。

"谁信你的屁话。"高兴道。她推开门，探进头："哈喽，"她对老十道，"早安啊，美人！现在是红磨坊时间早晨八点。"

董丹用力把她推到旁边。

"来这里当小贱货们的救世主啊？"高兴问道。

"干嘛呢你？"

"不干嘛，就不能来这儿？"

董丹走在她前面，把她从老十的门口带开。

"比我预想的还可怕。"高兴说，随着董丹走进了一间门上挂着"无人"标志的房间。"你爱上她了。"

"别胡说。"

她走过去坐在一张椅子上，又拍拍她旁边的空椅子。他犹豫着要不要过去，她更用力地拍了几下椅子。

"你到底有什么事？有话快说，不然我要回家了。"董丹说。

"你那篇文章，今天晚上上版。"高兴说。

"就是那个农民写的？……"

"现在是你的文章了。把他们的名字换成你的，别觉得过意不去，因为你从头到尾把它改写了。所以接下来会发生什么事，轰动还是倒霉，掌声还是批判，你自己全权负责。对了，它的标题是：《白家村寻常的一天》。"

董丹的心思却又回到了老十身上。她现在跟谁在一起？今天晚上她是不是又要为某个自吹自擂的家伙做按摩？她也会张开她的腿，骑在一个恶心的男人身上，就像她跟他做的那样？可是他现在跟那些男人一样恶心，说不定更恶心。她也会跟其他男人说枕边细语吗？她也会让他们的脸靠在她胸脯上？妈呦，都是些什么样的丑脸！大吃二喝吃得眼泡虚肿，腮帮肥厚，满嘴油腻。他董丹长得不难看，这一点他还明白。至少小梅说他英俊健壮。小梅，他心爱的小梅，他怎么会做出这样对不起她的事。

"你不喜欢那个标题吗？"

他根本无所谓，那是高兴的文章，是她把它重写了，她把它彻头彻尾地改成了一篇无味冷酷、无悲无喜，没有任何同情或是道德谴责的文章。如果是他的文章，他描写的对象是像他父母一样的人，他怎么会毫无激动？

"还行吧。"

"我知道你会喜欢。想出这名字，还真得靠点天才。我把文章中原来那些陈词滥调全拿掉了，现在它读起来感觉像是一篇有趣的乡下传说。我并没有省略任何细节，也没有对任何一方偏心，我让受害者和加害者两方都有机会把他们的角色立场表达出来。"

董丹看着她整个人四仰八叉地躺在椅子里，像是一只海星。

　　"最后这个版本，你会喜欢的，它真的挺幽默的，是那种不动声色的幽默，比较有素质的读者会读得出来。在这事件中的受害人，在其他事件中可能会做出相同加害于人的事，如果这些人永远困在他们那种农民式的无知里。"

　　董丹担心她又要开始她那套农民是腐败源头的演说，她那一套真会让人发疯。他得赶快走人。他举起腕子看了看表。她问他要上哪儿去，她可以载他一程。不用了，谢谢，该堵车了，他坐地铁去。晚上他还有事。

　　"把烟灰缸递给我，好吗？"高兴坐直了身子，点了根烟。她从来不管你是不是在赶时间，就算你娘临终在病床上，或者你老婆正在临盆，她照样对你发号施令，面不改色。

　　他走到对面假窗子旁的小柜子前，拿起一个陶瓷烟灰缸递给她。

　　"他们逮到了一些宴会虫。"高兴道。

　　董丹原本要背到肩上的背包停在半道。

　　"什么宴会虫？"

　　"这是他们取的名字，指的是一些专门在宴会上冒充记者混吃混喝的罪犯。"高兴说道，一边躺平了身子，拍拍身边的座椅。

　　"过来到我这儿坐。吸过毒没有？"

　　董丹在她身边坐下。原来宴会虫从来就不只他一个。他们会怎么对付这些宴会虫呢？他们也会被装上卡车，拉到某个地下刑场去处决吗？

　　"吸完这样一躺，那就太美好了。"

他望着她，高兴双眼紧闭，嘴唇微张。

"我敢打赌，你从来没吸过毒。"她说，"你这也是一辈子，一张白纸跟刚出生差不多。哪天想过把瘾，找我。"

"唉。"逮宴会虫那天，如果他也在现场混吃，说不定一块儿被逮走了。

"你得找对门道，才能拿到好东西。你想先来点温和的，还是直接就试真家伙？"

"唉。"那小个子是不是也被抓起来了？要不他本人就是便衣，为这场打击宴会虫的大扫荡一直在卧底……

他听见高兴又问了他些问题，他照样回答好。接着他听见她大声笑了起来，两只脚在藤椅的边缘蹬踹着。

"怎么了？"他转身去问她。

"我刚才说，咱俩脱光了到街上去遛弯吧，你也说'唉'。"她笑得快背过气了。

"他们打算怎么处置那些宴会虫？"董丹尽量装作漫不经意，"把他们都关大监？"

"应该是吧。算这些王八蛋运气好，打击犯罪的运动刚结束。他们顶多被关个一两年，都是一群流氓混混，无业游民，还有些是民工，建筑工地上来的，老板们不给他们发工资。"

董丹想到自己竟然是这个群落的一分子，感到很沮丧。老十对他还当作神一般侍奉。

"他们抓人的时候，我也在场。便衣警察突然从每个地方冒了出来，每一张桌上几乎都有一两个。你想啊，这不也是一帮宴会虫吗？好几张脸看着面熟。他们也在各大宴会游串好久了，跟着混吃混喝。整个大扫荡，五分钟就结束了。大伙儿接着吃的时候，聊的就有盐有味儿了。"高兴回忆起那一天的情景。

真的就差一点。否则他现在也在监狱里啃馒头就咸菜，睡光秃秃的水泥地，或者有张席。那会是一间挤得像鱼市摊位一样的房间，两个全身馊臭的男人把他夹在中间，他们那长久没洗的"老二"一股异味。他也许会被打得鼻青脸肿，他也许就这样失踪了好几天，小梅都不知情。老十让他幸免了那么个下场。

"等你那篇文章登出来，你说不定走红。这是玩火型的文章，你不是换得名声，就是招致厄运。冒这个险，你觉得值吗？"

她在讲什么，董丹并没有真正往心里去。他的心里仍在想象着，因为他的逮捕而伤心欲绝的小梅，带着她做的热汤面来探监而遭拒。而老十发现他失踪后，一定以为董丹跟其他那些得了好处就拍拍屁股走了的男人没任何两样。

"你最近见陈洋了吗？"高兴问。

"没有。"

"有时间快去看看他。"

"我不是把你要的采访录音带都给你了吗？"

"你真是操小姐操傻了？陈洋的前妻指控他逃税，现在是头号新闻。好几家报纸都拿它作头条。那个前妻接受了许多记者的专访。"高兴一边说一边把香烟的烟灰东弹西弹，就是不往烟灰缸里弹。这个女人很邋遢，因为她把邋遢当成一种潇洒。

"我告诉你，这事不看好。如果陈洋被确定有罪的话，他可是要坐牢的。现在他拒绝接受媒体采访，连那些平日跟他接近的人都见不到他。可是你不一样，他会见你的。"

董丹也相信老头会见他的。

高兴认为现在正是刊登关于老艺术家长篇专访的最好时机。不过得把这个新的事件加进去，然后会把它改成比较负面的文章。为什么？他问。因为这是现在读者们想要读到的。董丹还得帮她一个忙，她说，再去跟陈洋见个面，想法从他那儿再挖些细节，了解一下他对这件事情有什么看法，对于自己被出卖，有什么感觉。她相信老头儿这时急需一个可信任又有同情心的人，好听他倾吐。这个人就是董丹。董丹认为呢？是，他也这么认为，董丹说。高兴告诉他，一定要利用老头儿对他的信任，提供老头儿所需要的同情。陈洋现在肯定特别希望得到媒体的同情，可惜自从那次孔雀宴之后，他一直没有完全和媒体重修旧好。这也是为什么他现在不能够跟他们接触的原因。高兴说她敢赌一万块钱：现在老头一定为那次在孔雀宴上得罪了媒体后悔莫及。

"我还敢打赌，那个李红这时候也一定走人了。真没劲，是不是？贱货们就做不出点新鲜事儿来。"她说。

17

在陈洋住处的大门口，那个门房因为认识董丹而把秘密告诉了他。老头此时正待在他乡村的别墅里，距离市区五十公里。那现在是谁在照顾老头呢？司机和厨子。李红没有跟他一道去吗？没有，她得回她家照顾她生病的母亲，她母亲心脏不太好。有没有公交车可以抵达陈洋乡下的别墅？就他所知道，没有。

无所事事的董丹又来到了"绿杨村俱乐部"。此时正是生意清淡的时刻。"盲人"按摩师们正在休息室里打乒乓球，另一边，年轻的男孩女孩们正在观看电视连续剧。老十坐在电视机前的地板上涂脚指甲油。看见董丹，她立刻弹了起来，一只脚欢跳着迎到门边。当着大家的面，她毫不隐藏她对董丹的情感。她其实是在向他炫耀董丹。

十分钟后，他们俩来到了大街上。老十跟经理说她感冒了。他带她进了地铁站，她很惊讶董丹并没有开车。他说他没钱买车，她说记者不是挣得不少吗。如果老家还有老爹老妈，每月等着他们的儿子寄钱回去，哪儿还会有钱？那就等她嫁了有钱人，买辆车送给他吧。什么时候嫁？早晚呗。她问他喜欢

BMW还是奔驰，要不就法拉利。她说奔驰敞篷车挺舒服的，夏天把车顶放下来，冬天座位还有暖气，只是它的造型没有法拉利那么出风头。她对车子了解得还真不少。当然啰，活在北京这种城市，人人都得赶紧长知识，是吧？没错。她微笑起来。他也跟着笑了，同时想问她有没有坐过这些在北京大街上呼啸而过、把许多骑自行车的人吓得半死的名车。他还想问，她是否坐过那种烧包开的车，就是那种专靠坑人发财、边开车边伸手摸她大腿的烧包。但他没问出口，却听她说她姐姐的男朋友经常换车，越换越烧包，还请过她坐他的车。董丹问她会嫁一个像那样的烧包吗？不会。为什么？因为他不是真有钱，他只是假装有钱。他望着她桃子型的脸蛋，左边的唇角一颗红痣，让她看起来十分撩人。他突然注意到她的一双眉毛看起来跟以前不一样。他听说有些女人会把真眉毛拔掉，纹上假眉毛。纹出来的眉毛都有着相同的弧度——好莱坞型的弧度——工整而完美。董丹不禁想象，有着六亿五千万女同胞的国家里，所有女性都有一副相同弧度的工整眉毛，人多眉毛少。老十今天的衣服让她看起来有些老气：黑色蕾丝的内衣加上一件白色外套，底下一条紧身的白色短裙。她走起路来膝盖打弯，屁股往后，看起来像打算坐下又停止了。她还没学会怎么穿高跟鞋，可是她还算得上是美女，知道怎么样利用自己的条件。

这时是初秋时分，天空清澈，有着微微凉风。他们一路慢慢溜达着来到了北海公园，连手都不拉。一块走在外边的世界对他们来说是新经验，仿佛他们得重头开始建立他们的亲密关系，以一种新的方式，不同于从前躲在阴暗的按摩室里的方式。他们眼神交会时，心跳会加速；每次他的手或肩膀不经意就碰到了她，刹那的接触造成了一种紧张的偷情乐趣，让他们找回了少男少女的感觉。这样的闪烁碰触令他们颤栗，渴望得到更多。

在北海公园，他问她想不想去划船。她说当然想，她还没划过船呢。两人交换了一个微笑：北京的情侣们都要去划划船。在小码头上，她坐下来把脚上的高跟鞋脱掉。隔着丝袜，董丹看见有两颗水泡都已经流血了。他把她的脚放在自己膝头上，查看伤口，责怪她脚痛成这样也不出声。他叫她等着，自己跑到附近的商店，回来的时候，手上拿着药棉和消炎药膏。在为她的伤口擦药时，他问她还痛吗？不疼，她没有什么感觉。她揉着他的头发跟他说，那头有个老太太看见他跑去店里帮她买药时，猛夸他呢。怎么夸的？她说老十是好福气，嫁了个疼爱老婆的男人。

"至少，她以为你是我老公。"她说，"人家把你看成我老公，你愿意不愿意意？"

他不敢作声。

"老太太们觉得好男人都会早早成家。"

"这也能叫鞋？"他指着她那一双用蕾丝装饰的高跟鞋。"穿这玩意儿怎么走路啊？"

她说她又没想到要走这么多路，她以为会坐他的车呢。她的脚又大又结实。他则说他讨厌女人那种又小又肉的脚。她的脚看起来既健康又自由，是那种在田里很能干的一双脚。很会爬山，她说，还可以背着一堆柴爬在那些陡峭的羊肠小道上，有时候背的是砖头。她曾经挑砖上山？对呀，那时候山顶上修建宾馆，给旅游的人住。背砖头能挣不少钱，村里人都抢着干。噢，难怪她有这么一双强健的脚。

他蹲在她的面前，她的脚在他的膝头上，正像她把他的脚放在她的膝头上给他按摩一样。

"我们俩的脚……"她突然大笑着说道，"比我们俩先认得！"

他突然想起来，这还是他第一次看到她笑得这么开怀。哎呀，她真漂亮。

舢板全部停开，因为下午要刮大风。他们很失望，改去附近的餐厅吃饭。一路上他搀着边走边笑的老十。她说他要开车就方便多了。没问题，车就来了——他一把将她抱起，背在背上。她挣扎着想要下来，但是他不让她下。就这样，一人骑在另一人的背上，走进了公园对面的一家馆子。

"人家都在看我们。"她说。

他笑着把她从背上放到座椅上，椅垫很脏。这是一家四川馆子。一个男孩拎着茶壶，壶嘴足有一米半长，以一个不可思议的角度把热茶喷射到小杯子里。从茶壶倾斜到热茶从壶嘴喷出，中间有个短短的停顿，让人意识到，茶在壶嘴里奔走了多长的距离。她在桌子底下伸出脚去碰他。他则想象她那受伤的脚跟，贴着绷带，表皮脱落，露出了湿润的嫩肉以及下面纤细的神经。他从未尝试过这样的亲密动作。感觉有一点点色情，非常的越轨。她的脚从他的小腿已经移到了膝盖。他晕眩了。

他让她点菜。她读着菜单，点了一道沙锅鱼翅和鱼香干贝。她跟服务员开玩笑说，可别拿粉丝冒充鱼翅来骗他们。不会的，他们一向有诚信。老十又说，如果他们骗她，她吃得出来，因为粉丝跟鱼翅的区别她一清二楚。看起来，她常常上馆

子了，董丹心想。那她都跟谁去呢？跟那些身子和脚被她亲密
伺候过的家伙吗？就是多付一点钱就得到额外服务的男人们？

她继续点菜。他开始担心了，他身上只带了一百块钱。
他从来不带太多的钱在身上，他总是把钱交给小梅。小梅很会
存钱。他记得今天出门的时候，小梅放了一张一百块钱的钞票
在他的皮夹里。另外还有几张零钞，他已经花了一部分，用来
买了地铁车票和雪糕。其实雪糕根本不该买的，一个就要二十
多块钱，因为是从美国来的一种叫Haagen-Dazs的牌子。老十
对舶来品了解得还真不少。早知道他该让她一个人吃雪糕就好
了，可以推说他不喜欢甜食，或是他要抽烟，或是编一个任何
其他类似的借口，省下二十块钱。

他跟女服务生又要了一份菜单，假装在欣赏菜单的设计。
菜单设计得很糟糕，这家馆子的问题就在于他们费尽力气让一
切看起来豪华。他的眼光直接就盯在了菜单右边的价钱部分。
以前在麦当劳，每当小梅盯着柜台上方菜单右栏的时候，他总
会取笑她。单单那一道鱼翅沙锅就要七十块，四川师傅懂得怎
么烧鱼翅？四川离海要多远有多远。如果是真的鱼翅，恐怕远
不只七十块钱。七十块钱能把鲨鱼尾巴在他们的汤里涮一涮算
不错了。减掉一个鱼翅的钱，他皮夹里就只剩三十块了。她告
诉他要知道四川馆子好不好，就要看他们端出来的冷盘地道不
地道。因此，她又加了几道冷盘：四川泡菜、夫妻肺片、熏鸭
脖子，还有手撕鸡。她看菜单的时候，眼睛只盯着左边。

他后悔不该把前几次的车马费全都交给小梅。他喜欢看
妻子数钱的样子。数完她会宣布，他们目前存款的总额。前天
晚上，他不是才交给小梅五百块钱？加上皮夹里的一百，他本

来应该有六百块。六百块！只能在这儿吃一顿饭！小梅知道会心痛死。他希望老十不要再点了，他赚钱不容易。要撒谎、要装蒜、要时刻提高警惕，可不是一件容易的事，并且很消耗人，这就是为什么一年来他吃香的喝辣的，体重却越吃越轻。此刻，他听见老十问女服务员，他们有没有鸡尾酒。鸡尾巴做酒？不是，老十笑了：就是一种饮料的名字，把酒和果汁混在一块儿。他们没有鸡尾酒。那有没有白兰地呢？大概有，她得去瞧瞧。

他希望那个服务员千万别抱着一瓶昂贵的白兰地回来。如果那样，他得跟老十撒谎，他不能喝酒，因为今天傍晚有个重要的会议。她继续看菜单，轻轻皱着眉头，问他想吃对虾吗？不，不想。那好，因为她也不想。他感觉松了一口气。她总共点了几道菜了？六道，不包括那些冷盘。他两趟酒宴存下来的钱全泡汤了。

"看来你真饿了。"他说。心想，不知道馆子附近能不能找到自动提款机。

她抬起眼对他微笑，合起了丝缎封面的菜单。他端起茶杯喝了口茶，滚烫的温度让他一阵痉挛。她又开始谈她姐姐了。他拿起她的手，轻轻爱抚着。他原以为今天他们会放个假，不再谈论她姐姐。他握紧她的手，怕她眼中的泪水就这样滴下来，可是它们还是滴下来了。落在餐桌的玻璃面上，一滴、两滴，三滴、四滴……

女服务员回来了，他们有卖白兰地。董丹自己都很惊讶：知道他们有酒他居然很高兴。他待会儿会找到提款机的，他会有足够的钱付这顿饭和酒。只要能让老十开心，不要老谈她姐,花点钱也值。他愿意做任何事情,只要她别去想她姐,再接着去想她求他写的那篇文章。这让他们的关系有点儿走味。

"什么白兰地?"她问女服务员。

"就是白兰地嘛。"

"我知道,但是白兰地有很多种,价格也不同。你们卖的是哪一种?"

"我们是论杯卖。"

她无可奈何地朝董丹笑了笑。"你喜欢喝哪种白兰地?"她问他。

"随便。"他回答。

董丹不懂任何白兰地的牌子。老十决定以后,女服务员端来了两杯白兰地。老十懂得品酒,看样子她一定常常出来喝酒,或者她只是从好莱坞电影里学来的。他希望她是从好莱坞电影里学来的。她端杯子的样子很性感,几乎有点懒洋洋地,就让酒杯的长柄夹在中指和无名指间晃荡。酒杯的杯口有一圈金边,杯底也有一些金色的图案,可是看起来不干不净。很显然的,洗杯子用的水就是他们洗了好几打油腻脏盘子的洗碗水。不对,她喝酒的功夫不是从好莱坞电影里学来的。花钱买她服务的那些家伙,绝没有看好莱坞电影的品味,董丹如此分析着。肯定是那些脑满肠肥、浑身铜臭的家伙,把她带出去,给了她鸡尾酒和白兰地的高等教育。喝尽兴他们干些什么?第一杯酒下肚,董丹已经有了一点醉意,可是老十仍然面不改色,好端端地坐着。他观察她灵巧的手指,端着混浊的杯子,试着想她这些习气是怎么养成的。她是在他眼睛无法看透的昏暗暧昧的所在培养了这些习气。这些习气,是从一些不伦不类的关系之中累积出来的，就像他们现在这样。每天都有载满农村女孩的火车开进北京，像老十这些长得漂亮的就在这座城市的地下发展出另一个城市，建立了一种与真实的人生对称的秘密生活。一种对妻子、孩子来说不可视的生活。对那些苦哈哈的薪水阶级、骑自行车去上班的人来说，也是不可视的。而董丹原本就是那些人当中的一个。如果他没有冒充记者，他是永远不可能知道会有这样的生活，有像老十这样美丽的女人，还有他对她炽热的欲望。如果他真的是一个既有影响，又有名气的记者，或许他能够拥有她，哪怕短暂的拥有也好。他望着她，意识到他嫉妒的对象竟是自己冒充的那一个人。

"喂，"老十叫那个服务员，"这白兰地是假货。"

"不可能！"服务员抗议道。

"你尝过吗？"

女服务生摇摇头。看来就是她尝过也没用，反正是尝不出区别来的。

"要不我们喝大曲算了？"老十问董丹。

董丹笑着点点头。这样账单上又多了五十块。她到底会不会就此打住？否则，他对小梅怎么解释？他一个人从来不曾花掉这么多钱。小梅对谎言有非常敏锐的直觉。老十终于挑到让她满意的酒，八十块一瓶的四川大曲。接下去她又来了，讲起她母亲一直在追问关于她姐姐的消息。对她大姐小梅的死，母亲一直被她们蒙在鼓里。在董丹为她们伸张正义之前，她没法告诉母亲实情。她在桌子下紧紧抓住董丹的手。在她目光的压力下，董丹觉得自己快要崩溃了，就算他是一个正牌记者，而不是一个宴会虫，他也不愿意写这篇关于她大姐的报导，不能写的原因是他和其他那些男人一样，也在肉体上剥削了老十。如果他也接受了老十肉体的贿赂，他又凭什么来伸张正义？除非他们的关系彻底改变，一切重来，他是没法写的。

那白兰地还真是冒牌货。他的头和胃已经开始作怪，他站起身往大门走去。

"你要哪儿去？"

"上洗手间。"

"餐厅里就有。"

"我还是去公园里的厕所。"

"为什么？"

"透口气。"

他朝她送了一个飞吻，跨出了门坎。他知道他这个动作很土很夸张，但也没办法。

到了公园门口，他找到了提款机。他把银行卡塞进去，却不断地被退出来。他问清洁女工，附近是否还有另外一台机器。没有，公园不是设置提款机的好地方，不安全。于是他朝反方向走，既没有看到有任何银行，也没看见提款机。

风力开始增强。一个看上去有一百岁的老人，有一张风干的木乃伊脸，推着一辆插满棉花糖的手推车，摇摇晃晃穿过马路。一张肮脏破旧的塑料纸飞过，正好落在一球棉花糖上，被紧紧沾住，色拉作响地狂舞。老人把它从棉花糖上往下扯，一不小心绊在路上一块突起的水泥上。手推车翻了过来。老人于是消失在色彩缤纷、软绵绵的一堆棉花糖下面。董丹朝他跑过去，中途却刹住脚。那老人在放声哀号，一面忙着把沾在糖上的落叶、糖纸、香烟头清理干净。天啊，真是人间惨剧。董丹走了过去，从裤袋里掏出唯一的一张一百元钞票。如果他得出这价钱让老头儿停止号哭，那也没有什么好还价的了。他将钱塞进了老人那只古老的手中，转身飞快逃去。

在一座办公大楼的大厅处，他看到一家银行外面设有提款机。他赶紧跑过街，接近时却看见旋转大门入口处，被一排铁栏杆和绳子给圈了起来。他想也没想便一脚跨过绳栏。当他飞快地往提款机走去时，听见一声叫喊："干嘛呢你？！"

他停下脚步，转过身。一个精瘦的男人穿着一件不合身的制服，正站在栏绳外，手中拎着一个饭盒，另一只手上握着筷子。他用筷子点了点地上。董丹发现自己身后未干的水泥上有一溜新鲜的脚印。那瘦子问他长眼了嘛？看看都干了什么好事儿！董丹说他现在看见了。看见了也晚了，跨过绳子之前就该好好看看啊。说得对，之前是该好好看看的。董丹陷在自己的脚印里，腿开始僵硬。因为要赶着暴风雨来之前把水泥铺完，五位工人弟兄累得半死，现在十秒钟就让你给毁了。是六秒。什么？！他只用了六秒钟就把它毁了——那十二个脚印子——一秒两个就是证据。你以为花六秒钟就比花十秒的赔偿得少吗？瘦子气疯了。不、不、不是，董丹纠正他，他的意思是他花了六秒钟就发现自己的错误了，而不是十秒。管他是十秒还是六秒，反正他得赔偿。赔多少？这不是他能定的，大楼经理会定价。

董丹被栽在水泥里，酒意越来越重。烈阳当头，又急又干燥的强风阵阵吹来。过不了多久，他可能就凝固在这水泥地上了。他跟瘦子说，他得先去取钱，才好赔偿损失。瘦子说，他绝对不会让他再动，接着损坏其他刚铺的水泥地面。他到底要他怎么办？很简单：把赔款交给大楼的经理。如果他让他去取款机拿了钱，他才能付赔款啊。那他的脚印又会多十二个，赔款就要加倍。

瘦子朝他手中的对讲机咕哝着，一边对着另一头看不见的那人比手划脚。有人围拢过来。已经成了暴风的风势中，他们的裤子及衣裙被吹得啪啪响，彼此问发生了什么事。

老十会怎么想？她八成以为他赖账溜掉了。突然闪过的这个念头让他冒出一头汗。他刚要抬起脚跨向栏绳，瘦子就叫了起来："不许动！"

他紧急刹住，两只胳臂不停地在空中画圈圈，好在风里维持住平衡。

"你嫌赔得还不够，是不是？"瘦子问道。

"不是。"他回答。

众人笑了起来。

也许老十这时正在看表，发现他已经走了半个钟头。她摇着头，脸上出现不耻的冷笑。什么玩意儿？一顿饭的账单就把他给吓跑了。她接着会叫买单，拿出她替人做按摩或者天知道其他什么服务赚来的一小沓钞票，从里头抽出了几张来。这不过又是一次证明，靠男人完全是妄想。

两个穿制服的男人走出了旋转门。他们绕过了绳子围起来的区域，走到了瘦子身边。

"给，这是我的名片，我是记者。"董丹拿出他最后的一招。他把名片交给了其中一人。

瘦子接过董丹给他的名片。他的嘴唇无声地动着，帮眼睛的忙念着名片上的字，然后又把它传给了他的同事。

"我们怎么知道这是真的还是假的？"瘦子问道。

"你还想要看我的身份证件吗？"董丹自己说。

瘦子说是的。于是董丹把证件也交给他。

"这个我们得扣下。"瘦子问。

"为什么？"

"等经理回来，决定赔款是多少钱，我们上哪儿找你去呀？"

如果他犹豫，一定会令对方起疑。所以董丹跟他们说，随他们便，想扣什么就扣什么。他干笑了几声，闻见自己呼吸中白兰地的气味。只要你们把拿去的东西给我列出一张收据就行。其中一人掏出了收据簿。

"你们就靠这个勒索人是吧？要不为什么不挂个警告标志啊？什么提醒都没有，就等人家掉进你的陷阱，你就跟他们要钱赔偿。捞这种外快够轻松的！"董丹恶狠狠地盯住三人其中之一，等对方避开他的目光后，他的眼光再转向下一个。

"扣我的证件会有后果的。"酒精开始发挥了很大的功效，他壮起胆继续表演。

三个人低声交头接耳起来。

"好吧，你出来吧。给我小心，别再踩出新脚印。"其中一人说道，把绳子拉起来。

瘦子还在盯着董丹名片上的头衔：自由撰稿记者。

董丹没有动作。

"先把我的身份证还我，否则我就待在这儿。"

他们又很快地商量了一会儿，答应了他。他得踩着自己原来的步子退回到绳栏边，踮着脚，好让每一个步子正好落进反方向的脚印里。这样倒退着走，看来既狼狈又怪异。他这才发现自己的步子原来大脚趾撇向外，脚后跟靠得很近，像卓别林的步子，也像鸭子。原来自己一直走的是鸭步，这个发现让他很沮丧。在往餐厅走的路上，他尽量把自己的两只脚掰直。

老十没有离去，这真让他大喜过望。她正在跟餐厅的老板聊天，老板是个四十多岁、穿西装，操着四川口音的农民。董丹坐了下来，不知如何告诉她，他不但没提到款，而且他连身上最后的一百块也拿出来给一个卖棉花糖的老头去止哭了。他把杯子里的白兰地一饮而尽，咂嘴发出很大的声响，把他自己都吓了一跳。餐厅老板转过来望着他笑了笑，然后走开了。

"真不错！"董丹对着他的背影喊道。

老板转过身来望着他。

"你这儿的菜做得真好，快赶上国宴了。"董丹说。

"您被邀请去吃过国宴？"老板问道。

董丹看见老十的眼睛朝他闪闪发光。

"我们记者多可怜，别人在吃，我们还得工作。"

"原来先生是个大记者呀！"

"专业记者！"老十在一旁补充。

董丹把自己的名片给了老板一张。他的身上永远带着一大沓的名片。有的时候，它们比现金还好用。

"蓬荜生辉呀！"老板读完卡片后朝董丹伸出手掌。

董丹说他这家餐厅需要宣传炒作。确实需要啊，老板承认。这年头宣传炒作就是一切。一点都没错，老板附和，他们一直没有跟媒体打过交道。那句话是怎么说来着，董丹问道。"酒好不怕巷子深"？好像有这句话。这是四川的名言呦，老十提醒他们，语气十分骄傲。是吧？董丹问道。不信打赌，老十说：只有四川才有那些古老的酒窖，还有又深又长的巷子。反正那是句老话，董丹说，太老了，老得都算不得美德了。记者先生说得一点也没错，现在都得靠媒体。是不是能有这个面子，让记者先生报导一下这里的菜呢？

董丹也搞不清楚接下来发生了什么事，总之他已经喝起了四川的百年陈酿。老板特别开了一瓶招待他。今天这一顿饭也算是店里请客。老板请董丹务必把他刚刚对他们菜的称赞写下来，登在报纸上。那当然，这些菜本来就应该得到赞赏，还不止他刚刚说的那些话呢。记者先生，您随时有空来小店用餐，只要老板活着，吃饭都免费。

董丹走出餐厅的时候已经跟跟跄跄。他左手握着小梅的手，右手握着百年老酒。狂风渐渐缓和了一些，餐厅经理一直把他们送到街上。董丹注意到，老板穿的黑西装在肘部有个破洞。他们上了出租车，老板替他们关上车门后仍在向他们鞠躬作揖。他那条皱巴巴的廉价领带不经意滑了出来，在风沙中飞扬。他的人生现在全指望董丹的承诺，要为他的馆子和他们的菜写篇文章。他们的菜和董丹吃惯了的酒宴相比，只能算是粗菜淡饭，毫无新意。董丹闭起了眼睛，老板闪动希望的双眼，和他那破西装、旧领带下卑躬屈膝的身影，令董丹胃里一阵翻搅。

为什么当一个人垂死抱着希望的时候，看起来是这样可怜兮兮？每当你告诉别人你是记者的时候，他们的心里立刻燃起各种希望。其实做什么工作，董丹并不在乎。他可以去开出租车，可以摆小吃摊，可以去扫大街，甚至去混黑道。可是现在他明白，他绝对不做的，就是做某人的希望。餐厅老板的希望，依偎在他身边年轻貌美的脚底按摩师的希望。此时她正用她的一双唇在他的手指、臂膀上按摩，问他是不是可以快点把她姐姐的故事写出来。他告诉自己，不可以再去找老十了。她把他从一个活生生的人变成了她孤注一掷的希望。

"你知道吗？我狗屁都不会写。"他骄傲地说道。

即使在黑暗中，他都能够看见对方因为惊讶而睁大了眼睛。她松开他的手。他转过身与她面对面，他的嘴角扯起了灿烂的微笑，露出他那洁白整齐的牙齿。酒还真是个好东西，它让他变得诚实，同时还能勇敢面对诚实的后果。

"我从来没上过大学，中学只读了一半。当兵的时候，我也不是个好军人。"

她继续盯着他瞧，露出害怕的表情。

"我每写完一篇文章，字典都被翻得乱七八糟，因为我有太多的字要查。还因为我翻页的时候老在手指头上抹口水，有时候手指头沾了太多口水。"他很高兴看到她的梦完全碎了。

她突然咯咯笑了起来。"你喝醉了真好玩。"

"我没醉。"

"算了吧，醉的人都说自己没醉。疯子也从来不承认自己疯。"她朝他身上靠得更紧了。虽然两人之间隔着层层衣物，他的身体仍能清楚感觉到她玲珑有致的线条。

第二天早晨，他在小梅身边醒来，情绪无比低迷。他怕自己会熬不过对老十的渴求，因为他已经决定，永远不去见她了。

18

　　高兴正在等他。这是一个四周全是高大住宅楼的公园。大老远他就看见她在来回踱步，忙着讲手机，一边跟电话那端的人打着手势激烈地争辩。等他走近了些，他看见她镶着珠珠的袖子挥得虎虎生风。她告诉正在听她电话的人先别挂断，然后转拨到另一条线。她问这人能否在二十分钟里头做出决定。她说就照原稿刊登，不可以做任何的修改或删节，这已经是最温和的版本了。如果还要再温和一些，这篇东西还有什么刊登的意义，登不登都行，随便，但她二十分钟内必须知道回音。她轻轻做了个手势叫董丹别打断她。她又将电话转回第一个在线的人，却发现对方已经挂断了。她气得龇牙咧嘴，说是那家报社的社长凑巧看到了董丹即将被刊出的那篇文章，当下喊停，希望部分内容能够删去。

　　"所以我又找了另一家报纸。"

　　她拨了一个号码开始等候。对方终于接了电话。她说她或许可以要求作者考虑将文章中部分遣词用句稍作更改，但是文章中所提到的人名和地名不可以动。毫无预警的，她将手机交给了董丹。

"你跟他说，这是一篇实地查访，不是小说。"她压低了声音说道。

董丹不懂"实地查访"是什么意思。他记下了这个字眼，模仿高兴一分不差地重述了一遍。

"您是董丹？"

"是我。"

"我是王主编。"

"很荣幸能跟您说话，王主编。您还好吧？"董丹道。他感觉高兴在一旁瞪了他一眼。

"我非常喜欢您的这篇东西。"

"您这么说，真是太客气……"

"不过我们社长对您文章中有些部分不太满意。"

"是嘛……"董丹朝正在盯着他的高兴望去。

"如果这次您坚持不修改您的大作，我完全理解，我们期望以后还能看到您的作品，这次不是我们关系的结束，而只是开始……"

突然他的声音被高兴凑到电话机大喊的声音盖过："你甭想让他妥协！他这个人是有原则的！"

编辑不理会高兴，继续跟董丹的谈话。

"很遗憾这一次我们没能合作，我们很希望不久的将来能再看到您更多的杰出作品。再见。"

"再见。多谢……"董丹道。

编辑早已经挂了电话。

"搞定了？"高兴拿回她的手机。

董丹看看她。"他说他很遗憾这一次不能合作。"

"什么？"高兴尖叫起来，"他不打算今晚上你的文章？"

"恐怕不会了。"董丹道。

"那你还跟他说谢谢？你谢谢他取消了你的文章？"她转身就丢下董丹走开，走了几步之后又折回来，因为突然才想起她的车还停在这儿。"你怎么这么容易就让他把你甩了？你怎么可以让我为了登这篇文章花的精神、时间、口舌就这样白白浪费？只要他过去答应过，就绝对不能放弃。用你的一口烂牙紧咬住不放，用你那脏爪子抓住他不放，绝不放过他。"

"我不能强迫他。"

"你真是无药可救。当一个新闻记者，你得厚脸皮、顽强、冷血、难缠，而且还要给他们来点恐吓。"高兴话还没有说完就已经开始拨另外一通电话。

她望着董丹，却仿佛视而不见，嘟起了嘴，在车上敲着手指头。她对于任何要她等候的人都极度不耐烦。她挂上电话，想了几秒钟，再拨另外一个号码。"快一点，快点接电话，王八蛋，二十分钟早就过了。接电话呀！"她放弃了，再拨了一个号码。"王编辑虽然混账，至少他还能像个男人一样面对我们。"她边说边拨号。"这个家伙告诉我二十分钟内会有决定，结果连电话也不敢接了。"她把电话放在耳朵边，嘴里仍继续地说着话。"王八蛋、狗屁……噢，喂！我是高兴！"

当她终于挂上了电话的时候，董丹明白她在拨了无数个恐吓电话后，终于找到一家杂志对他的文章有兴趣。然而即将发刊的这一期已经来不及了，因为从现在算起两天就要出刊，这一类文章的版面早已经满了。

刚挂了电话，高兴立刻又拨下一个。"我是高兴。也不问问我吃过晚饭没有。……当然没有，因为我已经吃狗屁吃饱了。你是不是有一篇文章投到了《农民月刊》？太好了。我一听就知道那篇文章是你写的。哼，会替稿费那么低的地方写稿的，大概没有十个人。帮我一个忙，好不好？……把你那篇文章抽回去，就告诉他们你要做重大修改。我会想办法让你那本书出版。怎么样？我有一篇东西，必须立刻登出，不能等。你那篇东西可以等。……一言为定？"

她深呼了一口气，挂上电话。现在董丹终于明了"顽强、难缠"是什么意思。她把刚刚打电话时卷到肩膀上的袖口放了下来，一边朝董丹微笑。

"你想学开车吗？"她问，把钥匙丢给董丹。"我可以教你。"她望着董丹，彻底恢复了她的女人味。"为什么不是现在？当然是现在。等到了明天，我也许又会变成了一个泼妇，才没时间为我未来潜在的男朋友当驾驶教练。"

看见董丹目光迅速弹开，她大笑起来。

上车前董丹问她为什么这篇文章不能等。因为打擦边球的文章都不能等。怎么是擦边球呢？报社的社长告诉她的。原来她跟那个社长有交情？没有交情，不过他对董丹那篇东西的反应，告诉了她这篇文章是个惊险的擦边球。近来媒体太自由了，要对某些长舌记者们约束一下。这些记者管起党内干部腐败的闲事管个没完，拿白家村的基层农村干部说事。

"如果这篇文章这个月不上，永远都难上了。"高兴道。

她握住董丹的手，把它放到了紧急煞车杆上，车子突然就朝后移动。

"以前开过车吗？"

"我以前在家里头开过拖拉机。"

她笑起来，把董丹的手紧紧握了几下。她的手很骨感。当她向前倾时，董丹闻到一股奇特的味道。那是熏鸭或熏肉的气味。整个晚上她忙着讲电话找地方登文章的时候，一直烟不离手，把她自己熏着了。董丹对她突然感觉一种怜惜。高兴的善良温柔似乎令她自己窘迫，所以董丹怀疑，她的内心比表面上看起来要温柔得多。

"好吧，现在就来开拖拉机。车开快，猛按喇叭，谁挡你道你就骂。"高兴道，"开始。……很好。……换挡。……嘿，不赖呀。再快点儿。你看，我可是没绑安全带喔。如果出了车祸，我跟你死在一块。你怕什么？再开快点儿。按喇叭。再按。"她摇下窗子。"各位，看看这一幅共产党的最佳写照：拖拉机手与他的爱人同志。"

高兴没在耍性子的时候，看起来不差。董丹记得那天在陈洋医院门口草坪上看到她那副无助的模样时，曾经感觉自己挺喜欢她的。

"嘿，你会开了。我们俩可以是最佳搭档。你采访，我写稿。你开拖拉机，我打恐吓电话。你那张金毛犬的脸，让谁都信任你。他们信任你，不就对我有利了吗？"

到了个十字路口，一辆车不按规定停下等候，突然就冲了出去。

"有病啊你！"高兴大喊，用手紧压住董丹膝头要他快踩煞车。她那一副金属边的太阳眼镜原本给推到了头顶上，这时打到董丹的脸颊，掉落了下来。

董丹下意识地伸手想保护自己的眼睛，车子一打滑就冲向了人行道，一个急煞车，前轮已经开上了人行道边石。一根路旁的树枝插进了车窗，高兴扑在董丹的肩膀上，笑得前仰后合。

"能看看你的驾照吗？"一个声音说道。

一个骑坐在摩托车上的警察冒出来，警帽拉得低低的，完全看不见脸。

"警察大哥，你该去追那孙子，他差点害我们送了命！"

"我一路跟在你们后面，你们是在开车还是在耍大龙啊？"那警察道，"驾照。"

董丹不知道该怎么说或怎么做，只听见高兴一旁小声地道："收起你那一副傻笑。"她打开车门，婀娜地踏出车外，仪态撩人地走向那个警察。

"我们可没喝酒，警察先生。"

"我说过你们喝酒了吗？"

"我们只是太累了，工作了一整天。"

"驾照。"

"这年头，当记者不容易，这你知道。"

警察完全不理会如站立的水蛇般性感的高兴，弓下身朝董丹问道。

"是你把驾照交出来呢，还是想跟我走一趟？"他问。在警盔的阴影下，那张脸露出了下半部，那是一张很年轻的脸。

"他驾照忘了带，我的在这里。"高兴把自己的驾照交出去时，手指头和对方的手接触了一下。

年轻警察感觉到在两个人手之间的钞票，他人一缩，像吞了只苍蝇似的，嘴角一紧。

"我们很抱歉。"高兴道，戏剧化地垂下她的头。

"开车要小心，别让我再逮到你们！"年轻的警察狠狠地说，内心的自我厌恶感转化成了一种仇恨，恨这两个让他产生自我厌恶感的人。

"谢谢你，警察大哥。"

年轻警察连转头再看他们一眼都懒得，不耐烦地挥了挥手。

"你给了他多少钱？"董丹问。他坐到了驾驶人旁边的座位上。

"我身上所有的。我想，大概五百块吧。"她说。她把一片CD装进了车上的音响，她的身体随着音乐开始扭动。"瞧你吓得！"

"我才没害怕呢……"

"还没呢！像你刚才那样傻笑，就证明害怕得要死。那种笑法就像一只羊见到了朝它砍下的刀子。你看过屠宰场的羊傻笑吗？我的曾叔父是个屠夫。我刚刚也被吓到了，因为我有一些东西是不可以让警察看见的。万一被看见，我可就麻烦大了。"

他想问究竟是什么东西，但是他什么话也没说。他被高兴一身烟味搞得不知所措。老十的身上也有一股特殊的体味，可是却是像甜甜的牛奶就要开始发酵变酸的味道。光是闻到那气味就让他发狂。他想到小梅在他们初次见面时，闻上去像是野花小草混合了自酿的米酒，那是很醉人的气味，可它现在已经变得越来越淡，比记忆还淡了。

"随便列两样：我有两家大学的文凭证书，没一张是真的；另外，还有五张不同的名片。"她说。她将原来的CD取出来，换了张新的。她总是不停地换音乐。"嘿，对了，你要不要文凭？有了这玩意方便些，特别是想要找工作的时候，如果对方完全不看才华与能力，懂得看那一张愚蠢的文凭。我有个朋友专门做假文凭，身份证件、介绍信他也做。哪天你把那个脚底按摩师肚子弄大了，想要去做人工流产，他可以帮你们弄张假的结婚证书。"

"真的？"

"噢，你还真想把她肚子弄大呀？"

董丹一时没有作答，心里斟酌着，究竟她值不值得他信任。最后，他决定跟她说实话，把老十姐姐的故事讲给她听了。

"帮她写一篇报导……"董丹说。

"应该是本小说。听起来像哈代的《德伯家的苔丝》……"

董丹不知道她在说些什么。董丹没办法真正喜欢高兴，一部分原因就是，他总得听她说些他不懂的话，并且不懂也得装懂。他怀疑她就是喜欢讲别人听不懂的话。或许，她的乐子就在于说些连她自己都不真懂的话。

"需要假结婚证书去做手术就说一声，我朋友可以给你折扣。"她道，拍了拍他的大腿。

董丹立刻挪开了他的腿。

"害什么臊，这年头谁爱跟自己老婆上床？除了那些缺胳臂缺腿的，要不就是身无分文的穷光蛋。"

董丹看见了一个地铁站，于是叫高兴停车。

"那边那家饭店。"她用手指了指，"有一个很不错的酒吧。你知道吗？那儿的小姐都特漂亮。她们还会告诉你，她们是大学生。"高兴道，"你难道都没收过她们发的短消息吗？她们会告诉你，她们是最好的谈心对象，也是一流的旅行伴侣。如果你打算出远门去美国或加拿大，或者香港，反正任何地方，只要你老婆没跟着。"

　　她又开过了下一个地铁站。她要是想帮你的忙，你除了对她感恩戴德，别无选择。她对于自己安排你的生活、代你作决定的能力深感自得。董丹决定，万一她载他一路到家，他就让她把车停在他们厂附近的一个小区门口，假装他住那儿。他会跟高兴说，很抱歉，时间不早了，否则会邀请她上楼喝杯茶的。

　　按照他给的指示，高兴把车开上了四环路。四环以外，车辆少了许多，而且多半是不准进市区、跑起来像破铜烂铁一样作响的一些老旧卡车或小货车。这些车子灰头土脸，发着脾气地鸣笛，开着刺眼的大灯，排气也黑乎乎、油腻腻。一些还没有被都市扩建给侵占的菜园或果园，在黑色的夜幕下静静地出现在公路两边。

　　车子突然就刹住了。

　　"董丹，对不起，我没法送你回家了。"高兴道。看见董丹一脸迷糊的样子，她又说："我忽然想起还有事。"她转身从后座抓起董丹的上衣以及背包，把它们放在董丹的膝头。

　　董丹四下张望，想看看这附近有没有可能打出租车。一辆也没有。地铁的路线也不经过这儿，从大道那一头就叉开了，一直要到大道尽头才又合合。

　　"我早说要乘地铁。"董丹道。他为了即将白花的出租车钱而对她怀恨。

　　"关门小心点。"她道，"再给你打电话。别忘了明天采访陈洋。"

19

董丹的手机响了。他觑着眼看了看床头柜上的时钟，才早上五点钟。小梅转过身去，用棉被把头捂了起来。天色还暗着，董丹认不出来电显示是谁的号码。

"喂？"他说。

"董丹！"一个并不熟悉的声音，"我是李红。"

妈的，李红是谁？"喔。"

"把你吵醒了吧？要不就是你还没睡？我知道记者们都喜欢晚上赶稿。他也喜欢熬夜作画。"

这会儿董丹全醒了。李红，是她。在李红跟他讲述她母亲的病情时，他的手在床头柜上一阵摸索。

"你找眼镜干嘛？"小梅道，咯咯地笑了起来。

他才发觉他是在找他的眼镜。眼镜就像是他的面具，李红的声音让他不由自主地想把面具戴上。任何人认识的假如只是董丹的伪装身份，条件反射是他马上想穿戴上他的服装和道具。

"你能不能陪陪他一两个礼拜？我没法丢下我妈。"李红道。

董丹又看见她婀娜多姿地扭动着她的身体了。他说可以，如果陈大师需要他，他陪多久都成。

　　"别人我都不放心，可我第一次见到你就知道，万一陈洋发生了什么事，我可以拜托你。"

　　被她这样抬举，董丹感觉血液全冲上了他的脸。她信任他，用她全部的心——在朦胧的网络着淡蓝色血管的洁白肌肤下的那颗心。她跟董丹说，千万别让厨子和司机偷了他的画。那两个人，她一个都不信任，可是她信任董丹。"信任"这两个字，发自她那两片朱唇，在她的贝齿间轻轻振动，仿佛就变成了另外的意思。如果她不能给他情爱，就凑合给点儿信任吧。想到李红，董丹就无法克制地有一种多情的遐想。她是一个来自与他完全不同的世界的女人。她继续往下说。司机和厨子如果不好好看着，一定会手脚不干净。而陈洋平常总是心不在焉，如果有人来拜访他，也别让他把他的画像糖果一样随便发出去。

　　小梅坐起了身，定定地看着他。

　　他挂上了电话，小梅一语不发。她知道她的丈夫近来变得越来越重要。董丹匆忙穿上衣服，看见小梅对他崇拜地微笑，捏了捏她的鼻子。下一秒两人就翻滚成一堆，搔对方的痒，笑得岔了气。这世上只有跟小梅他才能这么犯傻。跟老十在一起，他是一个记者，一个救星，一个可以平反冤情、伸张正义的人，跟她可不能嬉嬉闹闹。高兴当他是同行，即使是低她一等的同行。常常他冲动地想要逃离他扮演的这些角色，回头去做那个嘻嘻哈哈、吊儿郎当的自己。

　　吃过早餐，他拨了陈洋的手机，却没有人回答。打第五次的时候，接电话的人是司机，告诉他大师昨晚工作了一夜，现在正在睡觉。大师现在还有在画画？他一天可以画上十四个钟头，只睡两钟头而已。他不跟任何人说话，在野地里一走就是好几里。所以他一切都好？他好得很，比李红小姐在这儿的时候还要好。

司机谢谢董丹要去帮忙的提议，可是他不认为老艺术家现在需要任何人的陪伴。他现在完全在创作的情绪里。每回他碰到麻烦，就在作画里避难。司机对董丹谢了又谢，却拒绝了董丹去探望老艺术家。董丹说他时间很自由，任何时候只要老艺术家需要他或是需要他的红辣椒，随时都可以打电话给他，他可以和红辣椒一起出现。

中午高兴来电话。

"你跟他在一块儿吗？"

"跟谁？"

"陈洋啊！"她的语气带了些指责。

"……是啊。"少用那种上司的口气跟我说话。

"能不能告诉他你有事，然后走开，找个背人的地方跟我说话。"

"嗯……"又来了，对我指手画脚。

他这个时候不想跟高兴说话，她会侵犯到他与小梅仅有的这一点空间来。

"走到外面去，就跟老家伙说，房里信号不好。"

"我……没法走开。"

"好吧，我知道了。不过你听好，别出声，脸上也别露出任何表情。"

董丹又含糊地"嗯"了一声。

　　"现在外面的传言说，调查的结果对陈洋很不利。税务官员已经查到了一些画廊作假账和他获利对分的事实。很有可能会来一场公听会。"

　　"什么时候？"

　　"不要出声。老头正在看你吗？……没有？那就好。他正在干吗？"她问，完全忘了刚刚她还叫他别作任何回应。

　　"没干吗……"他在小梅的屁股上拧了一把，谢谢她为他端来的茶。小梅做了一个假装生气的鬼脸，让他轻笑了起来。"他就是一直在画画呀。"

　　"别说话呀。"她道。

　　"我现在到外头来了。"

　　"那好。他别墅什么样儿？"

　　"挺大的。特大……树挺多的…柳树，还有池塘，鸭子什么的。"那是董丹梦想居住的地方。"还有很多荷花。"他补充。说完他才想到，荷花的季节早就过了。"全谢了，焦黄的。"

　　"什么焦黄的？"

　　"荷花。"

　　"听着，你得让他告诉你，他究竟为什么跟前三个老婆都离婚了。这对我的文章来说是很重要的数据。这样才能真正投射出他的本性。他第三个前妻为什么这么恨他，也许就有了解释。他那几个女人都贪心，包括现在跟他在一起的那个年轻骚货。如果你向他暗示，他的这些女人都在贪图他什么，也许就会引他开口。这样一来，大家也会明白漏税的事情也许根本只是夫妻间的报复。我听说，打击犯罪这一波过后，接下来就是打击偷税漏税了。你得跟老家伙说，保持冷静，一定要挺过去。只要撑过了这一波的风潮，以后一直到他死，他爱怎么漏税也没人管。一定要跟他说，这年头没什么是非，一切看你怎么办事，谁来办事。你就这么告诉他。"

董丹说好的。他看着小梅踮起脚尖，想要从窗子上端的一根钉子上取下一个大纸袋，他冲过去帮她拿了下来。

"他得使点钱，施点小恩小惠，买些便宜轿车当礼物送。"高兴道。董丹哼哼哈哈地回答着，一面看小梅从纸袋里取出了五顶完工的假发。他想起来她曾经跟他说，假发上用的胶水闻起来甜甜的，她怕老鼠啃。难怪她把它们挂在这么高的地方。"因为那些人素质太低，不懂他的画的价值，送画给那些人，就是让他们玷污他的艺术。你可得看好他，绝对不能让他用现金去贿赂，那样只会让他罪加一等。"

董丹说，好啦，他一定会看好他。现在她不仅安排他董丹的生活，连陈洋的日子都要代人家过。

"现在你进屋去，把老家伙最不为人知的秘密都给我挖出来。"她说。

董丹听到拨号音才知道高兴已经挂了电话。高兴刚刚要他做的事，让他感觉非常不堪。最不为人知的秘密？难道他真得靠这样出卖秘密为生？难道他们所有人都得靠出卖别人的秘密为生？话又说回来，这不正是记者的工作？他们揭露没被揭露的，无所不用其极，不管是高尚还是低下，他们能够让某人一夜间臭名远扬。这真是一个不堪的工作。至少，这工作有很多不堪的地方。

董丹把手机关了。他早就计划了这天要带小梅去看一座新楼盘建筑工地，在离他们工厂更远的郊区地带。进了销售处，至少有十位推销员等在那儿，一见董丹和小梅立刻扑上来。其中一名售房小姐请他们观赏一座沙盘上的建筑模型，一边告诉他们，价格刚刚降下来，他们真是幸运。她是王小姐，她自我介绍，手握一根可伸缩折叠的长棍儿，在模型上指指点点，说这儿一年后将会有座森林公园，那块儿两年后会有个人工湖。董丹心想，原来他们跟大多数的售楼处一样，卖的都是些眼下还没影儿的东西。可是他不忍心这样拆穿她，因为对方正像一个一本正经的演员，念着好不容易背熟的台词。

"每平方尺只要一千九百块。"王小姐说道。

这是唯一吸引人的地方了。董丹喜欢逛这一些预售屋，只逛不买。走在大街上，到处都可以拿到这一类郊区公寓的促销传单，他把它们带回家之后做了一番研究，只要那地方还不算太远，他一定会亲自去逛逛。反正小梅最喜欢这些巨大的建筑工地。他们跟着王小姐上了"电梯"，不过就是一片木板，四周毫无安全围栏。他们和一堆工具一块乘着"电梯"扶摇直上，王小姐给他们一人一顶工地安全帽，直朝他们抱歉，真的电梯还没有装好，所以他们得跟工具一起搭乘这种施工电梯。

一走进四堵水泥墙围起来的所谓的"室内"，王小姐变得更加雄辩。她指着地板上一个大洞告诉他们，将来这儿就是主卧室套房里按摩浴缸的位置，墙上凹进去的那一块，则是一个大得可以走进去的橱柜。地板都是实木，厨房用的是意大利进口磁砖。

"您有什么问题，我都乐于回答。"她道，脸上是充满期待的微笑。

董丹看看小梅，她又是那一贯事不关己的快乐表情。

"她现在正在看的地方，"王小姐边说边指向小梅眼光的方向，"是一座网球场。网球场再过去会有一座室内高尔夫球场。两位请跟我来。"

她走路的时候得十分小心，免得她高跟鞋的细跟卡进地面上的水泥缝隙。

"请看这边，就在您的窗户底下有一条小溪，是从大门口的喷泉流过来的。它会流过每一栋建筑，最后过滤之后再回到喷泉。小溪的两岸种的是玫瑰和百合花。往北边那儿会有一座超级市场，卖一些当地的蔬菜，比起城里头的要更新鲜，而且便宜得多。"

他们随着她走过了屋子的每一面墙，用想象力看着未来小区提供的措施。

"我知道北边有一座养鸡场，空气污染很严重，常常朝这儿刮臭风，对吧？"董丹问她，并没有意识到他现在用的是他"记者"的口吻。

"这就是为什么我们的价钱这么低廉。不过我们正在交涉这件事，要求他们搬迁。如果交涉成功，我们会买下整座鸡场，把它拆了之后，在那儿盖更多的公寓房子。到时候你买的这户就要升值一倍了。"

"如果交涉不成呢？"董丹问道。

"申奥刚刚成功，一定会在二〇〇八奥运之前，改造污染问题，我可以跟你保证。污染问题是我们政府现在最首要的工作项目，到那时候，养鸡场一定会不见的。臭味也一定会有大幅度的改善。"

她指近指远，手的动作看来也是经过排演的。她好像一个教马列主义的讲师，传授共产主义美丽理想，想帮你看到事物未来的样子，因此即使它们还只是美丽的蓝图，你已经可以提前享受。对于董丹提出的每一个问题，她的答案一点都不含糊，她跟他保证五年之内，这里会有小区医院，还会有专放外国电影的有线电视频道。董丹心想，她对自己说出的每一个字都深信不疑，可不见得知道她在说些什么。

"很好，我喜欢。"董丹道。只有一样他喜欢的，那就是价钱。

王小姐喜形于色，请他们跟她回到办公室，他们可以拿到银行贷款以及政府抵押规定的一些数据。

他们又搭上了那座四边空无一物的电梯，挤在一堆空饭盒以及空水桶之间，从顶楼慢慢降下。董丹一直看着小梅。她张着充满梦幻的眼睛，对着工地为夜班工程突然点亮的一片银河般的灯火，自顾自地微笑。她或许是唯一对承诺不能兑现不会抗议的人。她从来不想知道她的人生中缺少了什么，不管是鱼翅、海螺、蟹爪、外国片有线电视台，或者只是一座有着自来水和抽水马桶的基本的人类生存空间。她也并不知道她在前两周失去了她的丈夫，至少是部分地失去了他——那失去的部分是跟另外一个女人在一起的。董丹伸出胳臂，轻轻把她拉到身边，在这四面无墙仿佛空中特技的电梯上为她围起护栏。

等他们回到了售楼处，一群人围在门口，大声喊着抗议口号。他们是一群来向开发商示威的买主。口号内容说开发商欺骗了他们，他们楼盘并没有合法地租，因为他们跟养鸡场签租地合约是不合法的，因此鸡场正在告他们。如果鸡场赢了官司，他们已经付的头期款全都要泡汤了。

王小姐用力从人群中杀出一条路，要董丹小梅跟上她。

"别听他们的。"她说，"他们在这儿闹事，就想把价钱再杀低。"

示威的人抓住董丹和小梅，不让他们进去。

他们告诉董丹，这开发商雇用的所有人都是骗子。他跟之前养鸡场的主任只有一页纸的协议书，对方最近心脏病死了，新上任的主任对那协议书不认账。

"对方说原来的主任收了贿赂，才跟开发商搞的这个私下的买卖。"

"开发商说他们会把整个鸡场买下来，事实上鸡场现在还在扩建，而且进口了许多新的设备。"

"就算现在鸡场的新主任也收贿赂，把租约搞定，可是这上百万只鸡在那儿呢，还不把每立方尺的空气都熏臭？想想看吧！"

"一旦他们收了你的头期款，他们无论如何也不会退还给你，即使他们承诺也没用。"

"别跟我们一样被耍了。"

"别又中了他们的圈套！"

王小姐企图把董丹拉走，却没有成功。

"我们可要叫警察了。"她威胁道。

"我们还要叫警察呢！最好把记者也叫来，趁着你们都还在这儿。"有人喊道。

董丹拉着小梅终于穿过人群进了办公室。其他的销售人员都下班了，他们在沙盘模型旁边坐下，好好又端详了一阵这些模型所代表的美丽远景。

"请用茶。"王小姐道，拿来两个装了茶的纸杯放在沙盘的边缘。"我知道听起来很混乱，不过政府的政策也一直摇摆不定。对于土地租约从来也没有一个清楚的法条，百分之九十的郊区住宅承建商都遇到了像我们这样的问题。"

董丹目不转睛地盯着模型。

"我再给你们两折。"她说。

"什么两折？"董丹问道，皱起眉头，在宽边眼镜后的眼睛眯了起来。他不知道自己在王小姐眼中，看起来挺有威严。

"折扣。"

"你说我们什么时候可以搬进来呢？"

"如果你们自己装修的话，随时可以搬。"

"我以为这个价钱包括装修。"

"是包括，不过那得等到明年夏天。"

她的手指敏捷地在计算器上敲打，然后告诉他们这是比蜜还甜的好买卖，一下子又省了几万块。

"你们每个月的按揭不过一千三百块。"她说，"如果你有稳定的工作，所有的银行都会来争取你。您是做什么工作的？"她看看董丹又看看小梅。

突然一块砖头打破了窗玻璃，落进了办公室的地板上。王小姐把沙盘拖到了角落里。外头的天色渐暗，群众叫嚷的声音更响了。

"不用担心。再过十分钟，他们就会走的。"王小姐说道，"那时候他们该饿了。有的时候，连续剧不好看的话，他们饭后还会再来闹一会儿。您是在大学教书吗？"

"我的工作不固定。"

"不固定？"她说，眼睛直直地看着他。"你能不能找个开公司的朋友，什么公司都行，无论多小一家的公司，只要他能帮你开一个在职证明，列出你的月薪。比方说他能证明你在他那儿挣五千块一个月什么的，剩下的事情你就甭管了，我会帮你处理。"

"一张证明就行了？"

"还要有公司的营业执照。你有这样的朋友吗？"

董丹想到了那个专门伪造文件与证书的家伙。他可以给高兴打个电话，请她帮他拉个线。

"我有，两天之内我就能拿到。"董丹道。

他们要走的时候，地上已经有五块砖头了。抗议叫嚣已经结束，正如售屋小姐的预言。董丹掏出一张名片放在桌上，一口把杯里的茶喝干净。

"噢，原来您是一位自由撰稿的记者呀！"王小姐喜悦地嚷着，"你为报纸、杂志写文章？"

董丹点了点头。小梅看看他，一脸的骄傲。

"我也认识一个自由撰稿的记者！他特有钱，一有人请他写东西，都得付他不少钱，有时候还会送他飞机票，请他住酒店。他姓邓。你们认识吗？"

这位小姐认为干同一种工作就像同班同学或者同一个办公室的同事似的。董丹笑了笑，说也许在一两个场合碰到过他。他发现现在他说不了两句话就会撒谎。

"既然是这样，你也不必找什么人来证明你的工资了。银行贷款我会帮你搞定。"

她跟他要身份证件，跑进了办公室另一头影印了好几份。她回到了自己的桌子，找出了表格，请董丹填好明天带过来。

她向他保证一个月之内，就会把他房间的钥匙交给他。

"不是只要两周吗？"董丹问道。

"两周的话，恐怕得给银行的家伙一点礼物——也许一台电视，还是什么金手饰之类的，包括一条有鸡心坠子的项链和一副耳环。我觉得没有这个必要。"

董丹也认为没有必要。

在回家的路上，董丹心想他可以把陈洋的画卖了来缴头期款。一到家，他的手机就响了。是那个王小姐。她说她的老板想请董丹明天中午吃个便餐。董丹接受了邀请，并让她谢谢她的老板。她说明天他们就在餐厅的大厅碰头。

董丹早到了二十分钟。这是个好天，万里无云，不冷不热。每年只有三四天，北京会有这么好的天气。那家餐厅一点都不像是个便餐一顿的地方。大门两边各站了一排少女恭迎，一色十八世纪欧洲宫廷服装。她们深紫色的丝裙像气球般蓬起，复杂的花边长长地拖在地上，斜挎大红镶金色的佩带，缀着金色的"宾至如归"字样。大太阳下，她们看起来与这个地方完全不搭调。近日里，无论你走到哪儿，只要是高档的饭店、餐厅和百货公司，都可以看见这类女孩子。她们站在大门口、柜台旁、电梯门口、滚梯前、洗手间里、洗手间外、用餐座椅后边、走廊前面，穿得像戏台上的角色，看上去既僵又窘，眼睛还偷偷盯着你瞧，一旦被发现立刻避开目光，充满刚进城的乡下人特有的强烈好奇。大部分时间，董丹被这些女孩子烦死了。她们让他觉得受到的是监视而不是服侍，让他一点隐私的空间都没有。那隐私空间对于他太重要了，在那儿他可以放下伪装透口气，或者把自己打点好再继续伪装，抑或赶紧修理一下他那台闪光灯报废的照相机。甚至需要一点点隐私，让他发一会儿呆。发呆是他解除当宴会虫造成紧张压力的必须方法。一旦知道这些女孩总在某处观察你，想找个安静的地方让自己完全放松，发发呆，就太难了。此刻，她们正成群站在阶梯顶端看着他慢慢拾阶而上。董丹感觉她们的目光交织成一张蜘蛛网，把他网了个正着。

他笑着问站在进门处的两个女孩，她们是不是姐妹。她们先是相互看一眼，然后一起转向董丹，觉得他简直瞎了眼，自己与旁边的丑女孩怎么会有任何相似之处。董丹转身又走下楼梯。这些女孩是用来增进顾客食欲吗？要么就是一种高档次的象征？或者是热情款待的表示？没人知道答案，也没有人提出疑问。也许就为了给大批涌进城的乡下女孩创造的饭碗。如果他今天是自己掏腰包吃饭，消费里包括这些女孩的微笑，他非抗议不可。

董丹在大厅外头的小庭园里逛了起来。从雕琢的窗框往里看，在高雅的大厅里一个少壮男人坐在一张见棱见角、一尘不染的白色大沙发上，翘着二郎腿，一份报纸摊在膝头，同时正挖着鼻孔。董丹心想，要么是挖鼻孔有助于他集中注意力读报，要么就是读报可以让他挖鼻孔更专心。

到了约定时间，董丹走进餐厅，报了自己的姓名，然后被领进了包间的桌子旁，被介绍给座上的八位客人。他发现刚刚那个挖鼻孔的人竟是这家房地产开发公司的董事长。

"这位是吴董事长，也是总裁。"王小姐道，"这位是记者董先生。"

吴总伸出了手（董丹可是知道那只手刚干过什么），一阵亲热的握手后，拉着董丹在他身边坐下。董丹注意到他的左手中指戴了一只肥大的翡翠戒指。

"我就喜欢把房子卖给你这样的人。我才不想让那些没档次的人搬进我的小区。"吴总呵呵笑着说道。

其他的人跟着大笑以示忠心，董丹也跟着笑。他发现自己现在随时可以笑出来，不需要任何理由。吴总手上的翡翠戒指绿得像一滴菠菜汁。

"你有没有告诉董先生，他将来的邻居里有连续剧明星和流行歌手？"他转向王小姐，还不等对方回答，又转回面向董丹。"前几天一个连续剧里的明星来找我，要买一套公寓。我没理他。他对我态度不好，而且他跟一个女演员刚出了绯闻。我可不希望我的业主里有这种乱搞男女关系的。"

董丹说：吴总真是一位有社会道德感的人。其实在他脑中浮现的是老十曾经告诉他的话：她姐姐的男朋友有一只名贵的翡翠戒指，那家伙也是搞房地产生意的吗？

"我对你有一个请求，希望你写一篇报导，说你有多么喜欢我们的楼盘，头一眼看见就想搬进来。你得告诉大伙儿，你是怎么千挑万选才挑中我们的。写它一大篇，登在大报上。"

他盯着董丹，董丹的任何反应都逃不出他的审视。如果一个人知道自己被锁定在枪支瞄准仪的十字交叉点上，就会知道现在这种感觉。董丹现在想不惜一切代价逃离他枪口般的眼睛。

"房价倒是挺合理的……"董丹道。

"我就在乎您这样的上流人士的意见。那些来扔砖头的不过是一群下三烂。"吴总说。他是那种经常会打断别人说话的人，只顾顺着自己的思路走，自己讲个不停，完全不是在交谈。"王小姐跟我说，你很想尽早地搬进去，连装修都等不了。把这个也写进去。让大众相信你，不相信那群闹事的人。"

董丹一边点头，一边想着老十那个曾在学校里名列前茅的姐姐小梅。她让一个戴着像吴总这样翡翠戒指的男人的手，把她摘走了，如同摘一颗鲜艳欲滴的果子。

"……听起来怎么样？"

董丹这才回过神来，发现吴总刚刚问了他什么，他却一个字也没听见。在座所有的人都面露惊讶。吴总想必是说了什么令人兴奋的建议。

"如果你没有完成咱们的约定，我就把公寓收回。"吴总说道。

原来是这么回事。吴总让董丹住进他们的公寓，条件是他得完成一个大篇幅的报导，登在报纸上。董丹马上想到，这样一来他就不必继续宴会虫的危险生涯了。他可以让小梅得到她这辈子一直缺少的东西：一个真正的住宅，带真正的厨房、浴室，还有壁柜。她再也不必站在凳子上，握着水管帮他冲澡；也不必蹲在下水道的出口解手。这个吴总原来是个挺慷慨的人。

"吴总，您太慷慨了。"董丹道，"什么时候方便采访您呢？"他不想露出急迫的样子。他取出自己的小笔记本，假装检查着行程表。"明天下午，我倒是有空……"

"我城里还有好几个楼盘，全都是上亿的投资。有时候我老婆唠叨我，说我是娶了住宅工地而不是她。"他完全没理会董丹的问题。

冷盘给撤下的时候，吴总叫来女服务员，要换掉原先点的菜。这些菜都太普通了，有的也太油腻。这家餐厅有什么独特的招牌菜，让人吃起来过嘴瘾，而不会马上撑饱肚子？

女服务员笑着说她会请大厨想办法。

"在全中国，我已经找不出哪家餐馆还能做出让我惊喜的菜来了，全都缺乏想象力。"吴总说道。

这顿席总共上了十六道菜。吴总在手机上说话的时间比吃东西的时间多。当他看见电话显示是他认识的号码，他立刻冲到一边，背过脸，一只手遮住嘴，脊梁上都是调情的热切表示。上了最后一道菜，女服务员故作神秘地微笑，众人忙猜这道菜是什么。吴总仍然背转着身，继续在手机上说话。客人们等着他说完好来试吃这道菜。充满好奇的静默当中，吴总的悄悄话清晰可闻。

"乖乖等着我？啊？……"他说，手捂住手机和嘴巴。在窗子透进的阳光中，他的翡翠戒指剔透晶莹。那是一只粗贱的手，屠夫或是皮条客才会有的一只手。

他一回到饭桌，便盯着这一道新菜。

"这是什么？"

"给你惊喜的呀。"女服务员说。她知道绝大部分时间，她可爱的笑脸可以让她不受刁难，特别是用来对付像吴总这样的男人。

"你就告诉我吧。"

"鸽子舌头。"

"这算什么稀奇美味？"他脸色一沉，"它们一点也不稀奇，可是贵得要命！你们这里是什么黑店？来你们这儿的客人都是钱多得发霉了吗？"

女服务员不由得朝门口退了几步。她望着每一位客人，企图找到目击者为她作证。董丹的眼睛转向别处。

"可是，您不是叫我事先不告诉你……"小姑娘眼里充满紧迫的哀求。

"我不喜欢服务员跟我回嘴。"吴总道。

"对不起，先生……"

"这还差不多。"

"谢谢……"

"你得学会什么时候该说话，什么时候不该说话。"

"谢谢您的指教，先生。"

这个站在门边，全身紧绷，眼里噙着泪水却还试图挤出一个颤抖微笑的女孩，也可能是老十。董丹收回眼神，盯着盘子里的几百只小舌头，不知是清炒还是酱爆，配上鲜红的辣椒丝，还有白色野菊花的碎花瓣洒在这些小小的器官上。这些三角形的小肉屑在水晶碟子上也组成了一朵菊花。很费事的一道菜。

"我倒是从来没尝过鸽子舌头呢。"董丹说完，便感觉到小个子女服务员泪汪汪地转向他。

"是呀，对记者来说是很稀有的菜肴。"客人当中有人说道。

"鸽子舌头！这下我能跟我老婆炫耀，说我今天吃到了鸽子舌头，全是托吴总的福。"

女服务员知道她得救了。她充满感激地朝董丹深深望了一眼，然后安静地退下。

董丹发现吴总吃起鸽舌头来一点也没比别人吃得少，尽管还是一脸不高兴。

饭后，吴总的心情又复原了。他说他希望一个礼拜后能读到董丹的文章，然后董丹就可以拿到公寓的钥匙。

20

　　这地方看起来一点不像是吴总最新的楼盘工地，倒更像是一片废墟。董丹握着小梅的手走在四散的木材、水泥袋碎片，以及干了的石灰块当中。竣工还早得很，可是有些墙壁已经出现了裂痕。到处都是一次性餐盒。一楼有许多房间墙壁已经熏黑，还挂了晒衣绳。它们已经成为盲流或是建筑工人的收容所。

　　这是吴总在郊区的三个楼盘之一。吴总的庞大计划给董丹留下了深刻印象。这个楼盘如同其他的两个，共有十栋高楼，每栋二十八层。

　　董丹不明白为什么吴总让这些楼盘都在半途停工。售楼处一栋临时搭建的房里，门上着锁，百叶窗也放了下来。董丹用力推开门走了进去。沙盘上的建筑模型已经垮了，模型楼洒了一地，混在砖头里。饮水机里只剩下一些脏水，一堆用过的纸杯上头留有暗褐色的一圈一圈茶渍，还有两台老旧的电脑监视器留在这儿。董丹和小梅从屋子的这头走到那头，每走一步都有灰沙小沙尘暴一般扬起。从破碎的窗户透进来一缕光线照着疯狂飞舞的灰尘微粒。这地方简直像鬼屋。他们刚走出屋子，小梅便叫起来。

"董丹，快看！"她边说边用手指着高处。

董丹看到在楼顶上有二三十个戴安全帽的脑袋从窗户里冒了出来。不一会儿，从其他高楼的窗子里冒出了更多戴安全帽的脑袋。

"先别走！"有一个男人喊道。

那人从其中一座楼里冲出，朝董丹跑过来，他身后一群戴着头盔的男人跟着紧随其后。

"跟我们说实话，到底什么时候发钱？"

"发什么钱？"董丹问道，不明白他和小梅怎么会一下子被这么多头盔包围。

"你们上礼拜答应发工钱，说礼拜一一定付，今天已经礼拜五了。我们不想闹事，可我们还有老婆孩子等着我们寄钱回家。"

完全摸不着头脑的董丹看着头盔下一张张的脸，他们的面孔看起来都十分相似，有着相同的表情。被太阳晒得黝黑的皮肤，让他们看起来不像一般的汉族人，像是南洋原住民。这是一群在城里谋生的农民工，撇下老婆孩子，为的是找一份活儿，就是这种城里人都不愿意干的活儿。

"我又不是开发商的人，我们是来这儿买房的。"

"求求你们，我们已经等了一年多了。去年八月，你们就说中秋节前把拖欠的工钱发给我们，现在你们已经拖欠了我们两年的工钱。我们就睡在这里的水泥地板上，每天只能喝稀粥，这样已经过了好几个月了，就是在等你付钱。"

"我说的是实话，我什么都不知道！"董丹说。

"我看到你在办公室里面弄电脑。"另一个男人说,"是不是老板派你来看看我们离开了没有?"

"我和你们的老板一点关系也没有。"

"你们都这么说!"

董丹用胳臂环绕住小梅的肩膀,试图从人群中冲过去,结果却陷进更深的包围。

"我听说大老板特有钱,他的钱盖两座天安门广场、三座白宫也不成问题。为什么他一直不付我们工钱?我们才拿几个钱?我们这点工钱对他来说不就是九牛一毛嘛?"

"你说大老板去年八月就答应要发你们工钱?"董丹问道。

"每一个礼拜他都说会发钱。"

"可是他到现在都还没发?"

"没有。"

"那你们是怎么活的?"

"你都看到了,我们吃得很少,反正现在也不用干活。"

董丹看到一个年轻的男孩子撑着支架拐杖。另外一个老人穿着一件用水泥口袋做成的上衣。现在看清楚了,他们长得各是各的样儿。

"如果大老板最后还是不发钱呢?"董丹道。

群众一阵哗然。

"他是这么说的吗?"

"他跟你这么说的?"

"最怕的就是他跟我们来这招。"

"求他发发善心吧!我们家里头还有饿肚子的孩子呢!"

"我母亲要开刀!"

"我媳妇儿快生孩子了!"

董丹的上衣被人来回拉扯，小梅动手掰开抓着董丹领带的手指头。那是他仅有的两条领带之一。

"你们听我说!"董丹喊道。汗水在他的背上渗开来。

他告诉大家再耐心一点，要讲道理。老板还是想把楼盖好，不是吗? 要把楼盖好，他就得靠他们。

"老板可以重新招工啊!"一个男人说道。看起来他仿佛是这一群农民工的头头儿。

"不少老板都这么干。"架着拐杖的男青年说道。

那头头儿告诉董丹，老板都是骗子，等到民工们实在耗不下去，用完身上最后一分钱，只好回家。那时老板再招新民工，对这些新的民工用同样的手段，再骗一次。

董丹说他一定负责把这些没良心的欺骗伎俩揭发出来。他一心只想立刻摆脱这群民工。否则他就必须闭起眼睛、捂住耳朵。被这么多无助的人包围，他觉得恐怖，觉得自己变成了这么多可怜虫朝里头吐苦水的罐子。他们中的某人有个正等着钱好在肚子上开一刀的老娘，他需要知道这个吗? 难道那些大着肚子还在田里干活的农村妇女，有着去城里打工却一直没寄钱回来的丈夫，他还见得不够多吗? 今天和小梅出门的时候，他还是高高兴兴的，现在他的情绪完全给他们毁了。

"你看那边那栋楼。"小梅大声地道，"它不是直的，它朝西边歪。"她说得更大声了。举起她的手掌水平地摆在她的鼻梁前面，然后慢慢从自己的脸移向那座建筑物。

所有人都转头去看。

"不歪啊。"穿着水泥袋装的老人说道。

"你盯着它看啊，看十分钟，你就会发现它朝这边歪。"她说，放在鼻梁前面的手跟着斜下去一点点。"我常常就这么看。盯着那些又新又高的大楼看一会儿，然后就看出它们没一栋是直的。"

最后他们总算从那群民工里突围出来。回家的路上，小梅跟董丹说，她发现没有一栋建筑物是百分之百笔直的，也没有哪一个人的鼻梁是笔直的。她刚才仔细端详了包围他们的那些民工的脸，发现他们的鼻子都有点歪。她说她从小就一直在做这种测量，从来没遇到过哪个人长着百分之百垂直的鼻梁，就像是你不会发现哪一棵树、哪一面墙、哪一根桌子腿，或是哪一根电线杆是百分之百的笔直。

"那我的鼻子呢？"董丹开玩笑地问她。

"当然也不直。你走路也走不直。每一个人走路的时候，不是往左就是往右，多少有点歪。"

她的话里有些什么道理，不过董丹一时还不能破译。

21

　　一周之后，董丹就将那篇关于吴总为大众修建经济适用房的文章写好了。他约高兴在亚运村附近的小公园碰面。高兴穿着一件薄羽绒大衣来了。董丹注意到，羽绒大衣下露出镶着蕾丝的皱巴巴睡裙。她的作息从来不顾社会一般的规范。董丹在她坐着的公园板凳后面来回踱步，观察高兴就着一盏路灯冷漠的白光读他文章时的反应。附近有人正用一台破录音机放着邓丽君的老情歌。那听起来像是噎着了的柔情蜜语，雷声般响彻整个公园。董丹从树丛之间望出去，看见一对对婆娑起舞的身影，都是一些五六十岁的男女。每晚他们来到公园，随着情歌起舞之时，他们都重拾了青春。搂着的是对方的粗腰、厚肩，望的是舞伴正在秃的额顶，以及稀疏鬈发下的梦幻眼睛。他们穿着高跟鞋以及擦亮的皮鞋，转着圈搅动起夜晚的空气。董丹很感动。音乐停止时，舞者仍然停留在对方的臂弯中，一下子又老了，他们露出哀伤的神情。董丹走回到高兴身边。

　　不知道是因为刚才的那首情歌，还是她读到的文章，让她皱起眉头。

　　董丹在写这篇文章的时候，极力闭起眼睛，用力想象喷泉与小溪、池塘以及一片翠柳，还有那铺满小花的起伏丘陵。丘陵上跑着白衣男孩与红衣少女，正在采着野菇。他还特地跑到各大百货公司以及地铁入口，收集一堆房地产广告，每一篇读来都像是童话故事。然后他将它们拆开，重新将句子以及段落拼装，再把王小姐作展示时说过的话将它们串联在一起，最后把原来的第三人称改成了第一人称。他对自己的剪接工作十分满意。

"这是什么垃圾？"高兴将文章丢到一旁，像是丢掉一张脏卫生纸。"流行歌的歌词？还是什么臭大粪？"

文章的一页被风吹得在地上跑。董丹赶紧跳过去，他的高个子弯得很低。

"你能帮我润色一下吗？"董丹边把它捡起来边问道。

"已经润色得过了头。用糖浆、奶油润的。好在我还没吃晚饭，否则我肯定吐得满地。"她道。她的情绪正恶劣。

"'润色得过了头'是什么意思？"

"他们付你多少钱写这玩意儿？"她进一步逼问。

"这样好不好？我跟你对半分。"

"除非是一百万。"

董丹考虑了一下。没有高兴的帮忙，他没办法发表这篇文章。

"如果说是一百万的十分之一呢？"他问道。

"你是说十万？"她道，"太少了。"

"那是我稿费的一半。"

高兴看着他，露出诡异的微笑。

"他们还让你免费住他们的公寓，对吧？"她往后靠向板凳，"他们手上积压了太多套房子，给你一套住住，他们又没有损失。"

"你怎么知道？"

"不过，他们不会让你出售的。"她道。

"可是，那是他们给的礼物……"

"你他妈还当真。"

董丹瞪着她。

"所以你想要跟我平分这份'礼物'？"她看着他，笑得更欢，"你知道要润色你的谎言，我得牺牲多少品德与自尊？"

"我们可以把房子租出去，然后平分房租。"董丹道。他知道自己现在看起来走投无路。

"好孩子，你骗不了人的。"她关爱地拍了拍他的肩膀。

"你帮还是不帮？"董丹道。

高兴把手伸进口袋掏香烟，可是立刻就抽了手。

"上个礼拜发生了许多事。我戒了烟。我谈了恋爱，又失恋了。"她从板凳上站起来，边说边舒展筋骨。

"这么说吧，你想写这样的文章就应该尽量平实。"她终于又开了口，"你从前有这样的风格。我第一次读到你那篇孔雀宴的文章时，觉得挺动人的。还有就是，你也行行好，写的时候查查字典，别写错别字。这篇烂文章里，至少有一百个错字。我只能帮你帮到这儿。你要从陈洋那儿问出更多的私密细节作为对我的答谢。你跟陈洋在他乡下房子里待了几天？"

"我待了五天。那地方太漂亮了，特安静。"当时要不是陈大师的司机拦阻了他，他一定会去的。"可是大师没跟我说过一句话。他像个疯子一样，不停地画画。"现在他说谎比说实话要流利得多，而且也不会像以前一样脸红。

　　"再跑一趟，再待五天看看他会不会开口。去找他的厨子和司机，给他们点钱，看他们会不会提供什么消息。"

　　她往公园门口走时手又伸进了口袋，又再一次空着手抽了出来。她又忘记她已经戒烟了。

22

　　董丹带着文章来到吴总的办公室。秘书告诉他，吴总在他自己的酒店，离这儿不远。董丹在一张真皮沙发上坐下，把文章又看过了一遍。秘书问他，是否打算在这儿等吴总。是的，是在等。可是吴总今天不会来办公室。不来吗？不。他正在酒店里跟人开会呢。

　　那是一家不大的小酒店。大门口放了一对金色的狮子，局促的大厅里放满了塑料花，室内的气味让董丹想起白大叔刘大叔住过的地下室旅店。所不同的是，为了掩饰那气味，空气里还有清洁剂那种刺鼻的人工香味。服务柜台里头搁了一尊观音像，与其整齐并列的是十字架上的耶稣基督。墙上挂的照片都蒙着灰尘，用金色的金属框裱着，多处都已经褪色。照片中是吴总与某市副市长在他某个楼盘的合影，头顶的招牌写着：钱少没问题，购屋最经济。另外的几张照片中则是吴总和一些体育明星和知名连续剧演员剪彩时的合影。

　　一个穿制服的女孩领着董丹上了楼，沿着楼梯的墙上挖出了一个个小格子，里面放着东西方各式女神的裸体像。到了三楼，董丹看见一扇门上写着"总统套房"。

　　一阵麻将洗牌的声音从走廊的尽处传来。董丹对那女孩说，吴总打牌的时间很不寻常，一般人都喜欢在夜里搓麻将，他一大清早就已经玩起来了。不，他都是午夜时分开始打，女孩回答。他已经从昨天晚上打到现在？噢，不，他是从前天夜里打到现在。

　　房门是半掩的，董丹可以闻到里头充满了酒精与油腻食物的味道。除了光洁的骨制麻将牌碰撞摩擦的声音外，屋内没有其他声音。他可以感觉出攻城大战的张力。女孩告诉董丹，现在他可以进去了，但是在一局牌结束前，千万不要出声。吴总最恨有人打扰了他的牌局。他一打起麻将来，可以不吃、不喝、不说话，也不睡觉，除了补充水分与喝酒。

　　一个化着浓妆的女人走到门口来迎接董丹。有什么可以效劳的吗，她轻声问道。他和吴总约好了。她迟疑了一秒，接着告诉董丹，得等董事长把这一圈打完。她约莫四十岁左右，穿着紧身裤，连里头三角裤的形状都看得见，正好横勒在她的大臀上，让她看起来有四个屁股蛋子，而不是两个。

　　走过了玄关则是一间大客厅，摆设了金边丝绒的沙发。一个长茶几上盖着带金色流苏的绒桌布。两个家伙躺在沙发上，正盖着毯子呼呼大睡。巨大的电视机前，一个女孩正趴在那儿看着关了声音的连续剧。董丹看见吴总用左手摸起了一张牌，而同时右手则不停地弹出一根根的火柴棒。他将火柴棒放在拇指与中指之间，食指对火柴棒用力推，火柴棒深深嵌进了指头的肉里，紧绷到不能再紧，仿佛吴总要测试火柴棒能承受多少压力，或是手指头能承受多少折磨。然后，当火柴棒快要折断的时候，他用中指一弹就把火柴棒射到了地上。偶尔他会不小心折断了火柴棒，让他猛然一惊。董丹暗自祷告他在快折断火柴棍时住手。

又一圈麻将结束了。吴总起身走进浴室，出来的时候，手还在拉裤裆拉链。他问正满地帮他捡火柴棒的女人，是谁要找他。董丹从刚才被人安顿坐下的椅子上站起，面露微笑。吴总盯着他瞧了一会儿，他的双眼充满血丝，双唇干裂，满脸胡茬子。

他并不是在装傻，而是真的忘记了董丹是谁。董丹只好尴尬地又自我介绍了一遍，重新递上名片。吴总扬了扬眉毛，朝他伸出手。

吴总说，他现在没办法看他的文章，他让董丹把文章留下，他一有空就看。董丹提醒他，是他要求一个礼拜内写好的。可是董丹明白对方想必有太多比这篇文章重要的事需要操心。那么吴总什么时候有空，他可以随时过来听吴总对文章的意见。吴总说，他过了今天都有空。

吴总叫那个有四个屁股蛋的女人送董丹到大门口，然后连再见也没说一声就又回到了麻将桌。

23

　　整整一礼拜，董丹都没有吴总的消息。他穿了西装、打上领带跑去那家酒店，希望可以再次撞见吴总在那儿打麻将。没有，吴总已经好几天没来了，和上次不同的一个女孩这样告诉他。离开了酒店之后，董丹来到了"绿杨村"，正巧今天老十休假。有没有人知道她上哪去了？他问一个名叫"老一"的女孩。不知道，老十有很多秘密，老一这么告诉他。

　　回家的路上，董丹看见马路边挂满了海报、彩带，足足有一公里长。一家制药公司正在这家大酒店举行记者会，宣传他们一种对抗致命流感的新药物。这种所谓New Age的药品，用的全是纯天然配方，连用的水都是特别采集来的。

　　几分钟之后，董丹已经在酒店的宴会厅里了。他四下打量，对熟识以及不熟识的面孔都报以微笑。看不出任何便衣警察守候他这类人的征兆。似乎扫荡宴会虫的风潮已经过去。人群中他也没有感觉到任何紧张气氛。著名大医院的医师们穿着西装、打着领带穿梭在轻松自若的记者之间。正当董丹想找位子坐下时，一个额头上长满了紫色粉刺的男人朝他走来，他紧挨着董丹站着，不停地清着喉咙，准备要与他长谈的样子。董丹装作若无其事地走向出口。他可不想冒险撞上捕捉宴会虫的人。

"您好。"长着紫色粉刺的男人朝他喊道。

董丹头也不回继续往大厅走。

"干嘛这么急着走啊？"

董丹继续装着没听见。

"是不是您不喜欢我们的产品？"对方问道，现在他离董丹只有两步远。

"对不起。"董丹说，"我不知道你是在跟我说话。"

"其实我们可以挑一家更好的酒店，这儿的宴会厅看起来有点寒碜，是不是？"他问，一面掏出了名片，上面写着他是这一家药品公司的公关部主任。"我姓杨。请问您是哪家医院的？"

"干嘛？"一定是因为他今天为见吴总穿西装打领带的缘故，引起了杨主任的美好误会。

"干嘛？"对方笑了起来，"因为像今天的场合，你如果不是记者就一定是医疗单位的专业人士。如果是记者，即使他没有带任何器材，我一眼就能认出来。"

尽管他长着紫色粉刺，这位杨主任倒是个讨人喜欢的家伙。他说服董丹今天酒宴的菜色有许多独特之处，每一道菜都有治疗某种疾病的功效。

董丹随着他又回到了宴会厅，看到客人们都已经开始用开胃菜了。

"这道肉冻用的是牛鞭与海马，还有好几种药草调味，它可以增加性功能。"

董丹用筷子夹起了那滑溜溜的玩意儿，尝了一口。吃在嘴里的口感十分细致，药草的味道非常呛人。

"不错吧？"

董丹点点头。很不错。杨主任告诉他，这道菜需要花七十个小时来烹调。董丹细细咀嚼，仔细品味食物在舌头上的触感。他发现隐藏在第一口的滋味之后，还有一百种说不出的神秘滋味。每一种滋味都是那么的特别。那味道真是复杂得难以形容。

"来，尝尝这个。"杨主任道。

这是一道漂着淡黄色半透明花瓣的汤。

"这些是蛤蟆卵巢，对女性有滋阴催情的效果。如果你带女伴来，你今晚就享福了。"他边说边挤了挤眼。

这滚烫黏稠的玩意儿让董丹吃出了一身汗。有点油，尝不出什么味道，他用牙齿慢慢地咬，那感觉十分微妙，难以捉摸。人类的卵巢吃起来也像这样吗？董丹感觉一阵反胃。

"药膳料理不见得就要难以下咽，对吧？虽然它是药，可也不必像我们传统观念里的药。"

董丹只管点头与微笑，这样他就不必停下筷子加入谈话。他已经好久没吃宴会上的好菜了。缺席的这些日子里，他总是在想这样的美食，只要一想到如此顶极的美味因为他少吃了一份而被倒进了泔水桶，简直要发狂。扫荡宴会虫运动已经以逮捕了十六只虫子作为胜利而告终，看来一切已经恢复了原样。

"……考虑考虑吧，啊？"杨主任问道。

董丹完全没注意杨主任在他耳朵边嘟嚷了些什么。他若有所思地慢慢点着头，掩饰自己吃得乐不可支。为什么这些人面对一桌子顶级美味——都是费了好几天人工与创意完成的作品，不好好地吃，却借着它谈判交涉、讨价还价、串通勾结、各怀鬼胎？董丹听见杨主任在说什么"公平利润"。他咽下食物，用餐巾抹了抹嘴。看来又有一桩买卖了，拿品尝佳肴作为借口。

"你自己不必开处方，你只要跟你的病人推荐就行了。只要大力推荐，就这么简单。然后你告诉他们哪儿可以买得到这种药。你看，"他拿出一张卡片放在桌上，"这是我们的网址。他们可以在网上订购，我们第二天就送货到家。"

董丹错过了他提议的重要部分。

"我知道你们不能开处方，因为所谓用天然食材制造的药品，如果添加了化学药物，就得通过药检。我只是要求你作推荐，用你的专业权威作强力推荐。如果你对这样的利润分账不满意，你告诉我，我们可以再谈。"

董丹这才知道杨主任提出的交易是什么。这家制药公司的总裁这时正站在讲台上，对着所有医生以及新闻界作演说，感谢他们的支持。

"媒体是我们最好的朋友。因为你们的协助，你们在各大重要媒体刊出的文章，我们的药才得以为老百姓创造奇迹。"董事长如此说道。

董丹问杨主任，那媒体知不知道这本来应当是纯中药的药品里头掺了化学物质？长着紫色粉刺的男人笑了笑，朝董丹靠得更近了些。

"你以为现在媒体真的在乎？现在连西方的媒体也都不在乎了。在美国，他们让各种骗子在电视上卖任何东西，只要他们肯付钱买下时段。他们只会打出申明，你自己购买物品要自己负责，出了事跟电视台无关。"

董丹故作惊讶状。

他觉得百分之二十合理吗？董丹这才会意过来，他刚刚埋头苦吃的时候，一定已经表示同意了。他看着那位主任跟他讲解这笔生意，他额头上的粉刺散发出不安的能量。他告诉董丹，只要他跟病人推荐，每个病人在他们网络订购了这药，百分之二十的收入就会自动汇进董丹的户头。他们会为他开一个账户——当然是秘密的——如果这样的条件双方都同意的话。那公司又怎么会晓得谁谁谁是哪个大夫的病人呢？这很简单，公司会给每个医生一个"医师密码"，病人在订药的时候必须输入医师的特别密码，医师就可以从每次订购中得到利润。

"如果你的病人在服用药物后有改善，我们就会让媒体把它报导出来。就用读者投书的方式。"

原来如此。董丹每天都会在报上看到类似的投书，还一直奇怪这些病人文笔不错，把他们的经验描述得有声有色。

董丹望着餐桌上的大转盘，看着最后一道汤分进了每一位客人的碗里。除了董丹，其他人都吃不下了。大家都已经开始了他们的口腔卫生活动。他们用手掌遮住了自己的嘴，拿牙签挑出了酒宴的残渣，一边从齿缝间吸入清凉的空气，最后发出满足的轻叹。

有人开始离席，董丹一眼就看见靠出口的那一桌，那矬子站了起来。一如往常，矬子总是先确定逃生路线，才决定自己要坐在哪儿。

"喂。"董丹说。

　　对方挥舞着他粗短的五指回答道："好久没见了，在忙什么呢？"

　　"到外地去了一趟。"所以你不在那十六个被活捉的宴会虫里。"到农村作了一些调查访问。"董丹作了说明。

　　"我也出去了。"矬子说，"去调查一件非常有趣的丑闻。人可以有多聪明，让你叹为观止。"

　　"是吗？"我倒想知道你是不是还在用我一手炮制的假公司的名片。

　　"你要走啊？"他问。

　　"嗯。"董丹说。

　　他们一起步出了宴会厅，朝后门走去。

　　"有一家公司生产的酱油味道不错。他们的产品甚至销到海外二十多个国家。不过你想象得到他们的产品是用什么做的吗？"

　　董丹看着他。对方故意抿起嘴唇制造悬疑。突然间，董丹注意到，他的眼镜也和他的一样，是平光的，完全没有度数。原来也是伪装面具。

　　"他们的酱油是假冒产品。那是用人的头发做的酱油。动物的毛发也可以做原材料，但那是次级货。他们发现毛发里有一种和黄豆非常相似的化学物质，有酱油的口味。经过了发酵以及萃取之后，那味道会变得更浓烈。他们自我辩护说，人类头发是有机物质，从身体来最后回到身体里去，所以对人类健康无害。"

　　"是吗？"董丹问。

　　"我跟他们说，是不是对人类健康有害还不能确定。他们说，在一个有十三亿人口的国家里，永远潜在着食品匮乏危机，能够找到新的食物来源，应该是被鼓励的。然后我就说，他们应该告诉大众他们的'酱油'是从人类毛发中提炼出来的，应该让消费者保留自己的选择权。"

他又停了下来。这人说起话来就像他小时候见过的二流说书人一样，让董丹很讨厌，故意制造悬疑让孩子们跟着他一个村子一个村子跑。

"这家酱油厂目前面临巨额罚款和公司倒闭。他们在法庭承认一些头发是从理发店、发廊、剃头挑子、医院收集的。挺恐怖的吧？想象一下，面条里搁的酱油是用医院手术室扔出来的毛发做成的！这年头，什么事儿都经不住细琢磨。你说是不是？什么事情都可能是假的。挂羊头卖狗肉。"

"你打算把这事儿写出来？"董丹问。

"报导已经不少了。"矬子说，"让我感兴趣，倒不是他们用什么法子蒙骗了大家这么多年……"

有人在董丹肩膀上拍了拍，是那个杨主任。他把董丹拉到一边，拿出一个装得鼓鼓的牛皮纸信封。

"所以我们一言为定了，啊？"他说。

"没问题。"这里头是什么？一沓崭新的钞票？总共有多少？

"一点小小的意思，不成敬意。"他把口袋塞进了董丹的手里，同时还有一张纸，上面签满了许多名字。"劳驾签一下收据。你的名字签这儿，医院名字写在这儿。"

董丹签了一个只有他自己认得的名字，又匆匆写下了一个医院的名字。之后，杨主任问道："我给过你名片没有？"

"你给了。"董丹道。掂着信封的份量,有一千? 两千?

"我再给你一张。"他把名片塞进了董丹的拇指和牛皮纸信封之间。"免得你把我刚给你的那张弄丢了。"

"多谢。"董丹道,心想他待会儿就会把这张名片丢进身后的垃圾桶里。

"你可别把我的名片丢进垃圾桶,啊? "说这话时,主任脸露出揶揄的微笑。

"那哪儿能呢。"董丹笑着说道。

"那人是不是做假药的? "董丹走回来后,矬子问道。"他们这场酒宴可真够挥霍的。"

两人走到外面,矬子说他真正感兴趣的是,酱油厂怎么会有这样的化学研究;是什么让他们想到,头发做出的东西会和黄豆蛋白发酵之后的滋味相仿。这发明跟爱因斯坦相对论的创立一样天才。

董丹同意地点点头。看这重量,信封里的钞票说不定有三千块,够用来买一套他和小梅在市场看的沙发。他今天晚上就带她去。他要借一辆小货车把沙发运回来,然后再请邻居帮他们把它们搬上楼。

"人类的头发竟然有这么好的滋味,这是伟大的发现。"小个子道,"这是真正让我感兴趣的地方。"

"没错,有意思。"然后他们要把自己拼凑起来的沙发扔出去,他们的屁股可是受够了那些坏弹簧的刑罚。

"你需要我送你一段儿吗? "小个子说。

"谢谢,我想走走。"下面他会赶紧走进厕所,关上马桶间的门,细数一下信封里的钞票。

"我还要赶一场，我可以把你载到附近的地铁站。"

还有一场。意思是说，另外一场酒宴外加另外一份车马费。董丹还是谢谢他，婉言谢绝了。

不一会儿功夫，董丹就坐在一辆跟踪矬子的出租车上。他也不明白自己为什么要展开这样的追车。或许他想知道小个子下一站是哪里，他也好分一杯羹。或者是，他想从这场并非情愿的二人角逐中，从被动转为主动。在一个红灯路口，小个子从车上跳下来冲到引擎盖前，把它打开。红灯绿了，被他挡在后面的车辆纷纷按喇叭。他的车抛锚了。他又冲回了车上，再下来的时候，拿了一本杂志，他把它卷成了一个漏斗型。在董丹乘坐的出租车开过了矬子大约一百公尺后，董丹丢给司机十块钱，然后下了车。小个子又出现在他的车子前面，用杂志做成的漏斗朝油箱里加油。车流分成两股，从他身边开过。其中一位驾驶员对他吼着："嘿，哥儿们，我在废铁厂都看不到你这样的破烂！"

无情汹涌的车潮中，小个子站在他抛锚的车旁，看起来像是某出喜剧里的悲剧角色。董丹坐进了一家小吃店靠窗的座位上，点了一瓶冰啤酒。他看着小个子冲上车又冲下车，拿出不同的工具修理不同的零件，不时举起手用西装袖子擦掉头上的汗。董丹喝完啤酒的时候，一辆拖吊车到了。看着自己的车被拖走，小个子跟在后面跑了一段路，就像是自己心爱的人正被送进手术室接受性命攸关的手术。

半个小时之后，董丹尾随小个子爬上了地铁站的楼梯，跟他离了约二十步远。出了地铁站是一个观光景点，有许多外国人以及卖假古董的小店面。董丹紧跟在矬子身后，在挤满人的街上穿梭，最后来到一座带有古代风味的建筑前。这是一座修建得像中国楼台的豪华公厕。在标示男厕与女厕指示牌中间，一个男人坐在一张桌子后头，作为厕所看守和手纸销售员。董丹走进厕所对面的一家店铺，爬到了二楼，窗口有两张桌子和一张椅子，让顾客坐下来端详他们的古董赝品。董丹看见矬子在跟公厕看守交谈，从他激烈的表情董丹猜想他正在告诉对方，他车子半路趴下了。店家向董丹展示了一些唐代的陶俑，董丹假装欣赏，就着窗外的光线，一件一件仔细端详。他看到小个子和厕所看守换了位置，一个站了起来换另一个坐下。那个厕所看守懒洋洋的样子让董丹感到眼熟。他就是常跟矬子搭档的那个摄影师。董丹手里握着一具陶艺品，眼睛从旁边偷看出去，矬子正在数一个小盒子里的钱，大概是卖手纸的收入。那个摄影师进了厕所，再出来的时候，穿上了那件有许多口袋的背心，肩上挂着装摄影器材的背包。董丹明白了，这对采访搭档也是公厕生意的合伙人。

两个外国人过来，拿了一张百元钞票。小个子给他们看看盒子，用手比划着告诉他们，他没零钱找。摄影师在他的照相机袋子里东掏西掏，掏出了一些零钱。外国人走了之后，一对中国夫妻匆匆忙忙出现，但是看到了手纸价格以及如厕收费后，立刻停下脚步。他们调头就走，嘴里还愤怒地骂着。

这没有道理啊。他们为什么要看守厕所、卖手纸呢？就算这个厕所非常豪华。可是干记者的收入不是不错吗？唯一的答案，他们也是冒牌货，就跟董丹一样。他们跟董丹一样没钱，或许更穷。

"看到什么中意的吗？"店家已经对董丹不耐烦了。

董丹装出十分赞叹的表情注视着一座陶马。

"真的是唐代文物。"那店家道。

鬼才相信。"怪不得，一下就吸引了我。"

"大概有八百多年了。"

弄不好你昨天才埋下去，今天早上挖出来的。"是啊，看得出来。"

"现在正在打折。"

"多少折扣？"

"原价给您打对折。"

"我再想想吧。你知道，我前两天就被骗了。"董丹指着对街的厕所，"那个矮子就卖给我一件假货。中国人不是常说吗，矮子矮，一肚子拐。"

"您大概搞错了吧，"老板说道，从窗口望了出去。"我认识他好多年了，他从来没卖过古董。他过去在这儿有个小摊儿，卖书法字画什么的，没多久就关张了，付不起摊位的租金，竞争太激烈了。你在这街上随便开一枪，打着的一定是个水墨画家或者书法家。这是咱北京最有文化的一条街。这儿的文化人多得不值钱，所以公厕盖好，他就上那儿看厕所去了。"

董丹看见矬子正在跟一群中国观光客说话，显然是上厕所的昂贵让那群人生气，他们开始大砍价钱。董丹走出了店门，走进人群中。董丹得承认，这两个宴会虫比他厉害多了。他们知道两人搭档的好处，一个可以掩护另一个。就像日前，当那一个冒牌摄影师感觉董丹正在跟踪矬子的时候，就立刻过来为矬子解围。这也是为什么董丹和小个子会这么频繁地碰面，每回碰面小个子总是跟董丹热情招呼，这是他们对董丹表达同行间的敬意。他们对董丹确实怀有敬意，所以他们抄袭了董丹的名片，模仿了他的形象，为此他们想跟他道谢。或者是，他们希望得到董丹的建议。也可能他们想要给他什么建议。吃宴会这工作还有改进的空间，也可能是他们想邀请董丹入伙。或许他们的组织还不只这两人，所以他们才能够逃过那一次打击宴会虫的运动。没逃过的人，想必都是孤军奋战的虫子。万一他们是想把他带到什么地方去干掉他？他们已经偷走了董丹的一切，或许他们现在打算绑架他，把他带到一个郊区的建筑工地——像吴总那样的就可以——然后把他除掉。毕竟在北京，工作的机会难得，谁都不愿意多一个竞争对手。好在董丹从来没有搭他们的车去太远的地方。

24

　　董丹蹲下身子假装系鞋带。现在他能看见身后那一双白色的运动鞋，步履蹒跚。他轻声地告诉小梅自己先走，他待会儿就跟上来。他们到这个露天市场来，本来是想买一张小茶几来配他们的新沙发，结果发现被人跟踪了。董丹来到了专卖男人内衣的摊位，一个箭步躲进了用布帘围起来的试衣间。他从布帘的破洞中看出去，一个人正伸长了脖子四下张望。他看起来不像是一般人印象中的卧底警察。身材笨重，动作迟缓，身上那件橘红色的防雨夹克，也像是借来的服装道具。他走路的姿势很不利落，半驼着背，脚上的那双仿冒耐克鞋在地上一步一拖。董丹瞧见小梅停下来正在跟卖家具的小贩说话，一边用手摸着家具，查看是否完好。她摇了摇头后，转身离开。那家伙便尾随其后。莫非宴会虫扫荡行动跟他有关？整个事件不是以十六个人的被捕告终了吗？这家伙为什么还鬼鬼祟祟地出现在这里？

　　董丹从试衣间走了出来，小梅和那人已从人群中消失了。董丹朝市场的出口走去。

　　他在靠近出口的地方看到了他们俩。那家伙挡住了小梅的去路。他问了句什么，小梅摇摇头，想绕开他往前走。可他加快了步子，现在跟小梅走得肩并肩。原来他的身手还挺敏捷，刚才拖着蹒跚迟缓的步伐只是他的伪装。他不放过小梅，继续打听什么。小梅再次绕开来想摆脱他。董丹看见她朝身后市场里一片黑压压的人头焦急地望了一眼，看不到董丹的人影，她松了一口气，便沿着市场墙边的一排小吃摊走着。那家伙又打算盘问她，她开始绕着对方走半圆形，好让周围的人看见，她在极力摆脱这个骚扰她的男人。

他们移到了小吃摊对面的糕饼店门口，这时小梅动怒了。她对着街上的人们大喊，这个流氓已经缠了她一个小时。董丹知道，她要是存心撒泼，可以泼得吓人。他在五十公尺之外观察动静。小梅比手画脚，意思是这家伙刚才碰了她的手臂和肩膀。她的呼天抢地引来了一圈观众，围在了糕饼店的玻璃门前。董丹的视线给挡住了。

推挤开重重看热闹的人群，董丹看见那人已将小梅拘捕，正准备离去。男人手中亮出一枚警徽，示意群众让出路来。群众不甘愿地让出一条小路，随后跟在他们后面。看好戏的兴趣越来越高，一伙人就像一个移动剧场一样浩浩荡荡前进。

董丹大受惊吓，当场傻了。他机械性地跟着人群往前走，努力想从人的头和肩膀的空隙中瞄见小梅。这个便衣警察会对她做什么？会把她带去拘留所吗？他们会把她送进监狱，跟小偷和杀人犯关在一起吗？他们将要给她冠上什么罪名呢？在鱼翅宴上白吃了一顿？不知道她的脑筋够不够快，她可以辩称她是要去参加另外一个酒宴，去吃婚礼喜酒，结果她没弄清楚，吃错了酒宴。有什么大不了的呢？本来吃错宴会的事就常常发生，谁叫他们有这么多宴席。他们一定是从那次鱼翅宴之后就一直在跟踪她。可是他们为什么不在打击扫荡运动期间，在逮捕其他十六个宴会虫的同时，也把她抓起来？

"我才不怕跟你咧！"小梅大声地说。她似乎不明白事情有多么严重，还是用她乡下姑娘抬杠吵嘴的那一套。他们家乡村里的小伙子和姑娘都喜欢玩斗嘴游戏。"不过放我回来的时候，你得用大奔驰送我。"

"没问题。"那男人朝周围人看一眼，意思是别跟她一般见识，因为他们都是脑筋正常的人。

"劳斯莱斯行不行？"人群里一个男人问道，同时对着围观的人装出一个逗笑的表情。

"不行，比奔驰便宜的车都不行。"小梅道。

群众们全都爆笑起来。

"劳斯莱斯要贵多了！"另外一个男人高声说道。

"你领导还得给我写封道歉信，说他冤枉了我，给我赔不是。"小梅说。

"行。"那便衣警察应道。

"要是他的领导是文盲呢？"一个女人问。

众人又笑了。在这种场合，大家一逗就乐了，笑话的点子层出不穷。

他们会对她施刑吗？她会不会够聪明，不打就招？董丹很后悔把她牵连进来。她过去的人生干净简单，又那么开心。假如她并不知道她的生命存在着什么样的空白，那她就无需去填补，她的满足就是真正的满足。

"你领导要是不写道歉信，就得给我摆一桌压惊酒。土匪冤枉了人也不会白冤枉，也得请客赔罪。"小梅说。

"在北京没这事儿。"有人道。

董丹推挤过人群，想在他们上车前，把他们挡下。便衣的车子停在一个被拆了的小铺后面，挡风玻璃在阴影里不时闪动一下，看起来十分险恶。

"喂，你上哪儿去了？"董丹向前一步，一把抓住小梅的肩膀问道。"我到处找你！"

小梅看他的表情，仿佛他也是刚刚围观的人之一。

"手拿开！"她说。他从她的眼睛里读出她的意思："你怎么还跟着呢？"

"咱们回家吧。"他轻轻把她拉近身边。

"你是谁呀？"她嚷嚷道。她想说的是："没看出来？我正在引开他们，掩护你？"她不再是那一个饶舌、爱抬杠的姑娘。她现在是一头小母虎，不顾自己未可知的下场，也要尽全力保护小公老虎。

"走吧。"董丹没放手。他希望他也能读懂他的意思："我不会让他带走你的。"

便衣站在他俩中间，脸上毫无表情，一会儿转向他一会儿转向她，就像在看乒乓球赛。

"你是她家里人？"那警察问道。

"我是她爱人。"董丹说。

"她不认你呀。"便衣说。

"她在跟我闹别扭呢。我们在家里吵了一架。"

群众慢慢安静了下来，一张张聚精会神的脸都成了看乒乓球赛的观众。

"你们吵了一架?"他问小梅。

"没你事。"小梅对便衣说。

便衣想把整个情形理出个头绪。

"她叫什么名字?"他问董丹。

"李小梅。"

那便衣警察看着小梅。"是吗? 十分钟前, 她告诉我的是另外一个名字。"

"我爱叫什么名儿叫什么名儿, 我高兴。"她说, "我只骗笨蛋!"

大伙儿笑起来, 喜剧又开始上演。

"你带身份证了吗?"那卧底警察问道。他朝四周的人严肃地看了一眼, 希望他们不要再闹了。

董丹掏出了他的名片, 便衣警察一把就抄了过去。

"自由撰稿记者?"

"没错。"

他盯着那名片一直看。

"自由撰稿记者。"他又念了一遍。

"那意思是, 我……"

"我知道那是什么意思。"他打断他, "跟我走一趟吧? 你俩一块来。"

"我们怎么了?"董丹抗议道。

"你心里明白你们怎么了。"便衣警察说。

如果没见过这位警察的脸, 就不算真正体验过什么叫受到胁迫。

"夫妻吵架也犯法吗?"董丹说。

便衣警察笑了笑——他在公共场合给他们留情面不揭露他们，是给他们开了大恩。

"你不能没有理由就在街上随便抓人。"董丹一边说一边转过脸朝向群众。

"有没有理，待会儿就知道了。"便衣警察说。

"他不喜欢记者同志！"群众里有人说道，"这就是理由。"

"是谁说的？"那便衣警察吼了一声。"给我站出来！"

群众稍微退缩了。

董丹和小梅坐在警车后座上，开往警察局。半路上董丹的手机响了，是陈洋打来的，气喘吁吁地叫喊着他屋子里发生了可怕的事情。董丹还来不及说些什么，那个便衣警察告诉他不允许接电话。董丹把这话转述给老艺术家。

"他是谁？"陈洋问，"把电话给他，我跟他说。"

"陈洋想跟你说话。"董丹说道，把手机交给了正在开车的卧底警察。

"把电话挂了。"

他说得很大声，为了让电话那头的人听见。

"他是什么人？"老艺术家喊着。

"是警察。"董丹说。

便衣警察一把从董丹手上抢过了手机。

"现在不能跟他说话！"警察对着陈洋大吼。

"你敢这么粗鲁？！你知道我是——"老艺术家说道。他尖锐的声音，董丹都听见了。

那警察把手机关了，扔进自己的口袋。

"老实点，啊。坐上了这辆车，就算进去了。"他说。"进去"是对监狱的一种暗语，就像是"走了"表示过世，"方便"表示排泄。

对方说话的时候，小梅一直从后视镜里偷看那便衣警察的脸孔。现在是董丹出场担任主角的时候，所以她已经退居一旁，恢复她一向淡然的神色，静观事情的发展。她满心崇拜地望着两个鼻孔喷出冷笑、不屈服的董丹。董丹叹了口气，又低声笑着，想让那警察看见，对这整件事情的荒谬，他已经惊讶得无话可说。

分局位于二环路，即使一路警笛作响，穿过拥挤混乱的交通到达那里还是花了一个小时。走进拘留室时，董丹问警察，能不能给画家陈洋打个电话。不行。老画家又老又病，现在一人独居，说不定刚才的电话是从急诊室打来的呢。行个好吧？不行。能不能替他打个电话呢？也不行，他既不会让他自己打电话，也不会替他打电话。帮个忙吧？不行。如果警察跟你说"不"，那就是"不"，这个"不"这么难懂？！

一个穿着制服的警察一边读着卷宗，一边匆匆走过他们身边。

"喂，你听过陈洋没有？"那个便衣警察问道。

穿制服的警察抬起头来。

"噢，陆警官。"穿制服的警察跟便衣打了招呼。

"是个画家。"便衣警察说道，转向董丹，"是不是？"

"是的。"董丹回答，"也做雕塑。"

"你们讲的是那位大师陈洋吗？"穿制服的警官问道。

"就是他。"董丹道。他激动了起来，眼珠子在两个警察之间转来转去。他恨自己竟会如此可怜巴巴地充满希望。但是他不能控制。

"他总是叫我老乡呢！"董丹又说。

那位叫陆警官的便衣看了董丹一眼，让他别那么得意。有什么了不起的，不过就是做些一无所用的东西，把它们称作是艺术的家伙罢了。

他们把董丹押进了走廊中间的一个房间，小梅则被押到走廊尽头的一间屋里。陆警官吩咐将门锁上，他并没有说他会不会打电话给陈洋，但董丹觉得他会的，就是为了满足一下好奇心也会打的。

天色渐渐暗了，楼梯上来来去去有脚步声，夹杂着笑声与打诨。警察们要下班了。董丹和小梅已经被关进来近三个小时。有好几次，董丹心里出现走到门边求救的冲动：请哪位去看看我媳妇儿需不需要上洗手间，或者口渴不渴。

走廊上偶尔会有脚步声经过。它们敲在水磨石地面上，响起的回音，听上去有些瘆人，如同在一部悬念电影里。董丹屏住气，支棱着耳朵，直到回音慢慢消失。他心中划过一阵恐惧：他居然已经能分辨出这些脚步声的不同了。做个犯人一定会有这样的本能，分辨脚步声：听出一些是和善的，另一些是粗暴的；是来带人去审讯，或秘密转移；或者带你去某个地下刑场，在那儿把你给毙了。有的脚步声带来吃的喝的，或者臭骂，或者安慰，比如说老婆或父母的来信。对于自己这么快已经学习听脚步声，令他感到可怕——他已经可以分辨什么脚步声跟他有关，什么无关。晚上十点十五分左右，他又听见脚步声上了楼梯，带着稳健而又威严的节奏，回声响在空旷的楼里，一圈圈声波扩散，就像在梦里。董丹知道那是某个警官，穿着黑色胶底皮鞋带来了对他和小梅的处治。

门开了。陆警官一身制服，带着两页纸走了进来。

"你给陈洋打电话了吗？"董丹问道。

"什么？"陆警官似乎想不起来他去了这么久干了什么。

"你给陈洋打电话了，对吧？"董丹问。

"哦，没有。"

"你没打？"

"在这儿签个字，我们都可以回家了。"陆警官把纸放在了桌上。

压抑住惊喜，董丹慢吞吞地走到桌旁，拿起了笔。他很快地瞄了那简单的表格一眼。那是一份私人财务的验收单，上面的意思是说，刚刚没收的东西你已经检查过了，每一项都已经归还给你。董丹签了自己的名字。

看见小梅的时候，她样子消沉，垂着肩膀，低着头，似乎刚刚过去的沉默时间耗掉了她所有的能量。她穿过无生命的长廊向他走来。廊上灯光惨白得近乎带一点紫。小梅朝他笑笑。她的微笑，她的脸庞，还有她的肌肤都被那光线给漂白了。她的人生空白不需要这样的遭遇来填补。

25

陈洋告诉董丹，他再也不相信他的秘书了。他要董丹到他
的乡下别墅去一趟，监督他一些要运出去的画作。他有一个朋
友移民国外，他想把这些画作运到朋友的别墅。陈洋发现有人
偷偷从他垃圾桶里偷走了被他揉弃的图画草稿。因此他希望董
丹能协助他这一次的运画行动。他们将在午夜时分运送，这一
切都得暗中进行。董丹得看守住所有的垃圾以及字纸篓，把工
作人员里那个顺手牵羊的贼给逮住。

陈洋站在通往他乡村别墅的路口等候董丹。他戴了一顶红
色棒球帽，身上一件白色工作罩袍，东一点西一点全沾染了水
墨及颜料。他打从派车去接董丹开始，就一直在这儿等候。他
呵呵笑着，用他墨迹斑斑的手掌拍着董丹的背及肩膀。他的高
兴很有感染力，在董丹陪着陈洋往屋子里走的路上，自己的烦
恼也暂时搁下了。

"很抱歉，昨儿那个警察对您太不礼貌了。"董丹说。

"什么警察？"

"就是您昨天跟他通电话的那个。"

"我和他通电话了吗？"他问。

"他对您大吼，还摔您的电话。"董丹说。

"那我是怎么回敬他的？"陈洋似乎难以相信。

老头儿对昨天跟警察的简短通话一点印象都没有。他早就被自己的事给搅得头昏脑胀，所以陆警官对他的羞辱完全没被放在心上。这也就是为什么他总是看起来和蔼又宽宏大量。

"陈大师，昨晚您接到一个警察打来的电话没有？"董丹问道。

"没有。"他回答。

"肯定没有？"

两人走在路上，他一双眼睛盯着董丹，目光慢慢地变得专注，然后露出了害怕的样子。

"他们找我干什么？那些警察？"

"那就是您接到过电话。"

"他们想在电话上审问我？"

"他们问了吗？"董丹说。他想用排除法找到自己和小梅被释放的原因。如果是因为警察给老艺术家打了电话，那一切就有了解释。

"敢！给我试试看！"陈洋大吼一声，对着秋天的午后，伸出一只手指。"反了你了！"

董丹看着他。

"你他妈的想对我干嘛？你们这些穿化纤制服的警察！我有律师，看你们敢越雷池一步！"

董丹这才搞清楚，大师担心的全是他自己的问题。看来陆警官昨晚并没有打电话。可是他把他们扔在拘留室之后，去了那么久，都干嘛去了？在这场与警察无形的较量中，他到底是怎么被摆布的？这个疑问令他心烦意乱。

"怎么了？"他的沉默让艺术家感到不耐烦。

"没什么。"

"有话就跟我说说吧。"

"噢，是我媳妇儿。她昨天跟个便衣警察吵了一架。就是这么回事。"董丹道。他对大师接下来的询问已作好心理准备。"我媳妇儿有时候……"

"我也弄不懂是怎么回事。"大师打断他的话，"她们开始都很乖很诚实，没多久就明目张胆地开始干些偷鸡摸狗的事。"老家伙又回头去想自己的事。董丹回答他的问题时，他并没有真的在听，他就是那一种只要事情跟他无关就立刻关上耳朵的艺术家。老家伙走在粗石子铺的路上，半途突然唱起歌来，打断了自己刚才的话，那是一首他学生时代的情歌。接着，歌没唱完，他又立刻回到刚刚的话题。

"没有女人，啥都干不了，就是干不了。她们是我的灵感，可是到头来她们都变成了一个样儿。真搞不懂，怎么开始的时候她们一个个都新鲜独特，到后来全成了一路货。天老爷，一个个到后来全都这么乏味！我最没法忍受的就是乏味的东西。"

董丹现在明白了，第三个陈太太对他的恨和背叛是什么原因。

"是呀，一开始李红也是我的缪斯。"

董丹感觉鸡皮疙瘩从他的小臂上冒起，朝肩膀脖子方向扩展，连整个背和屁股上都是。虽然"灵感"、"缪斯"对他来讲已经不是陌生的词汇，可是听起来让他很不舒服。事实上它们

令他感到难堪。怎么这些搞艺术的家伙就不能承认男人赤裸裸
的欲望？为什么他们要用像"灵感"这种话自欺欺人？

在宽敞的大客厅中，董丹刚在一张原木椅上坐下，陈大
师就端来一盒甜食，是一个在巴黎的收藏家寄来的中东地区的
点心。董丹还没来得及试吃，陈洋又从厨房里端来了一盘鹿肉
干，说是他的学生送的礼物。接着，他又从一个大柜子中抱出
了一堆画，在地板上一张一张铺开。他蹑手蹑脚地走过去把门
关上，一边叫董丹不要出声。

"来！瞧瞧我的新作品。看看你能不能发现什么新东
西。"正当董丹估量着应该在每件作品前停留多久、开始他那
很有深度的沉默时，大师却道："还真好吃耶！中东蜂蜜和枣子
做成的。我留着没吃完，就是等你来。"一边去拉了拉董丹的手
臂。

"你怎么不尝尝鹿肉干呢？好香呢！"他说。

嘴里塞满了食物，董丹只能点头做手势，表示他一次只
能吃一样。可是艺术家又去拿了一块，走回来把它塞进董丹手
里。

"你瞧出它们有什么改变没有？看看我的用色和我的运
笔。"老家伙问道。

董丹点了点头。

"这里，看到没？这跟我以前的作品有多大的差别！还有
那里，看到没？下笔的时候像单弦上的小调，最后惊天动地只
剩下节奏——旋律都没有了。这是反旋律的。这是一场色彩的
运动，将节奏和旋律搅拌在一起，让它成为一种纯粹又丰富的
和谐，几乎是无声的……"

　　他停下来，上气不接下气。董丹从画作之间抬起眼，看见老家伙瘦弱又苍白，对着自己的作品倾慕得目瞪口呆。这真是吓人，非常吓人，董丹心想。

　　"他们全滚开反倒帮了我一个大忙。他们的邪恶反倒是帮助我找到这么多年来，我一直在寻找的一种运笔。他们尽管送我进监狱吧，或是把我的财产夺走，可是我已经找到我要找的，死而无憾了。"

　　"你不会死的……"

　　他指着其中一张画，上面有一块接近褐色的红："我敢打赌你绝对猜不到那颜色是怎么调出来的。从来没有看过有这样丰富、深沉的颜色。对不对？直到上礼拜我也从来没见过。这是红茶发酵以后的颜色。我一不小心把画笔插进了茶杯里，那已经臭掉的茶水像闪电一样给了我这个灵感。"

　　董丹一边点头，想到那家用从手术室收来的人类毛发制造美味酱油的酱油公司。

　　"你喜欢这鹿肉干？我这几天什么都没吃，我工作的时候就只吃这个。因为我不想在屋子里看见那些人的脸。那些居心叵测的脸。你喜不喜欢这肉干？"他又问了一遍。

　　董丹说他喜欢。他把它撕开，津津有味地嚼着。他不敢跟陈洋说，肉干已经放太久了，其中几块已经长了淡淡的绿霉。

　　"李红小姐回来了吗？"

　　"她母亲病得很重。"老家伙说，接着他笑了起来。"不过我知道她为什么到现在还不想回来。"

　　董丹不出声音。

　　"她现在还在等，看接下来会发生什么。如果我在这次诉讼中纤毫未损，她母亲的病就会好了，然后她就会回到我身边。如果情况相反，她就会说，对不起，我的母亲病得太重了，我必须陪着她，或者等她康复，或者等到她死。也许她会这么说，嘿，离开你又不是我的错，我并不知道你漏税。至于我到底犯法没有，她是不在乎的。她只在乎我是不是会被逮住，还有我会为这事付出什么代价。不过一个人也挺好。"他耸耸肩道，流露出一个非常寂寞的人才会有的笑容。

等屋子里的员工都睡了，熄了灯，他们开始将画打包。每当董丹不小心让画纸发出了声响，或是搬东西时撞到了家具，或者说话声音不够轻，陈大师就会用食指按住嘴唇，发出严厉的"嘘……"。董丹比着手势地辩解：屋里其他人早就睡死了，老艺术家立刻闭紧眼睛，立起两只手指架在耳朵上，意思是，他们虽然在睡觉，可是耳朵仍像天线一样伸得直直的。等他们把画全都装上车，已经是清晨两点。他们出发了，不久转进一条没有路灯的道路，往陈洋那个老朋友的别墅开去。

开进了那座山坡上的度假地，天色已微露曙光。约莫又一个钟头，他们才在散落的住宅区找到那座房舍。董丹开始卸货时，村里的公鸡已经啼叫了。大师的心情好转了不少，走进厨房开始找吃的。出来的时候，他一身都是灰尘，手里头握着一只布满灰垢的东西。

"厨房里有只熏鸭！"他高声喊着，快乐得像个孩子。"那儿一定能找到酒。"

"李红说你不能喝酒。"董丹道。

"狗屁。这是只鸭，对吧？看起来像是。把它洗一洗，但愿它没哈掉。它给挂在屋顶上，所以才没让老鼠给吃了。"

　　董丹本来正在把画放进一座衣橱，这时只好停下工作，去洗那只看起来像是鸭子的东西。老艺术家在一旁看着他把灰拍掉，将鸭子放在水槽里冲洗。他跟进跟出就像个孩子，不停地问着这肉会不会太干，要煮多长时间。对他大部分的问题，董丹都没有作答。

　　早上八点，大师说他想回他自己的别墅了。一夜没睡，董丹开车的时候，整个人昏昏沉沉的，老家伙则在后座打盹儿。到了陈洋别墅的大门口，大师的司机冷眼瞪着董丹，把老先生半扶半抱地弄下了车。秘书跑出来迎接他们，立刻就猜出昨晚这两人跑去干了什么。

　　陈洋直接就上床睡觉了。董丹虽然筋疲力尽，可是睡不着。他走到厨房，急需要一杯热茶。那个秘书跟在他身后，像是急需要找人聊天。当董丹问他有什么事，秘书只是轻笑着说没事。那他又为什么要跟出跟进？这是因为他必须这么做。董丹用玩笑的口气问对方，是不是怕他从厨房偷味精或者香肠？这个嘛，他跟踪的不只是董丹，他得监视每一个来拜访大师的人，所以请不要介意。每一个访客吗？是的，没有人例外。这不是针对董丹，他只是在做份内的工作。董丹以为他的工作是接电话和处理文件。没错。但是现在，他除了那些还被指派了另一项工作。被谁指派？这个嘛……李红小姐不相信任何人，除了我们这些在这儿工作多年的人。李红小姐是这样告诉他的？她确实是这么说的。所以他现在是在执行李红小姐的吩咐。如果董丹觉得被冒犯了，他觉得很抱歉。

　　茶壶嘴开始鸣笛。董丹盯着它，随它去叫，心想李红把他和屋里的员工全卷进了一场彼此监控的间谍游戏。好一个诡计多端的女人，在她美丽皮肤下蜿蜒的淡蓝色血管里，流的竟是这样的冷血。

过了午饭时间老艺术家才起床，把董丹叫进了他的画室。一进门，他就把门给锁上，面露惊惶，他指了指他抱在手上的空字纸篓。

"你看，全不见了。我所有的草稿。"

"那上面不就是几个点几道杠？"

"可我画画也就是画些点儿啊杠儿啊。"

他的恐惧正在加剧。在他厚重的眼皮之下，那双太清澈的眼珠子瞪得又圆又大。

董丹觉得他很可怜。老家伙现在已经有严重的妄想偏执。

"每天我都得提防这些小偷。就在我自己家里，一边是偷，一边是守，两边天天都在智斗。两边都变得越来越鬼，不过他们总是比我快一步，想出更多偷鸡摸狗的伎俩。"

他无助地注视着董丹。现在他把自己完全交在董丹的手里了。他等待董丹替他拿个主意，任何主意都好。董丹想给他忠告，别这样相信他，把所有信任搁在一个人身上是不对的。可也不能完全不信任别人。然而，他知道对这个六十五岁的老孩子来讲，这个观念太复杂了。

"你能想象吗？我一睡着，他们就在我身边蹑手蹑脚地行动。"老头儿说，"隔壁房里的字纸篓我也看了，全部空了。他们把东西偷走了。他们把那些草稿铺平，把扯破的地方修补好，再偷了我的图章去盖，证明了那是我的真迹。哪天等我死了，他们就会卖给画廊。"

董丹说那些东西可能被倒进了公用的大垃圾箱。

"那你快到街上去翻翻看，看看那些大垃圾箱里有没有。"陈大师道，"他们一个礼拜只来收两次垃圾，你去街角就会看到两个大蓝桶，仔细检查一下，看看画稿还在不在里面。"

大垃圾箱里什么都没有。也许垃圾公司提早一天来清理过了。可是老艺术家不这么认为。

"一定是他们把东西藏起来了，等着以后出售。任何人看到那运笔，都会知道是我的作品。等我死了以后，他们都会愿意出高价买走。这些人都在等我死。"

老艺术家现在成了一个很难相处的人。有些时候，他会把他身边的人支使得团团转，令人发狂。他让董丹恨不得当下就杀了他，即便他也明白在陈洋的内心，他只是个任何人都可以伤害的小孩。

整个晚上，陈洋就不停地在他的画室里来回踱步。他时不时被一种恐惧吓得发抖，会突然停下脚步。"你等着看吧，我死了以后，就会有人开始研究我那些废弃的草稿，看出我是怎么运笔的。他们也会看到，我完成一幅画之前，会有多少次失败的尝试，他们一定想知道我的画都是怎么构思的，又为什么没法完成，想看看一幅真正的艺术品得经过多少次的流产才能诞生。我真的无法忍受，我恨透了。我只允许我的作品在完整成熟的时候才公开展示。"

这让董丹想到，会不会又是李红搞的鬼，故意要让老先生疑神疑鬼。她一定跟老艺术家说过她对工作人员的不信任，可同时又跟这些员工说不可相信任何拜访者。于是，她让所有人成了她的耳目，彼此监视，以确保她不在的时候，没有一张画能出得了这屋子。那一张有着酒窝的甜美脸庞后面，竟然藏着一座秘密警察总部。

　　到了第三天，董丹走出屋子给小梅打了个电话，告诉她他还要在老艺术家这儿待一个礼拜。小梅说，昨天有一个漂亮的小姐来找他。是叫老十吗？不，她说她叫高兴。董丹一方面松了一口气，一方面觉得不可思议。高兴在小梅的眼中竟然算得上漂亮。她对高兴的欣赏类似于她对其他那些蛮横的摩登事物，从四通八达的立体高速公路到巨型的汽车展示中心，从超级大超市到麦当劳。

　　他拨通高兴的手机，但马上又把它挂断。高兴怎么会知道他住哪儿？他从来没有告诉过她。他再拨了一次号码，盘算着用什么方法旁敲侧击，猜出她是怎么找到他家的。

　　"别跟我兜圈子，啊，想知道我怎么找到你家的，就直接问。"高兴道。

　　"……你是怎么找到的？"

　　"你一直瞒着我，以为我就查不出来了？"她说。

　　董丹可以想象她吊起半边脸颊的样子。她的冷笑很简洁，一个嘴角牵动半边脸颊。

　　她告诉他，想找到他的住址一点也不难。他的身份证号码已经标示出他的户籍区域。她需要做的只不过就是找到他那个区的派出所，然后就可以查到他的住址了。

　　如果她办得到，那警察更不在话下。董丹心想。

　　"你怎么不问问我是如何弄到你的身份证号码的？"高兴说。

　　"你怎么弄到的？"他知道自己听起来十分愚蠢。

"我就问了宴会上的一个接待人员。"高兴说，"现在的系统都是相连的，全都数字化了。"

这个系统连接的新学问让董丹沮丧。他和小梅被警察局拘留的那晚，整个系统一定忙得不可开交。

"你住哪儿才不关我的事。"她说，"我找你因为我和你下面的合作。"

"我和你下面还有合作？"

"你肯定愿意跟我合作。"

"好吧。"为什么系统没有查出重要的数据，反而把他们释放了？

"你不想问问合作什么？"

"合作什么？"

高兴把声音压低，不带什么情绪：色情行业在中国。这可是官方禁忌。让他俩来一个爆炸性报导。根据她的线索，一些高档夜总会的后台老板就是高官子弟。她已经追踪了好一段时候了，跑遍了发廊、按摩院、夜总会、三陪酒吧。但是身为女人，她有不便之处，所以需要一位像董丹这样的帅哥。她的意思是要他去假扮嫖客？她说，这么说吧，这将是一篇对于人类社会有重大价值的伟大报导，所以每个人都得做点牺牲。话说回来，对男人来讲，说不定根本不是牺牲呢。高兴嘎嘎的笑声就像是一个常在公路旁的低级酒馆里买春的货运司机。

他听见高兴那头一阵乱响。

"你在干什么？"他问。

"你说我在干什么？我刚才笑得打滚，把一个保温咖啡杯给踢翻了。"高兴说。

董丹可以听见她移动茶几，打扫地上碎玻璃片的声音。他希望她不是穿着她的睡衣、光着脚才好，否则地上的玻璃碎片一定会割伤她。

"你别以为你可以趁机享齐人之福。"她说，"我们的钱大概只够亲一亲、抱一抱，大不了再让你上上手而已。"

他听见她在长嘘一口气。他仿佛看到她又回到沙发上，摊开长胳膊长腿，让她瘦骨嶙峋的身体汲取最大程度的舒适。

"你到底合作还是不合作？"高兴问。

去这些地方的费用是她出吗？

"我知道你在想钱的事儿。我出一部分——我出六，你出四。"说完，她等待对方反应。"算了，我七，你三。"听董丹这头还不做声，她又说："如果你不想合作，我就去找别人搭档。"

他说需要再想一想。这有什么好想的？她逼问。他需要做的只不过就是跟那些小姐混熟。他连跟她们上床都不必，如果他不想上的话。他先让这些小姐们信任他，然后就会跟他说掏心掏肺的话，他就付给她们坐台的钱。如果没有肉体接触，费用会低很多，如果她们爱上了他，像那个在脚底按摩院的傻瓜一样，也许她们都不会收费。争取让她们喜欢上，得到她们的信任，这个他应该很拿手。接下来，就看事情怎么发展。

"你可以从那个小按摩师的故事开始。她不是跟你说过她姐姐的事吗？我们可以用她姐姐被判死刑这件事情作为我们报导的主轴，其他小姐的故事可以环绕着它发展。你觉得呢？"

"行。"

"她失踪之后，你们还有联系吧？"

"她怎么了？"

"别跟我装蒜。"

"她失踪了？"

"你把她给包了……"

"向毛主席发誓，我什么也不知道……"

"我昨天晚上去她们那儿去，说她已经离开了。"

"她有没有留下什么东西……"

"什么也没留。就留了一罐泡菜。"

老十曾经告诉董丹，她做四川泡菜很拿手。她说过要做给他吃。

"我以为你肯定知道她去哪儿了。"高兴说。

挂了电话之后，董丹进屋告诉陈洋，他必须离开，他有一篇非常重要的访问稿还没有写完。老艺术家不知所措，就像被人遗弃在大街上的孩子。

这夜凌晨一点，董丹从一间脚底按摩院走了出来，精疲力竭。从他离开陈洋的乡村别墅，就在北京搜寻，几乎跑遍了每一家脚底按摩院。也许那次四川餐馆一别，他不该一去不返。至少，不该断得那么突然。董丹跟她揭露了自己真实的身份，让她很失望吗？她一定以为董丹的自我揭露是对他求助的拒绝。

此刻他站在马路的天桥上俯视这座城市，有正当职业的人群都已离去，现在城市被乞丐与游民接管。她这一失踪，他欠她的就再也无法偿还。放眼他的四周，灯光霓虹交错如一条银河，搏跳闪动，吞没了一个叫老十的女孩。

26

拥有几百万订户的《消费者周报》刊出了一篇文章。在最近的一期中，他们专题报导了吴总房地产建设的样品屋。经过了计算机的魔术，文章掩盖了实际工程的所有缺点以及粗糙。它的大标题写的是：一个为大众阶级盖房的人。

"你读一下。"高兴边说边指着她划了线的那些句子。"听起来是不是有点耳熟？不过更恶心就是了。"

董丹大吃一惊。这篇文章的"作者"从董丹的文章里偷了将近七成的内容，改头换面成了自己的东西拿去发表。就算那篇文章并不能算是董丹的创作，他也花了两个晚上，从几百份的售屋传单中剪出了文句段落，又花了两个晚上才把它们拼贴在一块儿的。

"你的原稿还在不在？"高兴问。

"在。"董丹说。

"我们去找那个王八蛋算账。"

跟着高兴走了一段路，他停下步子。他心情从来没这么低落过，对于自己成了吴总的帮凶，写东西拐骗人们去买墙壁裂缝、地板带豁口、土地产权不清的房子，他感觉十分糟糕。设

这个圈套他也有份，还把一个拖欠民工两年工资的罪犯化妆成
了一个大圣人。

"我不想去了。"他道。

"那他答应给你的公寓怎么办？你也需要换一个像样的
公寓了。你住的地方，我看就是个狗窝。我们去逼他履行诺
言。"

"我不想见他。"

"为什么？"

"不知道。"

"你听着，董丹，一切由我来交涉。我会让他哑口无言，
付出代价。你就站在旁边看好戏吧。"她走到她的车旁边，帮董
丹开了门。"我知道他的要害是什么。"

高兴先带着董丹去了一家百货公司。她走到男士服饰部，
帮他挑了一件真皮夹克，还有一条Esprit的羊毛西装裤。把衣
服往董丹肩膀上一搭，高兴便将他推进了试衣间。

"你这是干嘛？"董丹在抗拒。

"试穿一下。"

"为什么？"

"不要把设计师的标签给撕了，知道吗？那家伙别的本事
没有，对名牌衣服上的标签可是很在意。他就靠这一套到处蒙
人。我们今天也蒙蒙他。"

他们隔着试衣室的门喊话。董丹还没来得及扣上皮带，她
已经拉开门把他拽了出来。她绕着董丹走了几圈，帮他这儿拉
一拉，那儿整整，涂着深红颜色的嘴唇紧紧抿着，一本正经地
端详着董丹。

"哟，派头不错。"她说。

他们回到车上，董丹已经开始流汗。她让董丹开车，自己开始忙着拨电话。

"我不能让你花钱给我买衣服。"他说。

"你也可以给我买啊。"

"能不能退货？"

"闭上嘴好好臭美一下吧。"

"可是……"

"喂，"她已经在电话上了，"是我。你知道《消费者周报》的总编是谁吗？……太好了，给我他的电话……我这就记下来。他叫什么名字？……李？行，有个姓就够了。"

挂上电话，她又拨另外一个号码。"是李总编吗？"她拿出活泼的声音。"你还好吗？自从我们上次见面之后。不记得了吗？就是那个那个……纺织出口商的餐会……你听不出我的声音啦？我是高兴！你不是还要我帮你们写稿吗？怎么全忘了？"她嘟着嘴，对着话筒做出风情万种又俏皮的微笑。

"事情是这样，我发现你们这一期房地产信息的主题文章，全是一派胡言。你们被那个姓吴的开发商给骗了。他应该被抓起来关二十年。他的所作所为，关二十年都嫌太少。那家伙是个罪犯，结果你们让他一夜之间成了英雄。我认识一个人，对他有非常深入的调查。"

"我没有作深入调查……"董丹道。

她把一根手指头放在自己的嘴上。

"是吗？……您在哪吃午饭？"她问，"噢，没问题，我可以在您办公室等。您慢慢吃，我会自己打发时间。"连电话都还没来得及挂上，她便对董丹大吼："嘿，下回我恐吓谁的时候，别插嘴，行吗？"

"他们会发现你说的不实。"

"实不实的，对那些王八蛋来说没什么不同。"

午后差十分一点，他们已经来到了《消费者周报》总部。那是一座气派辉煌的大楼。接待人员告诉他们，总编被吴总请出去吃饭了。在哪家餐馆？那地方叫做"三月四月五月"，以高价位闻名。总编是什么时候离开的？大概半个小时前。

高兴扬扬下巴，意思是叫董丹跟着她。出了办公室，她说她有一个绝佳的新点子。她自己先去那个餐馆，与此同时董丹去把那些建筑民工组织起来，带到餐馆。如果不能全弄来，找几个代表也成。要告诉那些工人，他们的老板现在正在聘新的工人，这是他们讨回拖欠工资最后的机会。她会在餐桌上假装对吴总进行采访，直到董丹把工人找来，集中到餐馆门口。在用过了昂贵的午餐后，李总编和吴总接下来可以享受一场小小的示威抗议。

满心兴奋的高兴迈着舞步穿过走廊，往电梯走去。

董丹刚下出租车便听到音乐声，是从工地电线杆上挂着的喇叭中传出来的一首喜气洋洋的民歌。电梯出了故障，所以董丹得一路爬到二十八楼。好在每一层楼都建得很低，只需要十二阶就能够爬一层。吴总把屋顶建得比法定高度要低，那些劳动人民房主站在这样低矮的屋顶下，会觉得自己像是顶天立地的巨人。董丹记得对他这个阶级的人曾有过这样的比喻。他循着笑闹声的出处而去，看到一群工人正在睡铺上赌钱。没有门的厨房里传出了阵阵炖羊肉的香味。

"你找谁？"其中一个工人问道。

董丹认出来他就那一群民工的领袖。"嘿！"董丹招呼道。

"是你呀！"民工领袖满脸微笑站了起来，"大记者。"

"怎么样？"董丹问。他身上穿着皮夹克，让他觉得很别扭。

"凑合。"民工领袖伸手进口袋里掏香烟。

董丹比了个手势表示他不抽烟。

"我看见你们现在伙食不错。"董丹嗅了嗅，笑了起来。

"老板前天送来一卡车的羊肉，还有一些钱。"

"拖欠你们的工钱，他都付了？"

"没有全付清，先付了两个月的工资。可是他说只要我们完成整个工程，他立刻会把其余的付给我们。"

老板送来羊肉和两个月的工资表示抱歉，希望大伙儿原谅他。他没有准时付他们钱是因为他在财务上出了点小小的麻烦，银行把他的贷款给取消了。当他听到这些民工没钱寄回家给老娘、媳妇儿、孩子时，他心痛不已。他答应一定会尽全力解决现在的财务困难，只要他们能原谅他，再多给他一些时间。没有他们的体谅，他只好宣布破产，这样一来，他就永远没办法付他们工钱了。这些工人们如果要自救，唯一的方法就是完成这个工程。等到他把房子卖出去，就会有钱来付他们了。待会儿傍晚会有一顿烧羊肉和红薯烧酒的会餐，象征雇主与员工的同心协力。

"他说的你相信？"董丹问道。

"没别的办法。"民工领袖说道。

董丹从口袋里抽出那一本《消费者周刊》，对方吃力地慢慢读着。

"他的口气好像他是世界最有钱的人,他说要在北京专为低收入户盖十个小区。"董丹说,"现在他正邀了周刊的总编在吃中饭,光这顿饭就值你们两年工钱。"

原本在赌钱的那些工人开始纷纷交头接耳发生了什么事。董丹把报纸拿给他们传阅。

"那我们现在该怎么做?"民工领袖问道。

"我可以带你们去那家餐厅。"董丹说,"当面问他哪个是真的:报纸上说的,还是他告诉你们的?"

"我们都去?"有一个民工问。

"那不成暴动了? 警察会把我们关起来的。"

住在别的地方的民工这时也来了。他们把窗子、门口都堵得满满的。

"如果没超过二十个人示威,警察不会管的。"董丹说,"你就挑二十个人做代表。"

"我可不做什么代表。"一个中年民工说着,朝后退了一步。

"你们谁想做代表?"民工领袖问大家。

没人回答。

"别看我,我不是代表。"一个年轻民工说。

"我们跑去老板一定很生气,干脆就不付钱了。"一个上了年纪的民工说。

"如果他说是我们撕毁协议,不给钱了,那怎么办?"

"那就找一个律师,上法院解决。"董丹说。

"找律师? 那得花多少钱啊?"

"多了去了。"其中一个人说,"我有个亲戚就是打官司打穷了。"

"你们要找律师可别把我算进去,我连孩子的学费都缴不出来!"

"让别人把老板送上法院,我的钱还要留着当回家的旅费。"

"如果我们不得罪老板,还是有机会把钱要回来的,对不对?"民工领袖问董丹。

"我可不这么乐观。"董丹说。

"就是说怎么着钱都要不回来了?"

"你们不去闹就难了。"

"我们不想闹。"

"为什么不闹?那是你们自己的钱啊!妈的!"董丹说。他也不明白,为什么一下子他会变得这么愤怒。

"出了事你负责吗?"民工领袖问。

"能出什么事?"董丹瞪着他。

"谁知道?"他说,"什么事都可能出。如果老板被我们的抗议惹火了,他可以去雇新的人来,事情如果变成那样,你能够负责吗?"

"为什么要我负责?"董丹指着自己问道,"我是在为你们擦屁股!我要负什么责任?"

"喂,我们去跟老板闹,对你有什么好处?"另外一个工人问道。接着他向其他人喊话:"一个陌生人跑来帮我们,他会没好处?"

"你瞧他穿的这一身:真皮和毛料!"一个工人用他长了

茧的手指在董丹的皮夹克上摸来摸去。

"手拿开！"董丹说，"你们无药可救，一锅红烧羊肉就把你们给打发了！你们就继续让他吸你们的血，榨你们的骨头，把你们的骨髓都吸干，只剩下一个臭皮囊！"

有个家伙推了他一把。董丹站不稳朝前一倾，两只手在空中抓了几下，又被一只伸出来的脚给绊倒。接着是一阵笑声。

坐在出租车上，董丹试着回想他最后是怎么出了那满是红烧羊肉膻味的建筑物。他被那些民工给气坏了，在没有扶手的阶梯上摔了一跤，差点一路滚了下去。他记得到了中庭时听见民工领袖在背后喊他，说他很抱歉。他知道董丹是出自好意。他戴着工地安全帽，从窗子伸出头来，对着董丹愤怒的背影，大声喊着"谢谢"。他说他很感谢董丹专程来协助他们。

董丹拨高兴手机时手还在抖。他企图控制住自己气愤的声音，简单地向她交代发生了什么事。

"你被哄出来了？"高兴压低声音说道。

"不是……"

"随便你怎么说。我不是早讲过，中国腐败的根源就是农民吗？"

"拉倒吧。"董丹说。

"现在不能跟你讲话。我刚在吃饭的时候访问了那个王八蛋，现在我得回包厢。你到了就直接进来，还赶得上吃最后几道菜。"

然后她告诉他，包厢的名字叫做"牡丹亭"。

十分钟后董丹到了饭店，被领进牡丹亭。吴总抬起眼朝董丹挥挥手，可是嘴里头仍滔滔不绝地继续说他的，像是一个宽容的主人在向迟到的客人招呼。

"我的目标是把房价压在三千一平米以下。如果你建的房子都只是为那些月薪上万的人，你就不能算是一个真正的建筑家。"

"这您刚刚都说过了，吴总。"高兴回应道。

"说过了吗？"

"已经说了三次了。"

吴总大笑起来："好话多说几遍没关系，对吧？"

"可是你重复的都是谎言。"高兴不客气地回他一句。

吴总没有理会，反而转向董丹，仿佛他好不容易才有机会喘口气，对董丹正式地问好："嗨，哥们儿，坐我旁边来！服务员！再给我的客人拿个酒杯，还有菜单，我还要再点几道菜。"

高兴在桌子底下踢了董丹一脚：现在该你董丹出击了。董丹注视着正在为他斟酒、为他夹了满满一盘子菜的吴总，他看起来像是真为见到老朋友而喜出望外。

"你今天看起来很帅呀，哥儿们。"吴总说。他举起酒杯向董丹敬酒，然后就一口先干为敬。他朝董丹亮亮杯底，满脸堆着笑。

董丹发现自己竟然也对着吴总微笑起来，虽然并非他的本意。接着他看到了那一只巨大的翡翠戒指，他想不去看它都不行。他情不自禁地看到一个画面：一只肥胖、戴着浓痰色泽的翠戒的手指，拨弄着某个女孩的粉红嘴唇，那女孩可能就是老十的姐姐。他想着这画面，愤怒随之升温。

"王小姐有没有让你看我送你的礼物？"吴总问道。

董丹从他的跑神状态回到现实。

"我叫她带你去看我答应给你的礼物啊。"他说着，一抹似乎是两人狼狈为奸的微笑出现在他脸上。

那意思是，他真的要送董丹一套公寓啰？跟董丹在工厂顶楼屋比起来，一套公寓简直就是皇宫，即使它墙上裂缝，地上豁口。可他能信任吴总吗？当然不能。这家伙多少次也曾经这样对他的工人做过承诺？凭他那股真诚样，他甚至可以承诺你一个共产主义的完美世界。

"礼物？这么好啊？"高兴边说边瞪着董丹，"恭喜呀！"好啊，你已经收下一套公寓没有告诉我！怪不得你不愿意跟他当面对质。

董丹把脸转开，只用三分之一的侧脸面对她。她又在桌子底下踢了他一脚。他的腮帮子一阵抽搐，对方看得出那一脚踢得真疼。

"能不能告诉我是什么礼物？"她边问边对吴总摆出一个迷人但不友善的微笑。

"那是我跟他之间的秘密。"吴总说。

"董丹和我之间从来没有秘密。"高兴说，转向董丹。"对吧，董丹？"

李总编明显有些坐立不安。他看了看手表。

"失陪了。"李总编站起身，把椅子往后一推。"我三点钟还有一个会。"

"别走啊！"高兴说，朝他笑了笑。"你今天下午的工作安排都在接待人员的桌子上，我已经查过了。你是想开溜吧？"

仿佛真的想要为李总编解围，吴总也站起身，伸出了他的手。"那您就去忙吧。"

高兴从位子上弹起来，一口把杯里的酒喝个干净。"好好享受你那份见不得人的礼物吧，董丹。"

在她吩咐女服员把她的风衣送来的时候，董丹叫她等一下。他跟她一块儿走。

"谢谢你的礼物，吴总，不过我不要。"他说着，一面朝面前的餐盘眨着眼睛，好像随时准备接受吴总一拳。他厌恶自己这么没种。他本想一拍桌子走人，却因为错估了椅子和桌子之间的距离，一下又栽回了位子上。他十分尴尬地再次爬起来，一双腿被厚重的椅子卡着，无法完全站直。"什么我都不会要你的。绝对不要。"他还想再说两句漂亮话，可是一个字也说不出来。

他跟高兴走出了餐厅，在门口停下脚，看着高兴与正要上车的李总编道别，一个戴着白手套的司机候在一旁。那司机把一只手放在车门顶端处，像是一个防护垫以防总编撞到头。车还没开走，高兴又走回到董丹身边。

"嘿，哥儿们，我为你自豪。"高兴道。

"拉倒吧。"董丹说。

"真的。你这叫做富贵不能淫。没有多少人能抵制人家送他一套公寓，那小子就办不到，即便他已经有很多房产了。"她说。一面朝已经淹没在车海中那辆总编辑的轿车翘了翘大拇指。

"你怎么会知道的？"

"你没看到当你们谈起礼物的时候他脸上的表情？一副好像跟别人的老婆上床，被逮个正着似的。"她把她的风衣往董丹的手腕上一搁，便跑去街边的香烟摊。"庆祝你今天高风亮节，我决定破个戒。"

　　董丹在开车的时候，高兴把她的座椅靠背放平。她说刚才她一直在等董丹当着李总编的面，揭穿吴总吃了工人薪水的事，那真的就有看头了。他本来是想这么做的，什么让他改主意了呢？他在往"牡丹亭"走的途中，已经在心里头想好了可以修理吴总的一番话。可是，他没说出口。可他差点就说了；他几乎就要像戏台上人物指控白脸反派那样，伸出两个手指头指点着那个混账，嘴里振振有词：如果你真他妈那么有钱，你就不应该欠民工两年薪水。如果你真的对买不起房的低收入阶级那么同情，那你首先该同情一下自己的建筑工人。董丹自己都没发现，他又变得愤愤不平了，驾着车的手也离开了驾驶盘，伸出一根手指用力点向挡风玻璃。那后来怎么又怯场了？他本来真的就要当着李总编的面揭发那家伙，让大家看看这个王八蛋的真面目，一方面扮演普通大众救星，一方面让民工们饥寒交迫。要不是已经憎恶到说不出话，他就会说的。对于像吴总那样的王八蛋，憎恨到这种地步是很正常的，不是吗？连他都对自己非常憎恶。为什么憎恶自己？董丹没有回答。他心里想，假如自己人品高尚，心地纯洁，他一定会痛斥吴总的。他会以民工和自己的名义来痛斥他。但他是有私心的，他的动机毫不纯洁、毫不高尚。

　　高兴扭开音乐，平躺了下来。一个女人的声音正哀怨地唱着一首外国歌曲。

　　"你喜欢这歌吗？"她问。

　　董丹直觉地回答说喜欢。

　　"这个女歌手一直到三十岁才被人发现她的才华。你知道她吗？"

他点点头。

"叫什么名字来着?"她问,"温妮·休斯顿?噢,不是。我想应该是……已经到了嘴边,突然忘了。你记得她的名字吗?"

他想了一想之后,摇摇头。

"哦,想起来了,她叫高兴!"哈哈大笑的她一下子就把脚高高地跷起来放在了仪表盘上。"假装懂音乐,被我识破了吧!"

"是挺好听的!"董丹说。

"我本来也可以去当歌手,本来有好多事我都可以去做。我这个人样样通,样样不精,就是没法对某一件事情专注。念大学被开除了,因为干了太多别人看不惯的休闲活动:抽烟、喝酒、到处交男朋友,还对老师出言不逊,还参加了学生的示威抗议。不过他们把我开除倒帮了个忙。那些课程无聊得呀,真让我欲哭无泪,我压根儿跟不上。"

董丹看到车窗外头一位中年妇女正在发送传单,上面是一张脚丫子的照片。这"脚丫子世纪"是从何时开始的?从他遇见老十之后,他开始发现,现代人对自己的脚呵护疼爱到了不遗余力的地步。自从再也见不到她之后,他经常发现自己对着印着脚丫子的传单陷入沉思。更让他惊讶的是,北京街头几乎走两步就有一家脚底按摩院。

"没有什么人是完美的。"

他转过脸去看着高兴,她的下巴高高翘向天空。

"这话怎么说?这话的意思就是,你不必是个完美无缺的人,才能追求真理。"她的脚开始去踢弄用胶水黏在仪表盘上的一只小玻璃天鹅。董丹希望她不要又开始向他说教,他希望她停止踢弄那只可怜的小天鹅。因为这动作令他紧张。"我父亲是全天下最不完美的人。无趣,好面子,对人不诚恳;是我们那个不正常家庭里的魔鬼。可是他是个很好的学者,当他所相信的真理遭到扭曲时,他会不顾一切地去捍卫。"

董丹真担心那只小天鹅不知道什么时候就会被摔碎。她花钱买来东西,就为了弄坏它们?他们第一次见面的时候,他的一包香烟就被她毁了。近日里,他见到越来越多让他紧张的人。他们全都有一些怪癖:陈洋爱拔他画笔笔尖的毫毛;吴总弹火柴棒;李红的脚趾头总在玩珠花拖鞋。他们做这些让人神经紧绷的事,是为了让自己能平静。对董丹而言,他很难了解是什么事让这些人一个个神经紧绷。这些人要什么有什么:住着豪宅,出入有车,口袋有钱,还有人供使唤,吃的是鸽子舌头和蟹爪肉。

高兴坐直了身体,放下搁在仪表盘上的脚。董丹明白今天那只天鹅的小命不会遭殃了,终于松了口气。高兴不出声,香烟一根接着一根。直到他们开到了一座高架公路匝道的某一个小小行人隧道。这里有农民也有城里的居民,隧道里的景象热闹而多彩多姿。到处都是卖东西的小摊,货品应有尽有,从炒栗子到烤羊肉、烤红薯到鞋帽衣袜发饰,仿冒的Polo香水,以及LV皮包。

他们下了车,没多久就有两个年轻女子从隧道深处朝他们走过来。这两个女人慢慢晃过每个摊位,企图跟过往男性对上目光。其中一个穿着一条紧身绣有金色图案的牛仔裤,另外一个留着又直又长的头发,一张圆脸,要不是发育过分良好,还以为是个中学学生。

"看见了吗?"高兴拽住董丹,"站街女,最低等的。你过去跟她们说两句话。"

"你不是说,我们的报导从老十的姐姐开始?"董丹道。

"那你也需要了解各种各样的呀。你帮她们买几双丝袜,来几串烤羊肉,今天晚上她们就是你的了。"她在他手里塞了一些钞票。

"不行,我做不到。"

"你不需要跟她们做,你只需要跟她们聊,问她们从哪儿来,家里有多少人。"

"咱们明天再开始好不好?我今儿没准备。"

"那就上去跟她们问个路。"

"再等等,高兴……"

"要不就上去问问几点钟,告诉她们你要赶飞机,她们最喜欢外地出差的男人。你的口音听起来够土,她们准会认为你不知从什么穷乡僻壤来的。"高兴边说边在他背上一推。

他走进隧道,朝那两人移动。她们走起路来有着同样的姿态,重量在两只腿上移来移去,所以当屁股往左时,腰部就往右。现在他来到站街女郎身后约五步的地方。他转过身去看水果摊,故意拖延。一阵车潮呼啸从隧道一头的端口涌过,整个空间立刻震动起来,尘土飞扬,桥下景色变得乌烟瘴气。待会儿他要买给她们的羊肉,佐料里也就多了灰尘这一味。他还要送她们落满尘土的丝袜,和她们进行尘土飞扬扯淡,问她们生活有多么不幸。再走两步,他就要开口对她们说"喂!"了。他看到被她们体重压歪了的高跟鞋鞋跟,还有蔻丹斑驳的脚指甲。

"悲惨"假如有个形态，它未必就是驼背瘸腿或面黄肌瘦；它可以是一个身材姣好的女人命也不要地卖弄姿色。他恨这些可怜虫，她们又让他的心情瞬间恶劣起来。假如他不知道她们的存在，他会快乐得多。突然间，他发现自己多么怀念他在罐头厂震耳欲聋的噪音中的简单生活。他从前是多么开心又满足地在工厂上下班，那时候他不需要靠挖掘别人的惨剧挣钱。

那两个女孩感觉到他在对她们注意。穿绣花牛仔裤的那个向前走了几步，腰肢左摇右摆，看样子想要故意跟他来一个肩擦肩。一会儿从她身边擦过时，他就得跟她说话。说什么好呢？说她走路的样子丑陋得不忍目睹？

"二十。"

直到他已经跟她错身而过，他才问自己：我没有听错吧？二十？那是价钱吗？还是她的年纪？她绝对已经年过三十，所以一定是她的价码。对于他们可能展开的关系，她单刀直入毫无遮掩，担心见不得人纯属多余。二十元。比起几串烤羊肉贵不了多少。

不知不觉地，他已经转身朝隧道口走去。那一头的端口是一片苍白的午后，车辆呼啸而过。如果高兴敢挡住他，他一定会给她一拳。没有比赤裸裸的"二十"这数字更惨绝人寰的了。为生存出卖自己，不过只值几串烤羊肉的价钱。

高兴一直跟着他走出隧道，咯咯笑不可支。

"这就是我为什么喜欢你的原因，董丹。跟她没感情你还真没法做那事儿。"

他只是一直盯着来往的车辆。

"慢慢来，总会遇上一个让你心动的。"她说。

27

星期天的早晨，董丹打开了电视，节目主持人正在采访那家"人体宴"餐馆的女老板。再过一周，他们就将公开营业了。那位女老板是一位年约四十多岁，非常端庄的女人。她谈论食物与裸体结合的感官之美。在古老的中国，这可是很有价值的。在开幕式当晚，她将邀请许多位艺术家，包括画家以及摄影家们共赴盛宴。当然，媒体也在邀请名单之列。引起争议没关系，反而创造了机会，让具有启发性的见解争鸣。

那食物是什么样的？噢，都是海鲜中的极品。当天下午他们将用飞机从海边直接运来一批最新鲜稀有的货色。那些女孩子呢？女孩子们都是精挑细选过的大学学生。除了伤风小感冒外，没有任何生病纪录。她们的年纪呢？从十八到二十二。当然都是处女，经过上万人的竞争脱颖而出。她们来自全国各地，不仅学业优异，而且品行端正。她们都经过妇产科的专业检验，并且确定她们的胸围、腰围、臀围都达到理想标准。女孩们肌肤的色泽也不可轻视，看上去得是冰清玉洁，细滑如豆腐，吹弹得破，宛如日本河豚中的上品。比起陈列在她们身上的食物，她们更为诱人。这样人们才会理解，最好的美食不是用嘴巴享用，而是用眼睛以及所有的感官。她们都经过了生息调养，付给她们的待遇相当优厚，下学期念大学的学费再也不用操心。只透露到这里，以免大家听到了女孩子们的待遇时会惊讶这顿酒宴花费过巨。符合卫生吗？当然。她们都要先经过除毛程序。在白天里，她们先经过十二次沐浴，泡在加了十二种花香精油的水里，再经过八个小时的断食，她们才会被带进冷藏室里。接着，她们要服用镇定剂，好平静地躺在冰块与鲜花上一小时不动，让食物的陈列工作能够完成。一直要等到食物用尽，她们的纤纤玉体才会完全展示。然后镇定剂药效结束，她们醒过来之后，也将成为酒宴后段的参与者。被邀请的艺术家们都是名噪一时的。那么有哪些媒体记者呢？必须出示单位介绍信和记者证以证明他们不是宴会虫的那些记者。

董丹把鞋子套上。

"你要去哪儿？"小梅问。

他不理她，继续系鞋带。

刚才她一直在修补那个一本书形状的纪念品，因为它又摔破了。镶了仿金商标的那块黑色大理石现在脱落了。不然他们不会发现连那块大理石原来也是仿造，不过就是一块金属，贴了一层大理石图案的塑料膜。那么阔气的出版商起码不该用如此廉价的胶水。

"那块破烂，你就别再弄它了。"董丹道。

"墙上总得挂点什么。"小梅说。

她看着他走到门口。

"今天是星期天。"她说。

"对呀。"他边说边笑。

到了门边他停住脚，才恍惚意识到自己出门的动机。他或许会去找那个专做假证件的家伙。他或许可以搞来一张什么介绍信，这样他就可以参加人体宴的开幕式。高兴说，那人刻了各式各样的印鉴图章，他能用任何材料在上头刻出任何图章，甚至一块白萝卜或肥皂。

"我去医院看看我的胃病。"他道。

她朝他微笑，仿佛在说："糊弄谁呢？"他也笑了笑，知道他撒的这个谎已经被她识破。

"上个月，我织假发挣了四百五十六元。"她说。董丹听出来她的意思是："别再去当宴会虫了。在你找到另一份工作之前，我就多织点儿假发。"

"小心啊，再织就成对眼儿了。"董丹边说边做出对眼的表情，做得太用力，觉得两颗眼珠子都快要穿过鼻梁交换位置了。她拿一只拖鞋扔他，打在他肩膀上。他大笑起来，一面跟她招招手。

28

　　董丹与那个伪造证件专家约好在一家茶馆见面。一杯茶的功夫，他们已经谈好了价钱。董丹跟随着这位仿冒品艺术家爬上了茶馆楼上的小阁楼。走在几乎被白蚁蛀空的古旧楼梯上，董丹问起仿造专家的名字。叫"高兴"，他回答——因为是高兴拉的线，所以董丹叫他高兴就是了。这是个机灵的小个子，长着一脸大胡子，戴了一副带有色镜片的小眼镜。

　　这间阁楼的场地倒是不小。倾斜的屋顶上有扇天窗，上面盖满尘垢，外面是一个二十年代风味的小阳台，从那儿可以俯视整个北京胡同里的生活。屋里搁了一张巨大的红木鸦片榻，上面的雕花手工极其精巧。床上方挂了一顶十分气派的帷帐，几乎把整间房子都占满了，好比狗窝里蹲了一只狮子。那造假高手一屁股坐在地上，掀起了床单，把腿伸进了黑咕隆咚的床底下。等他缩回了腿，董丹看见在他的两脚之间，夹了一个布满毛绒绒灰尘的木匣子。

　　匣子里各色印章琳琅满目。

　　"想挑个什么？文化部还是电影厂？"他问道。

　　董丹望着他。

"你看起来像是电影厂的。"他说。

"有没有跟媒体有关的？"

"要什么有什么。你要假介绍信，是要给女朋友做人流？"他问道，"你不必告诉我。我可以给你一张空白介绍信，只盖公章，其他你自己填。不过空白介绍信我多收五百块。"

"为什么？"

"因为你也许会用来闯进中南海，刺杀我们领导人什么的，要不跑到人民大会堂对人民代表开枪。我倒不是想保护他们，我只是希望我这生意还能做得下去，不要扯上了政治。"他捡起一颗圆形的印章。

"挑一家报社的吧。"董丹提议。

"人民日报怎么样？"

"能不能找一家名声不大的？"

"北京日报？"

"嗯……"

"就这个吧：中国铁道日报。"

"行。"

"你要空白的吗？"

"不用。"

"对嘛，换了我，我也不会多花那五百块钱。"

造假专家在启动打印机的时候，董丹问他是不是也是茶馆的老板。是啊，他回答。他得有一个自己的地方，经营他非法却有真正利润的买卖。他问董丹介绍信上要写什么名字。董丹，他回答。对方告诉董丹，如果介绍信上用的是假名，需要符合他的假身份证，他也可以两天之内弄好假身份证，说不定用不了两天。只是最近他手头上正忙着一大堆假结婚证。董丹发现这人话很多。等他把信印了出来，他拿起那颗圆型公章，在红色的印泥上拓了拓，然后用力地盖在那张纸上。他脸上的严肃表情，比起有权力盖下真印鉴的那些人毫不逊色。

介绍信内容如下："兹证明董丹为中国铁路日报之记者，负责美食与休闲版面的采访和报导。贵方对于他工作上的协助，我们不胜感激。中国铁路日报敬上。"

等董丹交了钱，那家伙摘下了眼镜，告诉董丹不要动，他用他冰凉硕长的一只手压住董丹的头顶，慢慢转动角度。

"你的头长得不错，跟雕塑似的。"

那感觉有点让人发怵。董丹谢了他，随即告辞。就当他要走下那座漆黑的楼梯时，对方挡住了他。董丹忘了他的皮夹。楼梯上亮起一盏暗淡的小灯。

"光线昏暗点儿，你脸部骨骼看起来更好。看这边。很好。你的轮廓真是长得不错。"

他把皮夹扔给了董丹，结果掉在了台阶上。董丹弯腰去把皮夹捡起来之后，发现那个男人还在注视他。

"这就是为什么我说你看起来像在电影厂工作。你可以考虑演艺事业，可以先当个大龙套。如果他们给你一两句台词，以后说不定就会让你演配角。试试也无妨吧？反正都是在假装，总比装记者要容易多了。据说他们待遇还不错。一个临时演员一天可以赚到几十块，还包三餐。一旦你能够升级演些配角，你的收入就可以上万。"

董丹问他怎么会知道这些，他过去干过。出狱后他有一段时间做过临时演员。他是因为做假文件才被抓的吗？不是，他被抓是因为政治原因。

"如果你找不到什么好工作，就去那儿试试。在北京电影制片厂门口，每天有一大群男女。个个都梦想成为电影明星。摄制组每天都需要大龙套。"

走出茶室的时候，董丹觉得有些飘飘然。灰蒙蒙的早晨，感觉也像是晴天。鸽子咕咕的叫声也变得很有情调。那个古怪的家伙竟然是一个天使。如果他真的可以当上大龙套，董丹就再也不必被高兴呼来唤去，还得专门揭发他人悲惨的命运。他再也不必冒着被逮捕的危险去赚那一些车马费，也不必再为陈洋那些高深莫测的作品以及他身边复杂的人际关系而伤神。他也用不着跟像吴总那样子的人喝酒应酬及赔笑。他更不需要为像老十还有她姐姐那些人感觉亏欠而心痛不已。大龙套，董丹已经爱上他这一份新职业的名称。

过了一个小时之后，董丹已经在一群未来的大龙套中。制片的收发室已经被拿来当作应征办公室。紧闭的门只有在叫下一位进来，或放前一位出去的时候才打开。五个穿着鲜艳的羽绒夹克的女孩坐在自己带来的折叠板凳上，拿着塑料瓶子喝水。制片厂大门进进出出的尽是昂贵的轿车，窗子都拉上了帘。那几个女孩子开始猜测会是哪一位男明星坐在遮起的窗后。他们对自己不正经的窃窃私语不时爆出笑声。

董丹在一棵可以挡风的柏树下头站着。要在这样的季节里站在户外吹风等候，他的衣服穿得根本不够多。一个年轻男子说他希望他们可以马上录取他，这样就能混上中午发的盒饭了。那一群女孩子笑了起来。董丹不自主地也跟着他们笑。这是个快乐的地方，让人感觉年轻又健康，可以把现实抛在一边。

门打开了，一位中年男人穿着有许多口袋的帆布背心，从里头探出身来喊着："你们这些姑娘！我给你们的台词都练好了吗？"

"好了。"其中一个女孩说道。

她们全都站了起来，一个个突然都变得羞涩腼腆。

"我们需要两个妓女的角色，你们都可以来试一试。不过假如你们不愿意演脱戏，就别麻烦了。"那人说道。

一阵紧张的交头接耳后，女孩子们全都收起了板凳，冲进了办公室里。

"别忘了你们的推荐信。"那男人道。

等在外面的男人朝她们喊："喂，你们的午餐有着落了，记得留些骨头给咱们！"

女孩子们已经紧张到没法儿再调侃回去。

"小伙子们，把香烟给我熄了！还有你们，在制片厂外头别把鞋子给脱了好不好？有点样子！"他说，"我们需要十个土匪，你们哪个想要来试试？"

所有男生都欢呼起来，往办公室一拥而去。董丹起身跟在后头。

"听好，这个戏里的土匪都得剃头。哪个不愿意剃头的就等在外头。"其中有几个犹豫了，又坐回到原来的地方。董丹瞧瞧两边的人，决定留下来。他不希望顶着个大光头回去吓着小梅。

又过了漫长的两个小时，门打开了，一位老头走了出来。他的脸上化着血淋淋的妆。

"他们要你试什么角色啊，白大爷？"有人问道，"又演死人？"

"演死人才好呢。死人只要躺在那儿不动，还能休息，我还巴不得。他们要我演一个乞丐，从头到尾被打个半死。"

那老先生的声音与口音，董丹感觉有些耳熟。他紧盯着他一路朝他走来，他认出来了，他是那两个老农民中的一个，当下他想站起来扭头就跑。

"是你吗？董丹大记者？"那老先生已经先对他喊了起来。对一个像他这样年岁的人来说，他的记性和眼力还真好。

"您是……？"董丹边说边站起身，自己都知道演得不像。

老先生停下步子盯着他看。他脸上血腥的造型让他看起来有几分恐怖。

"我们等了一星期，你都没来。我们身上一分钱都没了，旅社也住不下去了，只好走了。那是啥旅社？老鼠洞！"

"想起来了，您是白大叔，对吧？"董丹道，感觉自己的表演十分愚蠢。

在彼此客套的同时，白大叔一双眼睛始终带着责难的神情盯着董丹。他脸上用笔画出来的那一道刀伤，让董丹感觉胃里一阵翻搅。

在乱真的血迹斑斑的妆扮之下，白大爷的眼睛没有放过董丹，即使他嘴里说他能够理解，如果董丹真的如实写了那篇文章，他或许会丢了他的饭碗。

"可是，白大叔，那篇文章马上就要被发表了，登在《中国农民月刊》上。下个礼拜就要出刊了。"

老先生一脸诧异。"就知道你不会诓咱!"

"这……"其实那是高兴的文章。

白大叔向前紧抓住董丹的两只手,干皱的嘴唇抖了好几下,才骂出来:"他奶奶的!"他说这篇东西早一点刊登出来就好了。生死交关就差了这么一点。整件事情说来话长,他建议他与董丹到附近小馆里用点简单的午餐,喝点小酒,慢慢地聊。那他脸上的妆怎么办。那馆子是专门为临时演员们开的,那儿的男女服务员有时也跑跑龙套。

馆子只有四张桌子,他们在其中一张坐下,点了三两高粱酒。白钢和他们用尽了盘缠后,不得不回到村子里。刚到家的那天晚上,村里的干部就找上门了。白钢立刻被抓了起来。村长说根据中国法律,他们全犯了罪:诬陷领导、无业游荡危害城市治安、逃税,还加上企图造反、与领导作对。他们必须交出四万块罚金,不然就得坐牢。村长说看在他们是受人尊敬的村里前辈,给他们两天时间去筹钱。白大叔要刘大叔趁着夜里跟他一起逃走,可是刘大叔说他不怕,他有什么好怕的,他是无辜的,他的良心就同村里那口井里的水一样清澈。

所以白大爷一个人逃了。在邻村的亲家家里躲了好几天,才听说村里发生了什么事。他离开两天以后,村干部就找上刘大叔。可刘大叔不是那么好欺负。他那牛脾气,从来不服输,谁惹恼了他,他一定会用他那一双尖角捅死你。那帮子人将他捆了起来,却被他挣脱了。他拿出事先藏在棉被下的一把菜刀,突然就朝他们冲过去。下一秒钟,他已经是满身弹孔,被扔上了警用吉普车。在路上失血过多,还没到医院就咽了气,走了。"

　　这个故事把董丹听得牙齿直打颤。他得靠一杯又一杯的烈酒下肚，好抵挡住那股寒冷。

　　"唉，他如果能读到你那一篇东西就好了。"一段沉默后，白大叔才开口。"希望你那一篇文章刊登出来之后，能让白钢得救。"

　　"你一直躲在北京？"董丹问道。他已经醉了，听不下更多悲剧的故事。

　　"不，我是在等。"

　　"等什么？"董丹问。他知道自己听上去不怎么客气，可他控制不住。还有什么比这一张老脸化着吓人的妆看起来更无助悲惨，把他心情弄糟的？

　　"我在等个人，他有权有势，愿意听我喊冤。"对方道，"我在等这个人来救我们。"

　　"等吧。等到就有救了。"董丹道。他又给自己斟了一杯，看着酒满出来流了一桌子。董丹伸了脖子、噘起嘴，大声地把酒桌上的酒给吮了个干净。

　　"他会救我们的。"

　　"他是谁呀？"

　　"他就坐在我面前。"老先生道。还多亏了他脸上血淋淋的妆扮，否则那一张脸绝对做不出像此刻如此令人凛然的表情。

　　董丹朝他猛眨眼，最后发出几声冷笑，嘴里的酒流了他一下巴。农民，跟他父母没两样，抓到什么人都当他是救星。不，应该说这情形像是，白大叔希望谁是他的救星，谁就会成为他的救星。从菩萨、耶稣、毛主席，到邓小平、江泽民。现在成了他，董丹这一只宴会虫要来替补这位老农民心中救星的缺。

"你那文章救得了咱们。它会让在位的人了解咱们村里发生的事情。为刘大叔报仇，就从这里开始。"

董丹一语不发，继续吃喝他的。老先生的脸在他朦胧的醉眼中化成一团红影子。董丹感觉好多了。这酒真是神效，特别是当你在面对悲苦的时候。

"你成天都在演尸体，是不是？"董丹问。

他说得太大声，附近的客人全都转过头来，惊讶地看着他。

白大爷说不是的。常常会一连好几天，他都捞不着合适的角色去试。有时候你试过了，他们还是不要你。如果需要个又老又丑的，又是一脸苦相的龙套，才会找他。这行当里，只有生得极俊或者极丑的人，才有饭吃。所以他希望自己长得再丑点，才有更多的龙套角色给他演。

"不是说一天可以赚到五十块嘛！"董丹几乎在吼叫。

白大叔叫他小声点，同时抱歉地看了看四周被打扰的客人。他说那得看情形。如果他们只是要你在那儿躺下或坐着，你只能领二十到三十块。还得交百分之十五给那个叫经纪人的狗日的。如果你这个龙套得挨揍，当然不是真揍，不过有时候也有一两拳失误的，你才拿得到五十块。全都看情形。如果一连好几天都没有工作，他就靠自己的血养活自己。

"靠什么？"董丹大叫。

周围的人都被他的大嗓门吓了一跳，纷纷抱怨起来。

"我卖血呀。在这儿跑龙套，他们倒把你喂得挺好。所以我就把自己养肥，养的血再去卖。还挺合算的吧？自己喝自己的血。"

董丹禁不住想到，这老头儿的血里可别有太高的胆固醇。热呼呼的饺子汤已经让白大叔脸上的血妆开始融化，看起来真像是噩梦般恐怖。

"你常来这儿？"

"我天天来。反正我也没别的地儿去。"

"你住在哪儿？"

"一般情况下就睡长途汽车站。"白大叔看着董丹猛烈颤抖的手。"你没事吧？没醉吧？……"

为了让白大叔相信他没醉，董丹挤出了一个傻笑，就像所有喝醉的人证明自己没醉时，都会表现出的那种傻笑。

"你醉了，这时不醉啥时醉？"老农民道，"我一直在等这一天！我要看看那一群狗日的下场，看他们开除党籍，关监狱。"

他接着又说这些狗日的就配那下场。他所有的等待都终将有结果，是不是？中央领导们读了董丹的文章，一定都会开始处理这件事，说这一群野兽怎么会如此大胆，吸农民的血汗，还敢称自己是党的干部，来人啊！统统给我抓起来……老头儿口齿越来越不清，终于他不再做声，开始打鼾。

董丹把白大叔扛到了那棵柏树下。当那个中年经纪人来喊他上场拍戏时，白大叔一径朝他吼着操那些村干部祖宗十八代，党一定会把他们开除的。经纪人没办法，只好到附近的农贸市场抓来另外一位老头儿替补白大叔，一边抱怨连连，花了一整个早上才给白大叔上好的妆全白糟蹋了。

29

　　陈洋那一篇专访的校样已经出来了，即将登在下一期的《读者周刊》上，作为那一期的封面故事。那是一份拥有两千万订户的杂志。高兴请董丹上"酒吧街"一家具有南洋风情的餐厅。星期六晚上，整条酒吧街挤得水泄不通，全是来自世界各国的流串客。已经是秋天，北京到了这时候，渐强的风总带来了细细沙尘，可是在餐厅户外的人行道上，仍然摆满了桌椅。桌椅中间立着一把大阳伞，被风吹得劈啪作响。整条街上音乐声大作，两侧的树与树之间都挂上了五彩的灯泡，对着随时在迷路的人群不停地闪动。"百威"、"海尼根"、"约翰走路"、"人头马"都立起了霓虹招牌，但是每一家酒吧仍然企图以他们特调的鸡尾酒招揽过往的客人，或是强调他们有更好的乐队，他们的节目更带"色儿"。说到"色儿"，他们都特别强调一番。让人明白那不是一般的"色儿"。从每家酒吧的窗户看进去，都可以看见一两位表情陶醉的女歌手，唱得死去活来，痛苦地扭动着肢体。董丹已经头昏眼花，不知道该朝哪儿看才好。"你好，大哥大姐！"两个年约十八岁的黑人男孩朝高兴、董丹走来，竟然操着标准的北京话，轻声问他们要不要来点儿大麻或摇头丸。一些小伙子站在当街，拉皮条一样对着来往的人吆喝，为自己的酒吧在拉客。

餐厅是一栋三层楼的建筑，外边全漆成了粉红色，挂着粉红窗帘，还吊着粉红色的灯笼。跟高兴走进去之前，董丹打量了它一番。让他感觉庆幸的是，它不像他与吴总用餐的那家餐馆，大门口列了两排"活木偶"。这地方也没有金狮子，或是塑料叶子的假棕榈那类玩意儿。等董丹追上高兴，上了通往二楼的阶梯，他发现这建筑里面看起来竟然像他与小梅住的那栋厂房，全是粗糙的水泥结构，却用了非常女性化的材料与色彩做装饰，譬如：椅子上摆着桃红软缎靠垫，粉红的轻纱帘幕，粉红色丝绸灯笼的粉红柔光下，晃动着粉红的男男女女，笑出粉红色笑容。地板用的全是雾光玻璃。董丹好不容易在椅子上把自己安顿好，这里的气氛竟然让他经历一种非常奇特的心动。他说不上来到底是美还是丑，他从来没有见过粗犷与娇柔能够如此结合。

"回家再看。"高兴说。她是指那几页校样。

"嗯。"

董丹觉得自己懂了：为什么这个地方看起来这么有媚力。性感，这就是这里的味道。

高兴把那几页校样交到了他手里，一面说："我不喜欢人家在饭桌上读我的文章。读我的东西，得正襟危坐。"

点完了菜，高兴便伸长脖子四处浏览。他们的桌子挨着二楼的栏杆，可以看见一楼大厅中央的鱼池，又肥又大的红色鲤鱼在混浊的水里游来游去。他们的头顶是玻璃的屋顶，正好也是三楼的地板。高兴告诉他，如果玻璃地板够透明的话，你可以看得见那些女孩子迷你裙下的内裤。

"她们才不会在乎曝光。她们的迷你裙是她们的活招牌。"高兴说,"那些老毛子最喜欢穿迷你裙的婊子。"

他们的汤端上来了。吃第一口那味道简直辛辣得难以忍受,可是当舌头习惯了起初的不适,辣味渐渐就柔和了,与此同时你的味觉因此变得敏锐,去品味剧烈的酸味、辣味、异国的香味。董丹从来没有尝过如此刺激而又丰富的滋味。这是一种必须苦中作乐地享受的滋味。

"你瞧,那边那个穿迷你裙的,好年轻。"高兴的悄悄话是用气吹出来的。和着一口浓烈的香烟味儿,与其说听到还不如说是闻到了她话的内容。

他转头去,只见一个有双细长腿的女孩,挽着一个老外的手臂正上了楼梯。

"这些都是高档婊子,都能撇点儿英文。你该听听她们的英文。村里的口音之重,还敢说自己是大学生。"

她那张嘴够缺德的,完全忘了董丹也是混在北京的乡巴佬之一。第二道菜没什么特别,他开始期待下一道。这时手机突然发出了声响。收到的这条短信说:"想要来一场浪漫冒险吗?我是你最佳选择。"

"什么?"高兴问。

"不知道。可能是拨错号了。"

高兴隔着桌子夺过他的手机,读了短信。然后便开始替他回信,一脸的诡异笑容。

"你搞什么鬼?"董丹问。

她不理他,一按键把回复发了出去。

几秒钟后,对方又回发了:"身高167,体重49公斤,今年十九岁，中央戏剧学院的大一学生。"

"接下来，"高兴说，"你想在哪儿跟她见面？"

"她叫什么名儿？"董丹说。

"管她叫什么名儿，她们可以有一千个不同的名字。噢，对了，你也得改头换面：你不能是自由撰稿记者，名字也不叫董丹。你是做生意的，开了一家大公司。"

"我的公司是做什么的？"

"房地产啊。你正在建好多楼盘，就跟那个姓吴的王八蛋一样。这类娘们都觉得你这样的特抢手。"

"好吧。"

她代他发出回复。一边按键，一边大声宣读内容："听起来你是一个漂亮的女孩子。我迫不及待地想见到你。"她边笑边继续："首先，我想邀你吃一顿浪漫的晚餐。现在就来吧。我给你报销出租车费用。如果你找不到这家餐厅，随时发短信问我。"

对方回答说她知道餐馆的地址。事实上她人现在离此处不远，十五分钟后就能赶到。

"你猜怎么着？她说不定就坐在对面的酒吧门口，只要穿过马路，再上楼就到了。不过她会在人行道上捡一张出租车发票，二十或者三十块的，让你给她报销。"

"万一她来了，你不会走吧？"董丹已经开始紧张了。

"我当然得走。"她说。

高兴走到临街的窗口，向外张望。

董丹感觉肠子打了结似的。想到一会儿要跟那女孩儿见面，他已经没胃口吃饭了。他想不出要跟那女孩子聊些什么。该谈她的戏剧课？还是谈正在播出的连续剧？他得编出多少谎话，再加上多少无聊话，才能够填满接下来这段时间。

"她到了。"高兴从窗口扭过头来说道。她赶紧跑回餐桌，把盘子里的剩菜排整齐，又把用过的筷子换上一双新的。"还剩这么多菜呢，不过如果你爱上她，可以再给她点一两道菜。要是她想喝酒，你让她自己点。有时候酒精能让人少撒点儿谎。"

董丹拽住她的胳臂："那我是做什么生意的？"

"你是盖楼的啊！"

"对了，我想起来了。"

"这叫房地产开发商。"

"开发商。"

高兴刚撤到窗口那张桌子旁，就有一个二十好几的女人出现在楼梯口。她左顾右盼，想要招惹所有男人的注意力，不管他们是一个人坐着，还是有一伙哥儿们做伴。接着她拿出手机，边按号码边试探性地朝董丹走来。董丹的手机响起，简讯显示："抬起头来，我到了。"

董丹抬起头，见她带着挑逗的笑意站在他面前。作为一个男人，董丹每次碰上女人这样对他笑，他都觉得自己仿佛成了入套的猎物。他站起身，做个手势请她在对面坐下，就是高兴先前的位子。那女孩跷起腿，喇叭裤的裤管微微提起。董丹扫了一眼，她那双高跟鞋的两个后根就像两根小顶梁柱。她穿那样的鞋走路，怎么没有崴断脚脖子？董丹给她倒上茶，她俏皮地说了声谢谢。你没法判定她到底漂不漂亮。她的鼻子高得令人可疑。

"How are you？"她一开口就说英语。

如果董丹先前对她还有那么一丝遐想，听到这句话之后完全烟消云散。他笑着点了点头。

"Glad to meet you!"她坚持说英文。

难道酒吧街上的窑姐儿都这样装腔作势？他又朝她点了点头，可是这一回没有微笑。她对于他的不擅长英语表示失望。显然的他不属于那些合资企业的高级主管，把老婆留在外国，自己只身在北京找乐。

"快吃吧，菜要凉了。"董丹道。

她道了谢，拿起筷子。她吃相不错，咀嚼的时候，两片嘴唇几乎是痛苦地抿得紧紧的。董丹朝高兴偷望了一眼，换来一个严肃的眼色。女孩子端起汤碗时，露出了左手腕子上一串又圆又大的琥珀珠串。

"这些玻璃珠子很漂亮。"董丹道。他对宝石毫无概念。

"是琥珀。"她边说边把手臂伸过桌，让董丹看清楚。"我妈给我的。她信佛。"

"你也信佛？"他不知道自己该不该握住她的手。

她叽叽咕咕笑着，抽回了自己的手。"如果我说我信，那我今晚就不能点酒。你知道老舍写的《老张的哲学》吗？猪肉贵则回；羊肉贵则佛；茶叶贵则耶。"

她一时得不到董丹任何反应，因为他还在消化这几句话的意思。然后他大笑了起来。她不止十九岁，也不是戏剧学校的学生，不过她倒是挺聪明风趣的。董丹发现他有点喜欢她了。

"你叫什么名字？"董丹问道。

"夏梦。"她望着他，"当然我不会告诉你我的本名。我们又不是来这儿谈恋爱的，对不对？"她带点儿挑衅地说。

董丹笑起来。他没想到自己可以跟一个干这行的女人这样大笑。

"我不会爱上任何男人。"她说，"现在不会。在可预见的未来也不会。"

"为什么？"

"因为我喜欢我现在的生活。我可怜那些做老婆的，她们的老公在家得不到的东西，只能上我这儿来找。通过男人才能了解女人，所以你就发现绝对别做男人们的老婆。短暂的激情总比没激情好。我就想跟有教养、有地位的男士做伴儿。这些男人一跟他们老婆在一块儿，就犯'性美感疲乏症'。"

董丹猜想这女人受过不错的教育。

"没准我没身份也没教养呢。"董丹说，"你怎么知道？"

"我的信息可靠，介绍给我的男人没一个是下三烂儿。我也凭自己直觉啊。"

董丹想要再替她点几道新菜，但是他对这儿的菜单不熟悉。他道了失陪后起身，在经过高兴桌子的时候，用一个眼神要她跟他走。他从餐具柜上拿起一份菜单，偷看着夏梦的背影，然后把高兴拉到了一道丝幕后。

"怎么点菜？"

"那就是说，你喜欢上她了。"高兴边说边看菜单，"这可太危险了。采访一个婊子就爱上一个，你的心还不碎成肉末？"

"那你去采访。"他说。

高兴笑了。董丹隔着帘幕偷瞧着女子的背影。有一个外国女人正在跟她询问什么事。

直到董丹已经要回座位，那个外国女人还在跟夏梦说话，想来这个夏梦的英文还挺溜，她不仅会说，连说话时的手势都是洋腔洋调，又耸肩又翻眼。董丹偷偷打量她，原来给有钱人用的婊子还真得会两手。

结果新点的两道菜都辣到夏梦无法下咽。她又给自己点了一道清爽的泰式炒面。她既没有喝酒也没有抽烟。她不会逞一时之快而破坏了她的形象，甚至利益。如果你对你的工作够认真，对你的客户够负责，她说，你的生活就应该有所节制。

"你是做什么的？"夏梦问道。

"我？噢，我是……我盖公寓楼、办公楼什么的，然后再卖。"

"是吗？"她盯着他看。

"怎么了？"

"那种水泥预制板是怎么做的？"她放下筷子，两个手肘撑在桌子上托住她的下巴。

"把水泥兑上水，搅和匀了，再倒在模子里，再把模板拆了，让它们晾干。"

"怎么跟老农托坯似的。"

"差不多是一种技术。"

她笑了笑。

"问你真话——你到底是干嘛的？"

"我不是跟你说了吗？"

"拉倒吧，连怎么样做预制板都不懂！"

董丹笑了，可她脸上这时毫无笑意。

"那你告诉我，预制板是怎么做出来的。"董丹感觉自己的微笑变得十分费劲，成了吴总那一种厚脸皮的笑法。

气氛开始变得有一点僵。

“你从哪儿来？”他问道。

“你什么意思？”她道，又露出了笑意。

“举例说，我是从甘肃省来的。在北京的人绝大多数都是从外地来的。”

“我先去一下化妆室，回来再告诉你。要乖乖的，别趁我不在的时候又勾搭其他女人。”她把脸倾向董丹，隔着桌子碰了碰他的手，起身拉了一下喇叭裤，离开了。走了几步，她又停下，转过身朝董丹做了一个非常性感的表情。

二十分钟过去了，她还没回来。高兴去洗手间查看，那儿的清洁女工说这三十分钟里也没人进过女厕所。夏梦一定怀疑董丹要么是便衣警察，要么是记者。

董丹将他们刚才的谈话内容重述给高兴，高兴全做了笔记。他边说边看，头顶的玻璃天花板上有脚步在移动，是一双高跟如同两根顶梁柱的鞋子，后面跟随的是一双尺寸巨大的皮鞋。董丹觉得他还看见了喇叭牛仔裤的裤管，但是他无法确定那是夏梦。也许她发现了另外一个有教养、有地位的男人，正想成为他身边有趣的伴侣。

他看着那双微型柱子移向了角落，感觉很嫉妒。他是喜欢她的，即便她装腔作势。

“采访还不错嘛。”高兴合上笔记本说。她看到董丹眼里噙着泪水，正机械化地把红辣的食物塞进嘴里，她从她的皮包里抽出一张面纸。

“得相思病了？”她边说边把面纸递了过去。

“菜太辣了。”董丹指了指夏梦碰都没碰的食物，猛吸鼻子，用面纸揉着眼睛。

"要是下一个跟这个一样能说会道就好了。"高兴说。

"下一个什么？"

"哥儿们，你的桃花运才刚开始哩！"

她给了董丹一个手机号码，专门提供地下服务，把收集来的有钱男人电话转卖给这些妓女。从今以后，董丹的手机将会被色情行业的女人发的短信息给塞爆。

回家的路上，董丹的手机又发出哔哔声。

"你好吗？"短信说。

董丹回复说他很好。

"你一点都不好，你很寂寞。"

没有必要争辩。在他前方是一座正在整修中的地铁站。北京是一座永远没有办法完工的城市。总有上千个建筑新点子在彼此冲突矛盾。今天这家公司把一道沟挖开，好让明天的另一家公司去填。

"我知道北京许多有趣的地方，你希望我带你去吗？"短信说道。

下地铁站的阶梯又陡又荒凉，董丹边下楼边回复说：这时候去任何地方都太晚了。

"才十点而已。有趣的地方要过了十点才好玩。"

发短信的人用的是更紧迫盯人的态度。董丹问对方，他们可不可以明天下午两点钟约个地方见面。

"你好残忍，要我那么早起床。"

董丹觉得挺有趣。他问那她通常都是几点起床。六点，正好起床看晚间新闻。

等他下到了楼梯底层，进了地铁站，信号就被切断了。

只有五位乘客跟他往同一个方向。突然间老十又回到了他的心里。他这才发现这些日子其实她一直都在他的心里。他心里像一个旋转的舞台，只有被孤独的光打亮时，才能看见背景中的景象。接着，一种渴望排山倒海而来。老十这会儿是不是也正在某处给男人发短信呢？他怎么才能知道，躲藏在这些短信背后的人不是老十？她会不会发现董丹就是收到她这些挑逗撩拨短信的人？如果高兴的计划是要协助像老十的姐姐这些受害者，让她们的声音能够被听见，那么董丹就要继续跟这些女孩子会面，跟她们进行访谈。现在他跟老十的那一段结束了，他真的能帮她，他不必再因此恶心自己。对他来讲，良心就是这种恶心——当你用某种方法做了某些事情之后，它会让你感觉到对自己恶心。他不知自己有没有良心；他只知道自己有这种奇特的恶心感觉。他必须承认高兴的这个主意不错：以老十的姐姐被处死做主轴写篇报导。他会协助高兴完成它。她需要他去采访多少妓女都成。等到文章发表出来，怎样才能知道老十对这篇文章的反应呢？

　　心事重重的他发现一只误闯进地铁站的鸽子，怎么也找不到出口。鸽子一会儿飞进隧道，消失在不确定的黑暗处，过了一会儿又突然飞出隧道，穿过站台，身上沾满了泥灰，比先前更绝望。一双翅膀失去了平衡与准头，只能疯狂地拍打，响起巨大的回音。董丹看着鸽子，感觉于心不忍。对一只鸽子来说，这恐怕是最恐怖的梦魇了，一次次重复同样的路径，仿佛是一个冲不破的魔咒，不停在一个黑暗神秘的轨道上循环。它越是想要逃脱，结果陷得越深。它又一次往隧道里飞冲去，整个身子歪斜着。它将继续地飞，直到精疲力竭，坠地而死。

　　为了让自己分心，他把那一篇陈洋专访的校稿掏了出来。他靠着一根柱子，在花岗岩地板上坐下，开始阅读。车来了，他上了车，继续读着。老十又被推入舞台的黑暗背景。董丹发现高兴的文笔确实很好，深入又诙谐，呈现了一个伟大艺术家可爱的缺点以及外人无法欣赏的过人之处。就当地铁快要接近他的目的地时，董丹读到了最后一段，吓了一跳。

　　这段说陈洋有些忘年交，他们的父亲都是权贵之士，必然会帮助他解决这一次的司法难题。由于税法对许多中国人民来讲，还是一个新规定，因此可以辩称老艺术家之所以惹上麻烦是无心之过，而非蓄意犯罪。凭他那些有势力的朋友相助，为这一桩诉讼翻案应该是易如反掌。在中国，每件事情都可以有不同的诠释，而且要看谁作诠释。

　　董丹到站下了车，一边登云梯似地攀登地铁出口的阶梯，一边开始拨电话。等高兴那头接起，他这里已经上气不接下气。

　　"怎么啦？"她的声音懒懒的。背景喧哗声大作。

　　他不停喘气，猛吞了几下口水。"你……你怎么能这么写！"

　　"什么不能这么写？"

　　"你不能出卖他！"

　　"你在说什么呢？"

　　"你把陈洋那篇文章的最后一段给我拿掉。"

　　"谁说的？"

　　"你利用我。我告诉你陈洋接了某某大官的电话，然后他们在电话上商量税的事儿。我当时挺高兴的，觉得有人能够帮老头一把……"

“我也很高兴啊。”

“我以为那个高干儿子一帮忙，他只要付一笔罚金就可以从这场官司中脱身了。”

“对呀。”

“你怎么把我一不留神偷听到的话给写进去呢？”

“你早干嘛去了？有什么事你不想让我写出来，在我动笔前你就该打招呼啊。”

“你让我成什么人了？成了那种我自个儿最想干掉的人！”

“我问你，陈洋打电话的时候，有意回避你了吗？”

“没有！他相信我啊……”

“所以你告诉我的事并不是偷听来的。”

“你必须删掉它。”董丹说。他火冒三丈，浓密的头发下，汗珠一颗颗渗透了出来。

“来不及了，明天一早就出报了。”她的语气就像是一个巫婆，对被她施了法的人炫耀她的胜利。

“那你就那篇文章给我撤回来！”

“给你撤回来？”她的声音中开始出现恫吓。

“对。”

“那你倒说说看，如果我不撤，你想怎么着？”她发起狠来。

“一般情况下我不会对女人动手。不过那只是一般情况。”他说。他很高兴他又流露出已经被他压抑了很久的流氓本性。

“既然要摊牌，那我也告诉你，你那篇《白家村寻常的一天》，早就从下一期的《中国农民月刊》里给抽掉了。换句话说，那篇文章已经被查禁了，不得刊登。我不忍心把这件事告诉你。我本来想，等我找到别的刊物把它刊登出去，再让你知道。不过，那得看你对我够不够好。"

董丹站在冷风呼呼的夜里，看着郊区新楼盘的幢幢阴影。他已经告诉了白大叔，文章下个礼拜就会登出来。他闭上眼，又看见了白大叔的笑容——被血肉模糊的妆弄得惨不忍睹的老脸上，堆出的感恩戴德的笑容。

"我会想办法让那篇文章发表，我会去找一些地方刊物。有些时候，那些刊物才有胆量曝光这类事情。过去有不少争议性事件就是被这些刊物首先披露的。有的时候它们会被政府查禁，可是没多久又会另起炉灶。再出现的时候，它们一定会成为国内最炙手可热的杂志。"

董丹什么话都没说。白大叔一直在卖血，他一直在期待有人能够成为他们这些沉默的村民的喉舌。他扮演尸体，趴在秋天湿冷的地上，一趴就是几个小时，或是让人对他拳打脚踢，为的就是有一天能看到这篇文章被发表，那么为刘大叔复仇就有望。

"如果你需要我帮忙，首先你得先帮我。"高兴说。她一个人说个没完，董丹的心里只想着白大叔。"别人怎么会知道你是我情报的来源？他们不会发现的，陈洋也不会怀疑你。他身边有这么多人，其中任何一个人都有可能偷听了他的谈话。"

"这太不地道，知道吗？我真觉得这太不地道了。"

"我知道。但是我们是在为人类文明作贡献，职业道德的小瑕疵不算什么。"

董丹感觉仿佛有一大块已经腐烂的食物硬塞进了他的喉咙里。他说："那随你便吧。"然后挂了电话。

30

　　天还没亮，董丹就从床上爬了起来。梳洗完毕后，他匆匆下楼。早晨的交通还没有开始拥挤，空气仍然十分干净。这是一个凛冽的清晨，被霜覆盖的菜地显得灰蒙蒙的。他走了一公里路来到地铁站，发现自己的心情已经转好了许多。

　　当他来到陈洋家时，看见前面草坪上停满了车子。艺术家有许多访客留宿，他们统统过了四点以后才上床。董丹决定先去附近农贸市场走走，吃碗酸豆汁油饼什么的。他已经好久没吃市场摊子上的早餐了。食物的香气很远都闻得见，让他满嘴跑口水。

　　他吃完早饭，又买了一份打包带走。如果陈洋不想吃，他可以留着当午餐。没想到老艺术家一闻到酸豆汁的怪味就欣喜若狂。

　　"什么东西这么香？"他在床上就大声嚷嚷，"我一闻见就醒啦！"

　　陈洋脚步匆忙地立刻出现在走道上。他说他那些老婆们，这么多年都不让他吃这玩意儿。他几乎都已经忘了这道美食的存在。这世上除了董丹之外，没有人了解他。没有人在乎他喜欢的东西，除了董丹。

　　董丹在沙发上坐下，胳膊肘搁在膝头，上身前倾。他对自己说，先让老头儿吃他的早饭。他不愿意他下面要说的话坏了陈洋的胃口。一旦说出口，他知道陈洋不会原谅他。他糟蹋了老艺术家对他的信任，盗用了取之不当的重要信息。可是过了一会儿，董丹发现自己已经没那么大的勇气来供认这档事了。陈洋先问起他最近都在干什么。回答时他说起那篇《白家村寻常的一天》，心想老头儿反正也不会专心听，但是让他诧异的是，老艺术家这一次竟然牛头对上了马嘴。

　　"有这种事？有老农民被开枪打死了？这个社会成了什么了？"他放下装食物的小塑料桶。"咱中国人都成了什么了？你就应该把它揭发出来。文章什么时候发表？"

　　"他们把它查禁了。"

　　"这一群腐败的王八羔子！他们的杂志叫《中国农民月刊》，结果都没种为农民说实话？！"

　　"没有一家刊物想惹这个麻烦。"董丹道。

　　陈洋沉吟了半晌后，道："好，那这么着，我们也可以给它来个走后门，对不对？"他猛地站起身，嘴角还沾着酸豆汁灰色的黏汁。"咱们有的是又宽又大的后门，只要有秘密门道都进得去，进了门就能扭转乾坤。"

　　陈洋急急忙忙往走道上去，朝在尽头的几间房大喊："喂，都给我起来！人都给杀了，还睡得跟死猪一样！"

　　其中一扇门开了，一个穿着白色长睡袍的女人走出来，一边抓着头发一边抱怨；她昨晚喝多了，又没睡好，现在头痛得厉害。原来是李红。风波一过去，她果然就回到这儿来了，正如陈洋早先预言的一样。她朝董丹扬扬下巴，草率地打了一个招呼，然后就在电视机前的沙发上坐了下来。董丹明了在她心里，他已经出局了，因为他并没有做她的好眼线。另外一个房间里，有人把电视和音响给扭开了，开门的是董丹在首都医院曾经见过的那一位年轻人，赤裸着上身探出头来吆喝了一声："咖啡！"

立刻就有一个女佣不知从哪儿冒了出来。一手端着托盘，一手提着咖啡壶，赶了过去。

"你别进来，我没穿衣服。"那年轻人说。

从半开的房门口，两人笨拙地交接了咖啡壶与托盘，这时年轻人问陈洋谁被杀了。

"一个像我一样的老家伙！"大师道。

"哦，那不是您。"

李红闻声大笑，扭开了客厅里的电视机。

那年轻人关上门，消失了一两分钟，然后又出现了。这一次吆喝的是："果汁！"

女佣再度神奇地从天而降，端来了一壶橙汁和玻璃杯。年轻人总算在客厅里出现了，说他现在才算比较清醒。他拿起电视遥控器，问起那个倒霉的老家伙到底是谁，是他认识的人吗？陈洋把整件事的扼要转述给他听。年轻人不停地转换频道，一边说这的确是一件倒霉的事。那老头儿的家人怎么不去地方上的执法单位控告？杀他的就是警察呀。找不到他想看的节目，年轻人站了起来，同时生气地说，这样的悲剧真让他震惊。

"董丹写了一篇关于这件事的报导，结果不准登。"陈洋道。

"董丹是谁?"年轻人问话的同时,眼睛一直没离开电视屏幕。

"是个记者。你见过他。"

"我见过?"

"这不重要。重要的是,他的文章在出刊前几天被查禁了。"

"喂,"李红朝那年轻男子发出娇嗔,"你到底让不让我看电视啊?"

"你们女人怎么会需要这么多洗发露?"年轻男子问,"每个频道都在卖洗发露!"他一边继续转换频道,一边继续跟董丹说:"换一家杂志发呗。少说还有好几千家报刊呢。"

"没人敢发。"董丹道,"这是个敏感话题。"

"怎么会是敏感话题?"

"因为有农村党干部对农民施暴……"

"噢,农民。他们还活在中世纪。"

"说到农民别用那种语气,啊!"老艺术家道,"你爹也是农民出身。"

"所以我跟他没法相处。"

"你能不能帮他登这一篇文章?"老艺术家问道,假装没有看见李红在旁使眼色。

"你想在哪家报刊发?"年轻男子对董丹道。

"哪家都成。"董丹回答。

"好吧。把你的电话号码留下,我会让他们打电话给你。"

"那我怎么把文章给您呢？"董丹问他。

"把文章给我干嘛？"年轻男子显得不耐烦了。

"您不得先看看？"

"我不用看。"

董丹望着他。

"明天你打个电话给我，要不我该忘了。"他给董丹一张名片，上面什么也没印，除了他的名字与电话，用的是娟秀的烫金字体。

31

　　董丹摸了摸他口袋里那封盖有《中国铁道日报》公章的介绍信。他在餐馆门外逗留了许久，一直观察门口登记处的动静。一身珠光宝气的女老板在迎接宾客时像是高高在上的皇后，站在由菊花堆砌的王位下。从玻璃门里一直到玻璃门外的阶梯上，全都铺满了各式各样的菊花，花涛滚滚直泻人行道。这些都是来自这个城市的各界名流的贺礼。在楼梯底端搁着一个巨大的装满五颜六色菊花的花篮，由于颜色鲜艳、体积惊人，显得格外突出。是那位吴总送的。一个民工两年的工资就这样又飞了。

　　如果人体宴里有警方的卧底怎么办？他们或许猜到，一些像董丹这样的宴会虫会来这里冒险。点阅着每一个在登记处的记者，董丹一双汗湿的手在口袋里紧紧握着那一封假介绍信。他看到小个子三步两步爬上楼梯，身边跟着那位摄影师。他也像董丹一样，心里七上八下吗？一位女记者走过董丹身边，愉快地称赞他今天看起来很帅。他今天穿上了他的黑色皮夹克以及羊毛西装裤，那套高兴手笔的行头，深红色领带则是他专门为今天出席宴会添置的。他把眼镜换成了细银丝框边，使他看起来几乎像一位有品味的生意人。一年半来在各种酒宴上的历练，让他长了不少见识。

一辆长型礼车在门口停下。董丹发现车里这位重量级人士不是别人，就是那位吴总。一身全白西装，打着黑色的领结，他看起来比之前更加伟岸，脚下的皮鞋每走一步都发出崭新的叽叽声。他大声地跟认识与不认识的人打着招呼，跟女老板以及柜台小姐调着情。

"迟到了，吴总！"女东道家道。

"我知道！"

"你知道没有你，我们是开不了场的。"

"一点没错。"

"迟到罚酒三杯喔！"

"罚十杯！"

他们大笑起来。

"各位先生女士，我们现在就要开始了。"女老板宣布。瞬间她的身影被几百盏闪光灯照得全白，仿佛冻结在那里。

董丹通过登记处时很顺利。登记处的姑娘因为太兴奋，只是匆匆忙忙检查了他的证件。当他签名时，他看到那一张以前他虚构出的那家公司的名片。小个子竟然还在用它。他走进大堂，音乐恍若隔世。灯光全暗了下来，取而代之的是点点烛火。穿着雪白丝质制服的服务生推进来六部小车，同样铺盖着雪白的丝罩单。宾客感觉一股冷冷的微风吹过，和着魂牵梦绕的音乐，一张张白丝单下躺着的像是刚从殡仪馆推出来的尸体。

接下来服务生们要为这六台车揭幕。他们用拇指与食指捏起丝单的四角，那兰花指动作透着女性化的灵巧。丝巾一点点揭起，食物与鲜花立刻映入眼帘。丝巾最后被提起，人们才看见玉女们的真面目。她们的玉体被一层一层的鲍鱼、鲜贝、对虾以及各式的海鲜刺身覆盖。女老板向众人解释，想要欣赏她们美丽的天体得慢慢来，等大家把食物一片一片从她们身上夹起之后。

客人们端着盘子，绕着以身体当器皿盛装昂贵海鲜的女郎们徐徐行进，仿佛在葬礼上瞻仰遗容。没人说话，只有人窃窃私语。也没人彼此对视，如果有谁被发现盯着那些玉体打量，那人立刻就会转移目光去看地板。甚至连原本要制造欲仙欲幻氛围的诡异音乐，都让每个人感觉焦灼不安。

女老板也注意到大厅里的尴尬气氛。她用愉快的声音说：这些女大学生们个个成绩优异，说不定哪天就成了在座的总执行官、董事长们的助手或小秘书了呢！

客人们都笑得很僵。

食物一片一片被夹起，玉女们的裸身一点一点浮现。

如果你现在瞧见董丹的模样，你会看见他双腿发软，端着盛满食物的一只大碟子；你从来没见过他对于吃这样缺乏热情。他步伐迟重地缓缓向其中一台车走去。他的脸色苍白，眼睛无光，嘴巴如同嚼蜡。与其说是他的眼睛，不如说是靠他的直觉认出了这位玉女的身体，尽管她的面庞仍被轻纱覆盖。

女老板向客人们演说起中国历史以及东西方文明中的情色艺术和美食的关系。食物即将用尽，宾客们变得更加躁动。现在只剩女孩私处部分的食物了。吴总走向前去，带着戏谑意味地夹起一大块龙虾肉，然后退到一边让大家看看肉底下那一块柔滑的突起。众人目瞪口呆：一颗乳头在他们眼前活了一样渐渐挺立起来。

吴总故意把那一片白色的龙虾肉移到嘴边，用舌头去舔它。

"唔，真鲜美。"他存心以销魂的声音哼唧着。

大家放松了一些，互相推挤调侃着朝那些女郎一拥而上。音乐一转，变得轻快俏皮，同时一些蜡烛灭了。表面上大伙儿嘻嘻哈哈笑闹着，他们的筷子却都实时伸向最大面积的鲍鱼与龙虾肉，好快一点看见玉女们最私密的部分。

老十的身体现在已经完全裸露在眼前了，看起来并不像董丹记忆中那么新鲜，想必是被冰得过头了。然而董丹还是认为她是这六个女体中最美的。董丹走向前去，轻轻叫了一声："老十。"

除了老十，没有人听见。他又轻唤了一声。她的身体开始轻微抽搐。董丹失神地站在那儿，瞪着她。顷刻间她的身体害臊坏了。一具裸体竟然有着如此的害羞表情。

他知道不该站在那儿盯着她看。虽然她一动也不动，董丹却能看出她在她的肌肤下挣扎，想从他目光下逃开。她的身体被他的目光钉在那里，急得火烧火燎起来。他觉得她在使劲并拢双腿，两只胳臂也因为想遮住乳房的垂死企图而变得僵直。

他自己逃开了。

这时女老板宣布，这些睡美人们将要醒来，恢复成正常的女大学生了。董丹站在角落里一座巨大的菊花造型下面，随着众人的掌声与喝彩，女郎们从棺材似的车上起身，每个人身上都还挂着鱼肉屑，流着蚝汁，沾着菊花瓣。她们向前一步，优雅地做了一个蹲身礼。服务生们立刻拿来了轻纱披风围在她们的肩头。接着女郎们以舞蹈碎步走向每一位客人，公主似的行礼。老十有些心不在焉，眼睛瞥来瞥去，四处搜寻着董丹。董丹往阴影里又退了一步。她没有发现他，以为他已经走了，明显地松了一口气。

吴总说了句什么笑话，惹得老十跟其他人一起笑了起来。看样子老十并不认识这个吴总。他朝老十走去，与她握了握手。她朝他笑着，整个人笼罩在他笑盈盈的目光之下。看来他并不是害死她姐姐的那个男人。是另外一个同样戴着硕大翡翠戒指的男人毁掉了小梅。董事长、执行长官、总裁多如牛毛，老十总会被他们中的一个挑中，采摘，然后被糟蹋掉。

董丹头也不回地往大门走去。

两名男子尾随着他。接着他听见另外两个人也从餐厅里走出，跟了上来。这几个家伙既不凶恶也不可怕，他们甚至面带微笑，或许是他们不想把事情闹大，坏了今晚所有人的兴致。

"跟我们走吧。"其中一人说道。

董丹乖乖地跟着他们往外走，左右各一个警察，身后还跟了两个。为了宴会上所有人着想，董丹一点都不想给警察们添麻烦，走得乖乖的。这会儿老十正在与她的观众们共进甜点。也许吴总正在问她上的是哪所大学。他们的虚假关系就要开始了，除了她赤裸裸的美丽身体之外，什么都是假的。

董丹看见一辆警车从停车场开出，朝他们驶来，同时也听见了手铐准备就绪，发出叮当的声响。一阵剧烈的反胃突然袭来，他感觉到自己身体里发出一声畜类的低吼，弓下身开始大吐特吐起来。他的腹底似乎有一台强有力的泵，把所有固体、液体的东西全从他的嘴里泵压出来，掷地有声地落在路面上。有那么一刹那，他奇怪自己这"哦哦"的吼叫是从哪儿发出来的。那声音已经像滚滚闷雷了。今晚他没吃多少东西，在看见老十以前，他不过吃了几片海鲜，现在应该早就吐干净了，可是他仍然岔开了腿，蹲在那儿不停地往外倒。他感觉这一年半以来白吃的所有好东西这会儿都给倒了出来。渐渐地，他满嘴酸味，那是他在军队里头偷吃的馊包子的味道。当炊事班在讨论是不是该把那些发酸的菜包子拿去喂猪时，他把它们全偷了来，跟几个同样出身贫苦的农村兵分吃了。现在他得不停地移动两脚，才不会踩在自己吐出来的秽物里。他渐渐不再发出呕吐的吼叫，然而还是没吐干净。胃液已经不是酸的，而是苦的。苦味是来自母亲煮的榆树皮掺和的小米糊糊。这样剧烈的呕吐简直把他的胃从里到外给翻了出来，胃壁上每一道皱褶都没逃过，就像小梅烧鸡杂把鸡肫翻成里朝外清洗一样。接下来是剧烈的疼痛。每吐一口都让他感觉一阵可怕的抽搐。他尝到略带铁锈味的血腥，仿佛吐出来的已经是他这条命的一部分。他的五脏六腑天翻地覆，感觉上他把自己三十四岁一生的饮食历史都吐了出来。

那几位警察在他们勤务范围内，全站得离董丹老远，嫌恶得喉结上下抽动。董丹由吼叫转为哼唧，为了不让自己摔倒，他只好两手撑地，看上去就像是一只四脚着地的大牲口。

警察们见他用手猛力一撑，把自己撑得站立起来，却又跟跄几步，整个人空洞而憔悴，比他们印象中的他小了一圈。

"我想跟我女朋友说两句话。"他用被胃酸腐蚀的声音，向站在他右手边的便衣警官哀求。"我不想让她担心。"

"你不是有老婆吗？她叫什么来着？叫小梅，对吧？"

"别在这脏地方提她的名字。"董丹道。

"要是你进去再闹点什么……"

"不会的，闹了你们给我加刑呗。要不就把我当场毙了，反正我是你们网里的一条死鱼了。"

四个警察你看我我看你，最后站在董丹右边的那位扬了扬下巴，表示同意。

董丹带着轻松的微笑，走到吴总的身边。吴总看到董丹有意求和，马上喜出望外。董丹摘下腕子上的手表，把它绕在右手的指关节上。吴总说了句什么，但是董丹全没听见。他太专心于他接下来想要做的事。你绝对不会相信董丹的出手会这样利落、快速、有力，除非你熟悉他在工厂里打架成性，以及他在军队里练就的好体格。他一向崇拜仗义勇为的流氓英雄。等宾客听到声响时，吴总早已应声倒地，一脸血趴在大理石地板上。

警察根本来不及阻止董丹，等他们回过神来，董丹已经又朝吴总的头部踢了好几脚，就像一个足球队员在踢一个漏光了气、弹不动的足球。

老十没有像其他的女客一样发出尖叫，她只是定定地注视着警察把董丹带走。董丹一直感觉她的目光尾随着他，在门边一大蓬倒塌的菊花旁，警察们给他戴上了手铐。白的黄的花瓣洒得他一身，镁光灯都对准了他闪起，其中想必有几台没装胶卷，跟他的相机一样。不管是真相机、假相机，他突然感觉一种奇异的喜悦，因为这回他站在相机镜头的另一边。他想要引述陈洋发酒疯时说的话："你们这一些吃人不吐骨头的！你们这一些吃屎的！"但是他的嗓音已经在呕吐时给吼哑了，被酸苦的胃液给腐蚀烂了。

32

"我的耐心用得差不多了，啊？"陆警官对董丹道。

"嗯。"你才不会没耐心呢，这么长时间你按兵不动，跟我跟得比我自己的影子还紧。你用你的耐心放长线钓大鱼，抓了我又放，想让我为你们带路把所有的宴会虫一网打尽，不靠耐心靠什么。

"我说的你听明白没有？"

"听明白了。"有什么不好明白的？

"我的话什么意思？"

"意思就是你能把我揍个屁滚尿流。"估计你也揍不出什么来了，两天前我已经把肚子里的东西都吐光了。

"所以啊，快交代，别自讨苦吃。"

"现在几点了？"

"你管几点干嘛？"

"不干嘛。"这个钟点小梅大概已经上医院作检查去了。昨天她给董丹送来衣服，还有她做的包子，告诉他今天会去做一个怀孕检查。此时她或许正坐在检验室外的板凳上，两只手仍忙个不停，钩织着一顶假发，打算靠那小小的针尖一针针地挣出未来那个小家的生计。陆警官，你该瞧一瞧她那双手动得多快，快得让你眼晕。我曾经问过她，万一有一天假发的需求量不再像现在这么多怎么办，她说不会的，她一直都在看连续剧，十出有八出播的都是古装戏，因为古装戏不会被上级停播。我问她这和假发有什么关系，她说关系大了，只要古装戏一直播下去，里头不论男女角色都得戴假发。"就是问问几点了。我的表揍吴总揍烂了。"

"你还真拿手表当武器？"

"我应该把它脱下来。那表不错，防震的。我的退伍费全花在这块表上了。我就那一件值钱玩意儿。"不过毁了它很值，这是它最好的用途，但证明它一点也不防震。

"那你毁它干嘛？"

"我当时没顾上。"当时我只想那一拳得打得够狠，让吴总在他的余生里每天早上刮胡子都看得到我在他脸上留下的纪念。"能不能告诉我，现在是几点？"

"怎么了？想让时光倒流啊？"陆警官笑了，说话开始带哲理。"恨不得时间倒回去，回到你带你老婆去骗吃骗喝之前，是不是？寄生虫！这会儿你巴不得时钟倒转，转到人家把你当成记者的时候？现在悔青了肠子吧，当时没有更正他们，是不是？"

"是的。"才不是呢！如果真有机会让时钟倒转，转回到最开头，我肯定会保持低调，更安静地吃，绝不参与闲扯，绝不逞能，卖弄我对农村腐败现象有多了解什么的，更不去招引高兴这类人的注意力。要是那样，我这辈子说不定就能安安生生吃到底。"警官，劳驾您告诉我现在几点了？"

"上午十点二十。你很快就会发现，时间对你已经不再有什么意义。"陆警官越发显出哲人的素质。

"是没意义。"现在对我有意义的只有一件事，就是小梅拿到的化验结果，而我就是她肚里那个小东西的爹。

"你再这么跟我磨叨，没你的好，知道吗？"

"知道。"我还知道我脸上的微笑让你不快活。可是我敢打赌，如果你的女人告诉你你快做爹了，你肯定也会跟我一样，觉得没有比这更重要的事了。

"咱们这审讯要是老没进展，有你屁滚尿流的时候。"

"警官，能说的我都说了。"

"你等什么呢？等那个老画家来捞你出去？别妄想了。以为写了一篇什么玩意儿吹捧他，他就能救你？你还真以为自个是个记者？"

董丹静静地坐着，双手放在膝头。我才不要当什么记者，专找一些倒霉蛋儿去挖掘他们的倒霉事迹；记者干的就是这档事。没人能救老十这样的女孩脱离苦海，就像没人能挡住飞蛾扑火。她们拿自己也没办法，因为这就是她们的天性。我帮不了她们，要帮只能让自个儿心灰意懒。

"你以为你东写一点、西写一点，就能管自己叫记者了？就能骗吃骗喝混到死？做梦！"

董丹望着他。我早就不再做记者梦了。我难道还想再去找陈洋，哄骗他帮我发那篇关于白家村的报导？连陈洋不都得求助那个有当官老爸的晚辈嘛？近来好些事情让我恶心。那小伙子睡眼惺忪地答应帮我发表文章，这事儿也让我恶心。我还恶心自己千方百计地想成为那些我根本不了解的人。我从来不懂他们为什么喜欢我、讨厌我。我再也不想费劲假装听懂他们的话了。

"你还有哪些同伙?"

"啊?"

"别给我装蒜!"陆警官咆哮起来,把他的笔朝董丹扔过去。董丹没躲,让笔尖在他穿着去赴人体宴的衬衫上当胸留了个"弹着点"。

董丹对着衬衫前襟上的墨点打量了一会儿,然后才蹲下去,伸出他的长胳臂把笔捡了起来。

"别动!"

他不动了,缩回手,面朝前方坐正。他的动作诚恳,又听话,是个训练有素的军人;或者是条好狗。

"你得供出其他宴会虫,还要法庭上作证。"陆警官道,"我知道你们这群混蛋都互相掩护,团体行动。咱们不妨做个交易,你供出两个同伙,我们就把你的刑期减掉一年。"

有那么个瞬间,董丹眼睛一亮。这位警官隔着这张审讯桌阅历了太多人,早已经是半个心理医师,他立刻注意到董丹眼里那一点光。他知道董丹心动了。他等待董丹好好掂量他的提议。他从制服口袋里又掏出了一支笔。

"我听着呢,看你了。"陆警官说。

董丹看着他,他真的心动了。如果合作的话,在孩子开口问妈妈"我爸爸呢?我爸爸是谁?"之前他便可获释。一旦他被释放,他就去找一份活儿干——随便什么活儿,在小梅织发套织出斗鸡眼之前挣钱养家。陆警官不停地在说要带他去一些宴会,要他把其他的虫子给指认出来。警官相信干同样坏事的人有一种生存者的直觉,很容易就能嗅出彼此。如果董丹指认出更多虫子，他的奖赏将会是减刑两年。他还真仁义。不愧是人民的公务员，对于干了坏事的人民充满同情。

一阵静默。他们几乎能听见对方脑子里聒噪的讨论。

"你如果不笨，就别放过这样的好机会。"陆警官道，"你相信我吗？"

"嗯。"就我所知，董丹想道，你们警察从不兑现约定。"我相信你。"董丹点点头，然后扬起了他那张金毛犬一般憨厚的脸。

听着陆警官继续解说他们的宽大政策，董丹想起了小个子和那位冒牌摄影师。就算这个警察遵守了诺言，董丹也不会将这两只虫给揪出来。总得有人留下，把那些过剩的食物吃掉，要不然它们全都会被倒进泔水桶里，或成了猪饲料——不过不是什么好饲料，不像那些知名的品牌饲料，喂得猪仔们疯长，几个月就可以进屠宰场。美食如果落进了懂得吃的人的胃里，会让董丹觉得开心一些，再说，要上法庭作证，对董丹来说真是太麻烦。于是他像是一个黑道好哥儿们，为了自己对同伙的坚贞满心自豪。

"对不起，警官。"董丹道，"我恐怕帮不上忙。"

"你说什么？"

"本来我也许能帮。"董丹道，"可是我实在是太馋了，完全没时间注意其他的人。陆警官，你要尝过我小时候吃的东西就好了。你吃过水煮树虫吗？其实就是嫩树叶裹着的虫蛹，那跟树皮一比，就算开荤。桐树花也好吃。你把它煮熟了之后蘸辣椒酱，咱们村里的孩子们都说吃起来就像鸡肉。不过最好吃的是槐花。要是你家还没穷得连一把面都找不出来，你把槐花打下来，在花里掺点面，然后放到蒸笼上蒸。不过这有诀窍的，和面的时候得加热水不能加冷水，蒸出来才好吃。这样不单省面，而且吃起来又松又软，还发甜。在我们村里，每年槐花开的时候，就跟过年似的，因为熬了一冬一春，村里所有的树，它们的皮都给剥光了——"

　　"行了，打住。"陆警官道。

33

电视访谈的著名主持人抬起头，看见董丹正穿过犯人会客室朝他走来。董丹不像这儿其他的警官或访客，似乎并不认得他这张家喻户晓的面孔。在董丹出现之前，主持人已经花了二十分钟为所有人签名，签在他们递上来的各式各样的纸片上——从小记事本上撕下的纸片，到购物收据、车票、纸巾、餐纸。他一直签到董丹跟着他的助理走进来。

向他走来的董丹长腿长臂，肩膀宽阔，一看就知道是个地道的西北汉子，并且有种说不出的持重感，不是轻浮的类型。

"董先生，幸会。"

董丹笑了笑，不习惯主持人这样称呼他。董丹仍然穿着自己的衣服，一件驼色毛衣，一条卡其裤。主持人知道董丹在正式判刑前不必穿上囚服。董丹的一双眼睛非常深邃清亮，不适合这座拥挤的城市，应当用来眺望无际的远方。他握手的方式似乎把他那奇特的持重感传到了你手里。

"希望你不介意，我们选择你作为我们对宴会虫现象报道的主人公。这个现象反映出我们社会一些腐朽没落的侧面。"主持人道。

董丹又笑笑，说他不介意。那是一个没精打采的微笑。然后他问，能不能打听一下，为什么会单单挑上他上电视访谈节目。当然能打听，因为董丹是一位下岗工人，而下岗工人是一种很有代表性的社会群体。这些下岗工人曾经被喻为是国家的顶梁柱，是社会主义的领导阶级，不是很有讽刺意义吗？这就是为什么，他董丹够格做所有宴会虫的主角，成为访谈节目对象？是的。那就谢谢了。

两位女警察跑来，让主持人给她们签名。

"我媳妇儿也是您的忠实观众。"等女警离开之后，董丹说道。"我要不是忙着吃宴会，我也会跟她一样，可是我太爱吃了。吃了那些宴会，你才不觉得自个儿这辈子白活了。"

董丹此话有着乡下老农云淡风轻的幽默，会让你觉得他的憨直是否掩盖着作弄人的其他意思。原来董丹知道他是谁，主持人心想，只不过是见惯不惊罢了。主持人在这个宴会虫身上看到一种其他宴会虫所没有的气质，这就是为什么他骗过了那么多人，包括了陈洋。老艺术家告诉节目主持人说，他不相信董丹会是一只宴会虫，警方一定搞错了，因为警方常常搞错。那位未婚妻李红说，围绕在大师身边总有许多居心叵测的人，像苍蝇一样，她对这个名叫董丹的宴会虫并没有什么特殊印象。

主持人告诉董丹，他自己也曾经乔装混进那些宴会。他戴着假发、假胡子，或者戴不同式样的眼镜。从某种程度上说，他也是一只宴会虫。董丹笑了，问他印象最深刻的菜是哪一道。主持人说，他反对大吃大喝，所以他从来没注意自己吃的是什么……笑什么？没笑什么。这可是一个访谈节目，所以必须有问必答哦。行，一定有问必答，董丹表示服从。

"反正总是那些什么都吃得起的人反对大吃大喝。"

"你这么认为吗？"

"嗯。"

主持人的助理要董丹把刚才的话再说一遍。录音机上的小灯刚才没有闪，所以他得检查一下是不是录上了。主持人训斥助理，要他用笔、用耳朵把它记下来，他讨厌任何人破坏对谈的情绪和流畅。他又转向董丹。这时其他访客要离开了，主持人对他们的挥手与抛来的崇拜微笑毫无反应。

"警方知道我正在收集有关宴会虫的资料，所以三个月前他们给我看了你的档案。那是你带着你妻子去吃鱼翅宴之后。"

"我猜也是。"

"到底是什么原因让你带她去那场酒宴？"

"……不知道。"董丹道。眼睛盯着放在桌子上自己又大又长的双手。他微张开嘴，刹住口后又闭上，过了一分钟后才又开口："我是个蠢蛋，我真他妈的蠢。"

主持人相信他本来想说的不是这个，临时改变了主意。

"是因为你很爱她，是吧？"

"还行吧。"

"她也非常爱你吗？"

"我们不这么说话。我们是农村人。什么'爱'啊、'激情'啊，都是歌词，就像你到处听到的那些流行歌曲，让你觉得特酸，特傻。这种话让我听都不好意思。我和她什么都说，就是从来不说这些话。"

"有趣。那你对她的感觉，你怎么描述呢？"

"不知道。我惦记她，离不开她……"他的手指头在桌面上缓缓移动，画着忧伤的圈圈。"你想想看，一个人活一辈子，从来不知道鱼翅是啥玩意儿？对我媳妇儿来说，这世上有很多东西根本不存在：海瓜子、鸽胸肉丸子、黑森林蛋糕……这是不是挺惨的？也不公平，是不是？"

"这就是为什么你要冒险的原因？你现在觉得当初的冒险值得吗？"

"我应该把她培训得好点，再带她去。我真蠢。我就是太着急了，想在我洗手不干之前，让她尝到那些菜。"

"洗手就是不再白吃白喝了？"

"啊。"

"为什么要洗手？"

"烦了呗。后一段老有人来烦我。那些人就不能不理我，让我清清静静地在那儿吃。"

"不过你后来开始写作了。还写得不错。"

董丹不作声，一径微笑着。董丹让主持人明白，他懒得对此辩解。

"事实上，你已经开始明白什么叫做新闻，以及它所带来的责任。"

"真的？"

"那篇关于孔雀宴的报导，就挺不错。你写得非常独特生动。你描述食物、它的气味以及口感很独到，尤其是描写陈洋的动作谈吐那些地方。有这样的文笔，你可以成为一个不错的记者，也许还可以是一个好的食品美学家。很可惜，在中国还没有这种行业。因为我们社会中有一种伪善——很多事情，你只做不谈。除了这一篇东西之外，你还写了其他什么吗？"

"没有。"

"有关白家村干部的那篇文章呢？"主持人两天前访问过高兴，她告诉了他，这篇文章经过了许多删减修改后就将发表。

"那东西后来是别人写的。"

"能不能就它多说几句？"

"高兴说我在处理这个题材上，没法跳出我农民出身的格局，还说我太庸俗滥情。所以她差不多把它重写了。所以那是她的东西。"

主持人笑了。董丹———个诚实的宴会虫。

"我知道你还想写的一篇东西，关于一个女孩子的姐姐被处死刑。你跟她是情人吗？"

"不是。"

主持人笑了笑。这只虫原来并不完全诚实。

"我有可靠证据，你们确实是情侣。"他也访问了老十，她说她从不认识一个叫董丹的人，可他最终还是让她承认了与董丹的关系。

董丹说："她喜欢的是那个记者董丹，又不是宴会虫董丹。"

主持人觉得他的解释很聪明。

"你有没有为她写任何东西？"他问。

"我告诉她我屁也不会写。"

"这不是实话。"

"跟她分手以后，我想过要为她写那篇稿子。"

"那又为什么呢？"

"不知道。"

"这么说吧，关于白家村那篇报导，是你帮高兴打了底，所以你也该得点儿分数。"

董丹点了点头。主持人看出来他又想说什么却咽了回去。高兴说那报导许多报刊都不愿意登，最后是因为一位重要人物的介入才面世的。她不想泄露这个人的姓名，但是主持人早已猜出来，一定通过了陈洋的关系。

"其实你上诉很有希望。你毕竟发表过文章，尽管登在不起眼的刊物上，但你仍然可以辩称自己是一位自由撰稿记者。你会聘律师吗？"

"你觉着我聘得起吗？"

"找一个不太贵的。高兴说她有律师朋友，收费可以看情形而定。说不定你出去以后还真成了一个记者。"

董丹再度笑了笑。主持人现在已经熟悉，董丹微笑代表的是不同意。他已经对他的微笑不耐烦。看来要让董丹开口说出实情十分困难。

"你从来不想成为记者？"

"刚开始的时候想，后来就不想了。"

"为什么？"

"太费劲。"

"你是指要去帮那些假药宣传什么的？还是说，为了登文章，你老得找一些权势人物帮你？"

"不是找，是求。"

　　高兴告诉主持人，那个重要人物甚至连报导看都没看就决定帮他，这让董丹颇为沮丧。他根本不必读他的文章，他根本无所谓他怎么写的。他不过就漫不经心地伸手对着某份报纸一指，事情就办成了，虽然在最后的版本中一些句子还是被删掉了。

　　"所以刚开始的时候，你并不晓得在这个国家里，想要报导一些真相竟有这么困难？"

　　"是没想到。我从前以为，如果别人说的你都不相信，报纸说的总可以相信吧。他们总是报导真相的。"

　　主持人注意到这只宴会虫在回答刚才的问题时偷偷打了一个呵欠。昨晚他一定没睡什么觉。彻夜的审问对这只虫来说，一定很难熬。

　　"我过去以为，那些记者每天吃得跟皇上似的，是最走运的一帮孙子。我第一次去参加酒宴，我就不停地吃，吃得我都喘不上气来了。所以我心里想，如果能天天吃到这样的东西，叫我干嘛都值。别说让我假冒记者，叫我假冒一只狗都行。那些菜——简直没法说！"

　　主持人看见董丹微微抬着头，眼光投向他身后的某一点，落在墙上红色的"坦白从宽，抗拒从严"字迹上。董丹此刻的眼睛是少年人的，放纵于浪漫梦想与冒险。这是一只充满热情的宴会虫。有人竟然对食物能狂爱至此，令主持人顿生恶感。

　　"可那是寄生虫的生活。"

　　"没错。"

　　"人应该像只虫一样活着吗？"

　　"不应该。"

"打算痛改前非？"

"嗯。"

"相信你能改，去做一个真正的记者。在监狱里争取读出个学位。"

他看见董丹神色黯淡下来，摇摇头微笑。他一直在摇头和微笑。主持人猜想他或许想说而没说出口的是："为了吃付出这样的代价太高了。"他还是一只很傲慢的寄生虫呢。

"你妻子对你的被捕作何反应？"

"她没什么。碰上什么事她都没事。我刚带她来北京，她就发现了我不像自己吹的那样，挺趁钱。有一回她帮我洗衣服，从我裤子口袋里翻出一张纸条，是我们厂会计室每月从我薪水中扣钱的收据。我向工厂预支工资，寄回家，债都欠了好几年了。这些她都当没事，没有跟我闹。"

"你是因为带她去混吃暴露的，你妻子懊悔这点吗？"

"她悔的就是不能天天看到我。"

"她等得了七年吗？"

"嗯。"

"这么肯定？"

董丹点头微笑。这次微笑的意思是不同的。

"她还很年轻，是吧？"

"二十四。"

"你比她大十岁？"

"啊。不过她倒像个小妈似的，所有的事都照应得挺好。再说，对她来说也没什么大不了的事。我被关进来也不是什么大不了的。你知道做妈的都是怎么样对待孩子，天下的妈都有点疯，她们相信自己孩子犯错都有原因。孩子就是她们的命，所以你不能跟她们说她们的命一无是处，一钱不值，说了她们也不信。这就是我媳妇儿，一个小妈。不管我是当上了总统还是成了囚犯，她待我没有什么不同。"

主持人盯着他，不能确定自己是否完全听懂了董丹的话。

"你的文章发表，她高兴吗？"

"高兴，不过她也没觉得有什么大不了的。"

"我要是去访问她，她会愿意吗？"

"那你得问她，看她愿意不愿意。"

"那就先这样吧……能不能请你帮个忙？"

"你说。"

"待会儿，摄影机开始的时候，别提那位帮你刊登文章的权势人物什么的。"

"你要我说什么，我就说什么。"

"那就好。"

后 记

　　用英文写作也许是我一生中最后一次跟自己过不去。跟自己过不去就是硬去做某件事，或有些吃力地去做。一个英文句子要在电脑上反复写三四遍，还吃不准哪一句最好，这就证明我不再像写中文那样游刃有余了。换句话说，就是力不从心。其实向自己承认做某件事力不从心，也是我进入中年之后的事。人到中年，发现坦荡和诚实比较省力，比如人家劝我，某某地方的房子好，应该去抢购一幢，我便以这种坦荡和诚实回答：我哪能买得起呀！再也不必废话了。假如对于自己都不能坦荡的诚实，那么对待世界和他人，只能说是虚伪或傻。逞能的人都很傻。

　　然而我必须逼自己最后一回，否则对我在美国学了好几年的英文文学创作没个交待。这一遍我发现自己还是有潜能的。不仅是用英文进行文学创作的潜能，还有性格的潜能——就是幽默。这本小说的英文版出版后，不少读者告诉我，他们如何被我的冷面幽默逗得发笑。原来我可以很幽默，原来我有一种引人发笑的叙事语言。其实不止这些，我还发现了一个带些美国式粗犷、调侃的严歌苓。

　　不是每个人都有机会发掘自己潜能的。我认为越是有机会进行这个发掘的人越是幸运。我的童年时期很不幸，失学造成了理科的空白，时代赶鸭子上架，把我赶上了舞台，让我用八年时间来排除继续从事舞蹈的可能性。用八年来证实一条歧路、一种潜能的缺乏，这很残酷。假如我们这代人没有中断教育的几年，我绝不会舍得花费八年工夫去证实自己对于某个行当的非天分。或许我有足够的机会证实自己在科学、医学、法律、政治上有意想不到的潜能。或许我可以早早证实自己在语言上的潜能，从而早早掌握英文，以致自己在用英文写作时不至于把一个句子写三四遍。

没有机遇，人就不能了解自己的潜能。领养我的女儿给了我机遇，让我发现自己有做个好母亲的潜能。美国缺少正宗的中国菜馆，这也给了我机遇，让我发现自己有做厨子的潜能。对于潜能的发现也许偶然，而开掘潜能往往艰辛。而我喜欢一点都不艰辛的日子吗？我吃不准。尽管写英文比写中文吃力得多，每天早上我却是急不可待地要坐到电脑前去，因为我对于将要写出来的东西更加没有控制，换句积极的话来说，就是更加未知。一切未知的事物都非常刺激。

每个人或多或少都喜欢做略感吃力的事。它焕发出精神和身体里一种凝聚力，使你的生命力突然达到更高的强度，或说浓烈度。我和所有人一样，喜欢的是自己生命的这种强度。这也就是我们为什么需要恋爱，需要仇恨，需要膜拜，甚至需要犯规、犯罪。中文写作对于我固然进入了自在状态，但它已不能再给我写英文时的紧张、不适、如同触电的兴奋了。过去听一个长辈说，"不适"说明你在成长。人到中年，成长是难得的，它给我错觉，青春还能往复。

图书在版编目（CIP）数据

赴宴者/严歌苓著. —西安：陕西师范大学出版社，2009.5
ISBN 978-7-5613-4669-3

Ⅰ.赴... Ⅱ.严... Ⅲ.长篇小说—中国—当代 Ⅳ.I247.5
中国版本图书馆CIP数据核字(2009)第062132号
图书代号：SK9N0459

著作权所有：ⒸⓇ三民书局股份有限公司
本书中文简体字版由三民书局股份有限公司授权陕西师范大学出版社在中国境内
（台湾、香港、澳门地区除外）独家出版。
本书中文简体字版禁止以商业用途于台湾、香港、澳门地区散布、销售。
版权所有，未经著作权所有人书面授权，禁止对本书之任何部分以电子、机械、影印、
录音或其他方式复制或转载。

责任编辑： 周 宏
版型设计： 姚维青
出版发行： 陕西师范大学出版社
          （西安市陕西师大120信箱）
邮   编： 710062
印   刷： 北京通州兴龙印刷厂
开   本： 889×1238 1/16
印   张： 18
字   数： 187千字
版   次： 2009年11月第1版 2009年11月第1次印刷
书   号： ISBN 978-7-5613-4669-3
定   价： 20.00元

注：如有印、装质量问题，请与印刷厂联系